Y+ 5533.

Yf 3653

OEUVRES

DE MONSIEUR

DE CAMPISTRON,

DE L'ACADÉMIE FRANÇOISE.

NOUVELLE EDITION,

Corrigée & augmentée de plusieurs Piéces
qui ne se trouvent pas dans la derniere
de Paris de 1715.

TOME SECOND.

A AMSTERDAM.

Chez Etienne Vala

M. DCC. XXIV.

PIECES,

ADRIEN,

TRAGEDIE

CHRETIENNE.

Tirée de l'Histoire de l'Eglise,

Tome II.
A

ACTEURS.

DIOCLETIEN, Empereur.

VALERIE, Fille de Diocletien.

ADRIEN, Patricien, Favori de l'Empereur, & General de ſes Armées.

JULIE, Dame Romaine, Confidente de Valerie.

SEBASTE, Capitaine des Gardes de l'Empereur.

MARCELLIN, Lieutenant des Gardes de l'Empereur.

SERGESTE, autre Lieutenant des Gardes de l'Empereur.

GARDES.

La Scene eſt à Rome, dans le Palais de l'Empereur.

ADRIEN,
TRAGEDIE.

ACTE PREMIER.

SCENE PREMIERE.

VALERIE, JULIE.

JULIE.

 OUS vous cachez, Madame, & vous
fuyez mes foins ;
Mes yeux font-ils ici de profanes té-
moins ?
Troublent-ils la douceur de vôtre folitude ?
Parlez ; c'eft à Julie un fuplice trop rude
D'adorer Valerie, & de voir chaque jour,
Que fuyant les plaifirs d'une fuperbe Cour,
Elle vient en ces lieux enfevelir fes charmes,
Payer à fes chagrins un tribut de fes larmes :
Chagrin d'autant plus vifs, que toûjours renfer-
mez....

A 2

VALERIE.

Hélas!

JULIE.

Quoi, mes respects tant de fois confirmez.
Quoi, mon attachement & si pur & si tendre,
N'obtiendront point de vous ce que j'ose preten-
dre ?

VALERIE.

Laisse, laisse, Julie, & ne demande plus
L'aveu de ces chagrins dans mon cœur retenus ;
Qu'il les devore seul.

JULIE.

Quels malheurs les font naître ?
Et pourquoi craignez-vous de les faire paroître ?
Plus j'en cherche la cause, & moins je l'entrevoi,
Des Destins vôtre Rang semble braver la Loi.
Fille d'un Empereur que l'Univers revere,
Seul Objet de l'amour de cet auguste Pere ;
Digne prix des lauriers que le fier Adrien
Moissonne à pleines mains pour Diocletien,
Sûre que dès long-tems ce Vainqueur vous adore,
Aux douleurs vôtre sein peut-til s'ouvrir encore ?

VALERIE.

Eh, quel est le mortel parfaitement heureux ?

JULIE.

J'entens. Un tendre Amour tyrannise vos vœux.
L'absence d'Adrien faisoit couler vos larmes ;
Mais ce jour vous promet la fin de vos allarmes :
Rome attend dans ses Murs ce Guerrier redouté,

VALERIE.

Par son retour ici cesserai-je de craindre ?

JULIE.

Eh, quel est donc le mal qui vous force à vous
plaindre ?
Madame, au nom des Dieux, confiez à ma foi
Les secretes raisons du trouble où je vous voi.
Vous n'apprehendez pas que mon cœur vous tra-
hisse ?

V A L E R I E.

A ta fidelité je rends plus de juſtice.
Va, tu m'applaudiras de n'avoir point parlé.
Croi que par mon ſecret, à tes yeux revelé,
Je pourrois te charger de toute ma diſgrace,
Et porter dans ton ſein le coup qui me menace.

J U L I E.

Et voilà ce qu'attend ma jalouſe Amitié.
Ne m'accablez donc plus d'une fauſſe pitié.
Je voi ces vains égards comme un indigne ou-
    trage.
Enfin de vôtre ſort ſouffrez-moi le partage.
Je vous ſuis dévoüée, & mon ſang vous eſt dû :
Heureuſe quand pour vous il ſera répandu.

V A L E R I E!

Tu le veux ; c'en eſt fait, je cede à ta priere.
Puiſſe le Ciel ſur toi répandre ſa lumiere !
Puiſſe-t-il, t'animant d'une ſainte fureur,
T'inſpirer le deſſein de braver l'Empereur !
Puiſſe enfin, dans ce jour, mon Amitié fidelle,
Pour faire ton bonheur, te rendre criminelle !

J U L I E.

De quel ſaiſiſſement je me ſens friſſonner !

V A L E R I E.

Ecoute ; il n'eſt pas tems encor de t'étonner.
Attens à me montrer ce trouble inévitable,
Que ma bouche ait trahi mon ſecret redoutable.
Apprens donc, que ce Peuple ennemi de vos Dieux,
Que l'Enfer conjuré perſecute en tous lieux ;
Ce Peuple dont le nom embraſe de colere
Le cœur de mon Amant, & le cœur de mon Pere ;
Ce Peuple dont je voi par de ſi chere mains
Renverſer la fortune, & trancher les deſtins ;
Ces Chrêtiens en un mot, accablez de miſere...

J U L I E.

O Dieux !

V A L E R I E.

Ces Chrêtiens ſont mes Amis & mes Freres.

A 3

JULIE.

Se peut-il. . . .

VALERIE.

Je ne fçai, dans le troubre où je fuis,
Ni vaincre mes terreurs, ni calmer mes ennemis.
Tout m'afflige. Je crains ; & d'importuns préfages
Rempliffent mon efprit des plus fombres images.

JULIE.

Les Chrêtiens vous font chers ? Le croirai-je ?

VALERIE.

Mon cœur
Gémit de leur trifteffe, & fent tout leur malheur.
Je connois leur vrai Dieu, je les fers, & j'abhorre
Tous ces frivoles Dieux que l'ignorance adore.

JULIE.

Par quel funefte fort, helas ! dans quel momens
Avez-vous des Chrêtiens fuccé les fentimens ?

VALERIE.

Dans la nuit de l'erreur par mon Pere nourrie,
Contre ce Peuple faint j'approuvois la furie.
Tranquille j'entendois les tourmens rigoureux
Deftinez par nos Loix à ces cœurs malheureux ;
Quand voyant la vertu de ces triftes victimes,
Je voulus penetrer leur culte & leurs maximes.
Sans doute leur Dieu feul, Auteur de ce deffein,
Se plût à le verfer dans mon profane fein.
Je cherchai quelque-tems un Miniftre fidèle
Dont l'ardeur fecondât mon audace nouvelle.
Sur Sebafte à la fin mon choix fut arrêté.

JULIE.

Sebafte !

VALERIE.

Et par fes foins tout fut executé.

JULIE.

Quoi, malgré les faveurs dont fon Maître l'aca-
ble,
At-t-il fi peu d'égard aux Loix de l'Empereur ?

Ah ! son cœur tout Chrêtien les voit avec horreur,
Je sçavois ces projets, sa Foi m'étoit connuë ;
Cependant contre moi son ame prévenuë,
Craignant pour ses Amis de nouveaux déplaisirs,
Reculoit chaque jour l'effet de mes desirs.
Enfin il se rendit à ma perseverance,
Et confessant tout haut sa secrette croyance :
Venez, dit-il, venez contenter vos souhaits,
Venez voir des Chrêtiens l'innocence & la paix.
Suivez-moi : mais tremblez à l'approche terrible
Des Mysteres profonds de l'Eglise visible,
Que son Chef, prêt pour nous à se sacrifier,
Sur la Pierre immuable eut soin d'édifier.
Et me guidant alors dans la nuit la plus sombre,
En des lieux inconnus, où fier de son appui,
Tout ce peuple proscrit s'assembloit avec lui.
J'entrai. Ciel ! quels objets s'offrirent à ma vûë !
Tout mon sang s'alluma d'une ardeur imprévûë.
Je les vis ces Chrêtiens, remplissant tour à tour
Les devoits inspirez par le celeste Amour.
Aucun ne se plaignoit de sa propre misere,
Et ne s'interessoit qu'aux malheurs de son Frere.
L'un par de saints discours, préparoit à la mort
Un Ami dont les maux alloient finir le sort ;
Un autre, pour couvrir un Vieillard venerable,
S'exposoit aux rigueurs de l'air impitoyable.
Les Peres au Martyre encourageoient leurs Fils,
Prêts à voir leurs trépas sans en être attendris.
Des Corps déja mourans, & couverts de blessures,
Se sentoient soulagez par les mains les plus pures.
Des Vierges à l'envi, par ces Actes pieux,
Prudentes, s'assûroient l'Heritage des Cieux ;
Et repetant des Chants inventez par les Anges,
De l'Eternel sans cesse entonnoient les Loüanges.
Enfin dans ce Séjour, obscur, mais fortuné,
Ce Peuple devant Dieu fut long-temps prosterné,
Et tâchant par ses pleurs d'arrêter son tonnerre,

Le prioit d'oublier les crimes de la terre,
D'assûrer de mon Pere & les jours & le rang,
Et de lui pardonner en faveur de leur sang.

JULIE.

Ah ! que m'apprenez-vous ?

VALERIE.

Le jour venoit à peine,
Quand, pour se dérober à sa clarté prochaine,
Par l'ordre de leur Chef l'un de l'autre écartez,
Je les vis à l'instant partir de tous côtez ;
Satisfaits, & remplis de la tranquille joye
Que la Grace du Ciel sur les ames déploye.
Pleine de ces objets, j'arrivai dans ces lieux.
Je n'eus plus ni respect, ni foi pour tous vos
Dieux.
Je brûlai de la soif de cette Eau salutaire
Qui repare la mort de nôtre premier Pere.
A Sebaste aussi-tôt j'osai la demander ;
Son zèle fraternel me la fit accorder.
La Grace triomphante éclaira la Nature ;
La sainte Verité dévoila l'Imposture :
Je pleurai mon Erreur, je detestai l'Encens
Que j'avois fait brûler pour les Dieux impuissans.
Aux Loix du Dieu vivant pour jamais asservie,
Je lui donnai mon cœur, mes desirs & ma vie.

JULIE.

Je ne puis le celer, un si grand changement
Fait ceder mes esprits à mon étonnement.
C'est peu d'abandonner nos Dieux & vôtre Pere ;
Je le voi, vôtre Amant commence à vous déplaire ;
Vous ne ressentez plus ces tendres mouvemens
Qui venoient à vos yeux l'offrir à tous momens,
Qui vous faisoient pour lui souhaiter la Victoire,
Et gémir des perils que lui coûte sa Gloire.
De contraires pensers vôtre cœur prévenu
N'aspire....

VALERIE.

Que ce cœur, hélas ! c'est peu connu

De ce Culte nouveau la constance & le zéle
N'étouffent point en moi la Tendresse fidéle
Qu'à ce jeune Vainqueur je promis tant de fois :
Il se rend chaque jour plus digne de mon choix ;
Il m'est toûjours plus cher ; & toute mon envie
Se borne à lui donner la Foi que j'ai suivie,
A le faire joüir des plus solides Biens,
A l'attacher à moi par de si forts liens,
Que du sort ennemi les disgraces communes
Ne puissent un instant séparer nos Fortunes,
Et que même la mort nous assûrant la paix,
D'un Amour tout divin nous unisse à jamais,

JULIE.

Comment. . . .

VALERIE.

L'Empereur vient. Que cette confidence
Se perde dans la nuit d'un éternel silence.

SCENE II.

DIOCLETIEN, VALERIE, JULIE,
MARCELLIN, SERGESTE, Gardes.

DIOCLETIEN.

MA Fille ; Marcellin arrivé dans ces lieux,
Vient de me confirmer les succès glorieux
Qu'avoit jusqu'en ces Murs porté la Renommée :
Les Persans fugitifs, sans secours, sans Armée,
Aux pieds de leur Vainqueur oubliant leur fierté,
Ont trouvé leur Salut dans sa seule bonté.
Après avoir pour moi reçu leur humble hommage,
Il vient chercher ici le Prix de son courage.
C'est vous, c'est vôtre Hymen qui doit de ce Héros
Remplir l'Ambition, & payer les Travaux.
Avant que le Soleil précipité dans l'Onde,
Fasse briller ses feux aux yeux d'un autre Monde,

Cet illuſtre Guerrier paroîtra devant vous,
Brûlant d'être honoré du nom de vôtre Epoux.
Ces Lauriers immortels qui couronnent ſa Tête,
Sont ſteriles pour lui ſans une autre Conquête ;
Il l'eſpere , ma Fille ; & croit voir en ce jour,
Après tant de ſoupirs , triompher ſon Amour.

V A L E R I E.

Je cede ſans contrainte à cet Amour ſincere.
Mon choix ſuivit de près les Ordres de mon Pere :
Rien ne peut deſormais arrêter ce Vainqueur,
S'il ne lui reſte plus à vaincre que mon cœur.

D I O C L E T I E N.

Puiſque de ſon retour l'heureux moment s'avance,
Signalons à la fois mon zèle & ma puiſſance ;
Et réglant les apprêts d'un Hymen glorieux ,
Hâtons - nous d'accomplir un vœu fait à nos
    Dieux.
Lors qu'Adrien partit , je m'en ſouviens ſans ceſſe,
Il exigea de moi cette ſainte promeſſe :
Nous jurâmes tous deux , aux pieds des Immor-
    tels ,
D'offrir , au lieu d'Encens , du Sang ſur leurs Au-
    tels ,
De livrer aux Chrêtiens une éternelle Guerre ,
D'en abolir la Race , & d'en purger la Terre.
Tel fut ce grand Serment;& d'un commun accord,
Le jour de vôtre Hymen fut marqué pour leur
    mort.
Il nous luit ; & les Dieux vont recevoir l'Offrande
Que de nos cœurs ſoumis leur Juſtice demande.

V A L E R I E.

Eh , pourrez-vous compter parmi vos jours heu-
    reux ,
Ce jour, le dernier jour d'un Peuple ſi nombreux ;
Où Rome confondant la joye & la triſteſſe,
Mêlant des cris d'horreur à des chants d'allegreſſe,
Voyant de mon Hymen conſacrer les liens ,
Verra ſous le couteau tomber ſes Citoyens ?

Ah, Seigneur ! reculez ce tragique Spectacle.

DIOCLETIEN.

Princeſſe, à ce deſſein n'oppoſez plus d'obſtacle.
Preſſez, preſſez plûtôt & mon bras & mon cœur.
Redoublez les tranſports d'une ſainte rigueur.
Irritez, s'il ſe peut, mes fureurs légitimes.
C'eſt aſſez immolé de muettes Victimes.
Pour attirer ſur nous l'œil propice des Dieux,
Le ſang des Animaux eſt trop peu précieux.
Allons, ſacrifions une Race inſenſée ;
Que de tout l'Univers elle ſoit effacée.
Courons ; & qu'il ne reſte aux ſiecles à venir,
De ce Culte odieux qu'un honteux ſouvenir.
Que je le hai ce Peuple ; & que je porte envie
A la tranquilité qui règne dans leur vie !
Leur conſtance ſur tout à remplir leur devoir,
Fait rougir mon orgueil de mon peu de pouvoir.
Perdons tout, ſans égard ni de Sexe, ni d'Age.
C'eſt à vous, Marcellin, de commencer l'ouvrage.
Cherchez tout ce que Rome enferme de Chrétiens.
Qu'ils gémiſſent courbez ſous le poids des liens.
Que leur trépas s'apprête, & qu'enfin leur ſuplice
Pour l'Hymen d'Adrien ſerve de Sacrifice.
Ne perdez point de tems. Vos ſoins, & vôtre foi
Recevront leur ſalaire & des Dieux, & de moi.

SCENE III.

VALERIE, JULIE.

VALERIE.

AH, Soleil ! hâte toi d'achever ta carriere ;
A mon funeſte Hymen refuſe ta lumiere,
Si le moment, choiſi pour en former les Nœuds,
Doit terminer le ſort de tant de malheureux.
Execrable journée, en vain trop attenduë !

Hélas ! de mon bonheur l'esperance est perduë.
Je ne m'en flatte plus ; & loin d'en murmurer,
C'est un crime à mon cœur , d'oser le desirer.
Dure necessité ! Douloureuse contrainte !
Grand Dieu ! pardonne-moi cette legere plainte.
Réduite à surmonter mes plus chers sentimens ,
Puis-je à mon choix regler mes premiers mouve-
  mens ?
Et quelle est la vertu si parfaite & si pure ,
Qui sans émotion étouffe la Nature ?
Et toi cruel Sujet de tous mes déplaisirs ;
Tyran de ma pensée , Objet de mes soupirs ;
Toi vers qui ma tendresse , à toute heure portée ,
Sans un effort mortel ne peut être arrêtée ;
Vainqueur charmant , faut-il , pour troubler mon
  repos ,
Qu'une aveugle fureur ternisse tes travaux ?
Que tandis que ta Gloire en tous lieux confirmée,
Occupè dignement toute la Renommée ;
Ton bras rougi du sang d'insolens Ennemis ,
Verse celui d'un Peuple innocent & soumis ?

    J U L I E.

Mais Madame....

S C E N E IV.

VALERIE, SEBASTE, JULIE.

V A L E R I E.

AH, Sebaste ! un sacrilege zèle
Inspire à l'Empereur une fureur mortelle.
Les Chrétiens , c'en est fait , vont tomber sous ses
  coups.

    S E B A S T E.

Madame , je le sçai ; j'en fremis comme vous.

        De

De cet Ordre inhumain la nouvelle semée,
Par ses Executeurs vient d'être confirmée ;
Et j'ai couru d'abord vous chercher en ces lieux.

VALERIE.

Ah ! fuyez l'Empereur ; cachez-vous à ses yeux.
Mais quoi, ne sçaurions-nous desarmer sa colere ?
Vous, que le Ciel cherit, & que sa Grace éclaire,
Vous, qui dans vôtre Foi dès long-tems confirmé,
Des feux de l'Esprit Saint devez être animé ;
Parlez, ne craignez rien ; ma Julie est fidèle.
Elle a sçû nos secrets, & je vous répond d'elle.

SEBASTE.

Ah, Madame ! est-il tems de prendre tous ces
     soins ?
Sebaste ne craint plus de perfides témoins ;
Et qui court à Cesar declarer sa Croyance,
Peut à tout l'Univers en faire confidence.

VALERIE.

Ciel ! vous allez vous-même . . . .

SEBASTE.

         Oüi , je vai lui parler ;
Il ne m'est plus permis de rien dissimuler.
Assez & trop long-tems le besoin de ma vie
M'a forcé de contraindre une si juste envie :
Mes Amis à la Foi chaque jour appellez ,
Me voyant auprès d'eux , se trouvoient consolez.
Ces Soldats tout nouveaux dans la Sainte Milice,
En pouvoient de moi seul apprendre l'exercice.
Je leur devois mes soins, mes leçons, mes secours,
Et pour leur interêt je prolongeois mes jours.
Mon Pouvoir en ces Lieux leur ménageoit un
     Temple ;
Mais, Madame, aujourd'hui je leur dois mon
     exemple.
On les cherche ; & déja la plûpart découverts
En attendant la mort languissent dans les fers.
Croiroient-ils ou mon zéle, ou ma Foi legitime
Si je n'en devenoit la premiere Victime ?

Que pourroient-ils penser de ces divines Loix,
Que le Ciel si souvent leur dicta par ma voix?
Voudroient-ils s'immoler pour leur Maître su-
préme,
J'y cours ; & je ne puis sans infidelité
Me dérober au coup qui leur est presenté.

VALERIE.

Allez donc ; à vos pas constamment attachée,
Je parlerai ; ma Foi ne sera plus cachée.
Quel bonheur ! Vos raisons sont les mémes pour
moi.
Marchons.

SEBASTE.

Non , non ; le Ciel vous fait une autre Loi.
Ce n'est point vers la mort qu'il faut suivre ma
trace,
C'est auprès des Chrétiens qu'il faut remplir ma
place.
Ils ne mourront pas tous ; & le Maître des Cieux
Cachera sous son aîle aux Bourreaux furieux
Ceux qu'il voudra sauver de leur rage perfide ;
Et ceux qui tomberont sous le fer homicide,
Renaîtront de leur sang ; vivront ; & leur Tom-
beau
D'un nombre encor plus grand deviendra le Ber-
ceau.
Ces Enfans par ma mort auront perdu leur Pere ;
Madame , c'est à vous de leur servir de Mere.
Ici vôtre Pouvoir est au dessus du mien.
Soyez le seul appui de tout le Nom Chrétien.
Conservez au Seigneur un Peuple qui s'empresse
A le glorifier, à le prier sans cesse,
Et qui seul, au milieu de cent Peuples divers,
Adore & craint le Bras qui soutient l'Univers.

VALERIE.

Non , je ne puis ; mon cœur renonce à tant de
Gloire.

Le trépas seul m'asſûre une entiere Victoire.
C'en eſt fait ; mes deſirs y ſont tous attachez.
Pourquoi m'enviez-vous le Sort que vous cher-
    chez ?
Penſez-vous qu'à l'aſpect du plus cruel ſupplice,
Ce cœur ferme & brûlant ou tremble ou s'atten-
    driſſe ?
Jugez-en mieux.

SEBASTE.

        Je ſçai qu'un généreux tranſport
Vous excite à braver la plus affreuſe mort :
Mais cette noble ardeur doit être retenuë.
Vôtre heure, croyez-moi, n'eſt pas encor venuë;
Obéïſſez. Le Ciel s'explique par ma voix.
C'eſt à lui de régler vôtre ſort à ſon choix.
Honoré d'un Emploi dont je me ſens indigne,
Je le laiſſe ; & ma mort en vos mains le réſigne.
Vivez. Du Tout-puiſſant défendez le Troupeau.
Pour moi, que deſormais tout appelle au Tom-
    beau,
J'y vole, & répondant au Ciel qui m'y convie,
Je pleure les inſtans que j'ajoute à ma vie.
Adieu. Puiſſe mon ſang fortifier la Foi
Des Chrétiens deſtinez à mourir avec moi !
Puiſſe le reſte en vous rencontrer un Aſyle !
Madame ; & je mourrai ſatisfait & tranquile.

VALERIE.

Quoi, Sebaſte....

SCENE V.

VALERIE, JULIE.

VALERIE.

Il me quitte, il court se rendre heureux.
O tourmens ! ô trépas, digne objet de ses vœux !
Il vous cherche, grand Dieu ! que ne puis-je le
    suivre !
Vivons ; puisque c'est vous qui m'ordonnez de
    vivre.

Fin du premier Acte.

ACTE II.

SCENE I.

MARCELLIN, SERGESTE.

SERGESTE.

Avez-vous, Marcellin ? Sebaste est arrêté,
Et c'est par mes soins l'ordre est exécuté ;
J'ai sçavoir encor la volonté suprême,
Pour courir à l'instant... Mais le voici lui-même,
Et sa colere éclatent dans ses yeux.

SCENE II.

DIOCLETIEN, MARCELLIN, SERGESTE.

DIOCLETIEN.

. . . .
. . . . . . et il puni, cet Ennemi des Dieux

SERGESTE.

Seigneur ; mais sa mort est déja préparée.

DIOCLETIEN.

Pourquoi d'un moment l'avez-vous differée ?

SERGESTE.

Les Romains prévenus d'une longue amitié ;
Déplorent son malheur avec tant de pitié ;
Vos Gardes pour leur Chef ont montré tant d'es-
        time ,
Que la douleur pourroit les porter jusqu'au crime.
J'ai craint quelque desordre , & voulu prévenir
Ces mouvemens soudains qu'on ne peut retenir,
Quand le Peuple agité d'un furieux caprice ,
Suit pour uniques loix l'audace & l'injustice.

DIOCLTIEN.

Dûssai-je voir mon Trône aujourd'hui renversé ;
Dût être par leurs mains mon propre sein percé :
S'il est Chrétien ; la mort, mais une mort cruelle;
Délivrera ma Cour d'un Sujet infidèle.
Non que ses nobles soins , & ses travaux passez ,
De mon esprit jamais puissent être effacez.
Je n'ai pas oublié , que toutes ses années
Des mains de la Victoire ont été couronnées ;
Qu'en mille occasions il s'étoit signalé ;
Qu'il n'est point de Climats où son nom n'ait
        volé ;
Mais je ne puis aux Dieux refuser son suplice.
Puisqu'il les méconnoît , je consens qu'il perisse.
Que dit-il ?

SERGESTE.

            Insensible à tous ces changemens ,
Il voit d'un œil serein les apprêts des tourmens ;
Et plus fier que jamais. . . .

DIOCLETIEN.

                Allez donc , qu'il expire,
Et trouve incessamment cette mort qu'il desire.
Courrez-y , Marcellin , & ne le quittez pas ,
Qu'après avoir été témoin de son trépas.

SCENE III.

DIOCLETIEN, SERGESTE.

DIOCLETIEN.

MOi, je pardonnerois à cette Loi funeste,
Qui seule s'applaudit, & condamne le reste ?
Qui contraignant les cœurs, réprimant les desirs,
Renverse la nature, & proscrit les plaisirs ?
Qui rend ses Sectateurs heureux dans l'infortune;
Et changeant des humains la conduite commune,
De la faveur d'un Dieu leur promettant le prix,
Leur ordonne de voir la mienne avec mépris ?
Non, non ; que la pitié n'entre point dans mon
    ame
Pour le reste odieux de cette Race infâme.
Laissons, laissons contre elle agir tout mon cour-
    roux.

SCENE IV.

DIOCLETIEN, VALERIE, JULIE, SERGESTE.

VALERIE.

SEigneur, je viens tremblante embrasser vos
    genoux.

DIOCLETIEN.

Ma Fille...

VALERIE.
Je vous parle au nom de tout l'Empire.

DIOCLETIEN.
Que me demande-t-il ? Qu'avez-vous à me dire ?

Vôtre trouble m'afflige ; est-il quelque interêt
Assez puissant sur vous. . . .

VALERIE.

Revoquez vôtre Arrêt.
Sauvez un malheureux ; garantissez sa tête ?
Il en est tems encor, écartez la tempête.
Sebaste est cher au Peuple, à la Cour, aux Sol-
dats.

DIOCLETIEN.

Que dis-tu ?

VALERIE.

Je le plains, je ne m'en cache pas.
Si vous sçaviez, Seigneur. . .

DIOCLETIEN.

Quoi ! quel est ce mystere ?

VALERIE.

Je voudrois vous l'apprendre, & je dois vous le
taire.

DIOCLETIEN.

Dieux ! que dois-je penser ?

VALERIE.

Seigneur, n'augmentez pas
D'un cœur infortuné la crainte & l'embarras.
Ne vous suffit-il pas que ma douleur paroisse ?
Ah ! c'est assez pour moi qu'un Pere la connoisse.
Conservez un Sujet si fidéle autrefois ;
Changez en ma faveur la rigueur de vos Loix.

DIOCLETIEN.

Qu'on l'immole, le Traître, à ces Loix légitimes.
Quelle sanglante mort peut expier ses crimes ?
Je lui pardonnerois de m'avoir outragé :
Mais le Culte des Dieux sera-t-il négligé ?

VALERIE.

Ah ! pour vous arracher cette funeste envie,
Apprenez que je suis. . . Laissez durer sa vie.
Seigneur, de vos bienfaits ce sera le plus doux.
Une seconde fois j'embrasse vos genoux.
Souffrez. . .

DIOCLETIEN.

A quel excès tu portes ton audace?
Veux que d'un Chrétien je t'accorde la grace?
Pens qu'il n'en est point dont j'épargne le sang,
L'amitié, le devoir, la naissance, le rang
Ne rendront jamais à moi-même infidelle.
J'en ai fait le serment, & je le renouvelle:
Tous les Chrétiens mourront.

VALERIE.

Ciel!

DIOCLETIEN.

Tout l'Empire en vain
Uniroit ses efforts pour rompre mon dessein.
Et pour vous, à jamais j'impose à vôtre bouche,
Un silence éternel sur tout ce qui les touche.
Ma haine se redouble, & vous la connoissez.
Craignez-en les transports; j'ordonne, obéissez.

VALERIE.

Hélas! quelle disgrace à la mienne est égale?

DIOCLETIEN *revenant de son emportement.*

Ma Fille, rougissez d'une pitié fatale.
D'un rebelle Sujet laissez trancher les jours.
Son sang m'est précieux; je vous aime toûjours:
Mais ce Nom de Chrétiens, je ne sçaurois le taire,
Qui à la fureur a porté ma colere.
J'en bannis la mémoire; & par des soins plus
doux
Je vai faire éclater ma tendresse pour vous.
L'espoir de vôtre Hymen fait mon bonheur su-
prême:
Je n'en veux confier les apprêts qu'à moi même.
Dans une heure au plus tard nous verrons vôtre
Amant;
Je prétens vous unir dès ce même moment.
De mes ordres ici l'on viendra vous instruire,
Vous n'aurez alors qu'à vous laisser conduire.

✠✿✠✿✠✿✠✿✠✿✠✿✠✿✠✿✠✿✠✿✠✿✠✿✠✿✠✿✠✿✠✿✠✿✠✿✠✿✠

SCENE V.
VALERIE, JULIE.
VALERIE.

A Quelle épreuve, hélas, se trouve ma vertu ?
Et que mon cœur, Julie, est triste, & com-
    battu !
Sebaste va mourir, tandis qu'il me condamne
A traîner de longs jours dans une Cour profane.
Que ma grandeur me pése ! & que mon sort pom-
    peux
Me paroît desormais peu digne de mes vœux !
Que je hai les honneurs où je suis attachée !
Aux regards de la Cour que ne suis-je cachée !

JULIE.

Et pourquoi, peu sensible aux soins de l'Empe-
    reur,
Cherissez-vous, Madame, une funeste erreur ?
Etrange impression, que je ne puis comprendre !
Quel poison sur vos sens a dont pû se répandre ?
Tout ce qui fut l'objet de vos plus chers desirs,
Pere, Amant, Alliez, Amis, gloire, plaisirs,
A vos yeux ébloüis n'étalent plus de charmes,
Vôtre cœur se nourrir de soupir & de larmes ;
Et pleine de transports que vous n'eûtes jamais,
Vous négligez les dons que les Dieux vous ont
    faits.

VALERIE.

De pareils sentimens ne te surprendront guere,
Si le Ciel t'envoyoit la Grace qui m'éclaire.
Un seul de ses rayons dissipe en un moment
La plus obscure nuit d'un long aveuglement ;
Et détruit à son gré, dans l'ame la moins pure,
Toutes les passions qu'inspire la nature.

De ſon pouvoir divin les effets glorieux
Attachent à toute heure, & mon cœur, & mes
    yeux.
Je vois d'un de ſes traits une Femme frapée,
Renoncer aux plaiſirs qui l'avoient occupée ;
Par des ſoins aſſidus effacer les beautez
Dont les cœurs les plus durs demeuroient en-
    chantez ;
S'arracher aux attraits de l'Amour le plus tendre ;
Se vêtir d'un cilice, & ſe couvrir de cendre ;
Se nourrir, au hazard, des plus ſauvages fruits ;
Refuſer le ſommeil dans les plus longues nuits ;
Et donnant à ſon Sexe un exemple terrible,
Choiſir pour ſon ſéjour un Roc inacceſſible.
Une autre, dont le cœur profane, inceſtueux
Se plaiſoit à brûler des plus horribles feux ;
Qui bravant du devoir la contrainte ſevere,
Ne craignoit point les noms d'infâme, & d'adul-
    tere,
A l'aſpect du Sauveur à ſes yeux preſenté,
Sent ce cœur hors de lui par la grace emporté ;
Qui pleurant de ſes vœux l'indigne idolâtrie,
Gémir, & de ſes cris va remplir Samarie.
De ces Exemples ſaints ne puis-je profiter ?
Ils ne me ſont offerts que pour les imiter.
Qu'à côté de Sebaſte, intrepïde, on me voye
Partager ſes perils, ſa conſtance, & ſa joye.
Rien ne me retient plus.... Mais je voi Marcel-
    lin.

SCENE VI.

VALERIE, JULIE, MARCELLIN.

VALERIE.

PArlez ; que fait Sebaste ? Et quel est son destin.

MARCELLIN.

Je cherchois l'Empereur , Madame , pour lui dire
Que nos Dieux sont vangez , & que le Traître
    expire.

VALERIE.

Il est mort !

MARCELLIN.

    C'en est fait ; & par son sang versé,
De son Impieté le crime est effacé.
Non , Madame , jamais une audace semblable
N'alluma de César le courroux redoutable.
De ses plus chers bienfaits cet ingrat accablé,
Par son Auguste Nom n'a point paru troublé.
Les soins de ses Amis l'ont rendu plus farouche.
D'execrables discours sont sortis de sa bouche.
Il affectoit encor d'être plus criminel.
Il eût voulu souffrir un trépas plus cruel ;
Et pour mieux satisfaire à sa brûlante envie,
Il auroit souhaité d'avoir plus d'une vie.

VALERIE.

O Ciel !

MRRCELLIN.

    Quoi donc , sa mort vous cause quelque ennui ?
La pitié vous fait-elle intéresser pour lui !
Non, Madame, étouffez un sentiment trop tendre,
Et retenez les pleurs que vous allez répandre.
Apprenez que l'Enfer, par ses Enchantemens,
Du trépas de ce Monstre a marqué les momens.

VALERIE.

VALERIE.

Quel prodige !

MARCELLIN.

L'Enfer honteux de son supplice,
Vient d'armer à la fois la force , & l'artifice.
Dans l'instant que Sebaste expirant , déchiré,
N'offroit plus à nos yeux qu'un corps défiguré ;
Par un charme soudain , dont je frémis encore,
On l'a vû plus brillant que l'Astre qu'on adore.
La Terre a retenti de chants , & de concerts,
Dont le bruit éclatant a volé dans les airs :
Le Ciel s'est entr'ouvert ; & sa Voute azurée
Par des rayons de flâme a paru separée.
Ce Prodige étonnant a glacé nos esprits :
Mais dissipant l'erreur qui nous avoit surpris,
Nous avons des Enfers reconnu par la puissance,
Qui d'une Secte impie embrasse la défense.
Alors l'étonnement a fait place à l'horreur ;
Et contre les Chrétiens une juste fureur,
Dans nos cœurs indignez a redoublé l'envie
D'attaquer à jamais leur repos , & leur vie.
Je vai trouver César ; & fidelle témoin
De ce qu'ont vû mes yeux , l'informer avec soin.
Madame , pardonnez au zèle qui m'entraîne.

SCENE VII.

VALERIE, JULIE.

VALERIE.

EClatez , sentimens que ja n'ai tûs qu'à peine,
Tant qu'a duré le cours de ce triste Récit.
Qu'a donc vû Marcellin , ô Ciel ! & qu'a-t-il dit ?
Tu viens , Dieu des Chrétiens , de marquer ta
    Puissance.
Je sçai de tes Martyrs quelle est la recompense ;

Je fçai quelles faveurs leur prodigue ta main ;
Ils vont après leur mort revivre dans ton fein :
Mais j'ignorois encor, qu'avant leur trépas même,
Ils connuffent l'éclat de ta Gloire fuprème ;
Qu'en leur faveur ta Face illuminât les airs ;
Et que leurs yeux mourans viffent les Cieux ou-
    verts.
Quel cœur, après ces traits, peut encor mécon-
    noître
Ton pouvoir infini, feul Auteur de fon Etre ?
Je veux m'unir à toi ; rien ne peut deformais
Retarder d'un moment le vœu que je t'en fais.
Mon fang verfé rendra cette union parfaite.
Allons donc.

            JULIE.
        Jufte Ciel ! quelle ardeur indifcrette
Vient encore porter vos defirs vers la mort ?
Sebafte a condamné cet injufte tranfport.
Oubliez-vous les foins dont il vous a chargée ?

            VALERIE.
Puiffai-je dans ce jour en être dégagée !
Eh, qu'importe ma vie au Salut des Chrêtiens ?
Leur Dieu pour les fauver manquent-t-il de
    moyens ?
Ce Dieu qui fait gronder, & partir le Tonnerre,
Ce Dieu qui peut d'un fouffle anéantir la Terre,
Ne confondra-t-il pas, par cent coups differens,
La rage des Enfers, & l'orgueil des Tyrans ?
Ceffe de t'oppofer au zèle qui m'enflâme.

            JULIE.
Quoi, ce grand interêt ne peut rien fur vôtre
    ame ?
Souvenez-vous du moins qu'un Amant glorieux
Attend vôtre Hymenée, & vole vers ces lieux ;
Enfin fi vous fuivez cette barbare envie,
Le coup dont vous mouriez terminera fa vie.
Vous n'en fçauriez douter.

VALERIE.

                         Cruelle , que fais-tu ?
Hélas ! que ta menace étonne ma vertu !
Que d'un Amant si cher mon cœur craint la pre-
    sence !
Mes secrets mouvemens ont trop de violence.
Que dis-je ? Chaque instant ajoûte à mon Amour.
Ah ! puisse ce Vainqueur reculer son retour !
Comment contre ses soins pourrois-je me défen-
    dre ?
Quel seroient mes remparts contre un penchant si
    tendre ?
Soutiendrois-je un moment ses regards , & ses
    pleurs ,
Si je frémis déja de ses moindres douleurs ?
Non , qu'il n'arrive point ; je sens croître ma
    crainte.

JULIE.

Eh , Madame , suivez ce penchant sans contrainte.
Croyez-moi ; quel Démon tyran de vos desirs ,
Fait taire vôtre Amour , & mourir vos plaisirs ?
Profitez d'un bonheur dont le sort est avare.
N'osez-vous en joüir quand il vous le prépare ?
Pourquoi vous attacher à ce que vous aimez ,
Et séparer deux cœurs l'un pour l'autre formez ?
Deux cœurs, dont l'union fait l'espoir de l'Empire.

VALERIE.

Hélas !

JULIE.

        Vous soupirez ?

VALERIE.

                Il est vrai , je soupire.
La perte du bonheur dont je viens de parler ,
Ne suffit-elle pas pour me faire trembler ?
J'y renonce. Le Ciel excusera sans doute
Les soupirs que je pousse , & les pleurs qu'il m'en
    coûte.
Hâtons-nous ; que la mort termine mes combats.

Si tu m'étois moins cher, je ne te craindrois pas,
Adrien ; de mon sort la funeste nouvelle
Portera dans ton ame une douleur mortelle ;
Je le sçais : cependant s'il ne m'est plus permis
De te garder ce cœur que je t'avois promis,
De me lier a toi d'une éternelle chaîne,
Je t'épargne en mourant une plus dure peine ;
Et tu souffriras moins encor par mon trépas,
Que tu ne souffrirois, si je ne mourois pas.

J U L I E.

Dieux puissans, détruisez un projet si funeste !

V A L E R I E.

N'implore plus pour moi des Dieux que je deteste.
Mais c'est mal ménager des momens précieux.
Quel charme plus long tems me retient en ces
      lieux ?
Que feroir d'un Amant la presence imprévûë ?
Cherchai-je à m'exposer au peril de sa vûë ?
Perdrai-je cet instant de constance, d'ardeur,
Où la Grace du Ciel triomphe dans mon cœur ?
Elle ne revient point au gré de nos caprices,
Et nous laisse souvent au bord des précipices ;
Elle fuit, je le sçai, ceux qui l'osent trahir :
Elle parle, elle agit ; hâtons-nous d'obéïr.
Allons de l'Empereur éprouver la colere ;
Il ne gardera rien des sentimens d'un Pere ;
Le plus cruel trépas me sera reservé,
Et j'y cours.

S C E N E   VIII.

VALERIE, JULIE, SERGESTE.

SERGESTE.

ADrien ; Madame, est arrivé.

Adrien.

SERGESTE.

Rôme entiere ; au bruit de ſa venuë ,
Au devant de ſes pas en foule eſt accouruë.
Tout le Peuple eſt charmé de ſes moindres Ex-
    ploits ,
Et de ce Peuple immenſe il ne ſort qu'une voix ,
Qui, par des cris de joye, & des chants de victoire,
Etale à ce Vainqueur tout l'éclat de ſa gloire.
Il voloit vers ces lieux. Céſar n'a pas voulu ;
Sur ſon empreſſement ſes Loix ont prévalu :
Venez , Guerrier , venez prendre vôtre Conquête;
Suivez-moi dans le Temple où vôtre Hymen
    s'apprete ,
A-t-il dit.

VALERIE.

Quelle joye a ſaiſi tous mes ſens !
Reſſentit-on jamais des transports ſi puiſſans ?
Qu'il s'éleve en mon ame une funeſte guerre !
Ah ! malgré mes efforts , que je tiens à la terre!
Que je crains le ſuccès de mes nouveaux com-
    bats !
Malheureuſe ! Le Ciel a retiré ſon bras.

JULIE.

Venez, partez ; Céſar attend qu'on vous emmene;

VALERIE.

Ma timide raiſon ne démêle qu'à peine
Le deſordre honteux que je veux me cacher.

C 3

SCENE IX.

VALERIE, JULIE, MARCELLIN, SERGESTE.

MARCELLIN.

L'Empereur est au Temple, & je viens vous
    chercher.
Aux yeux de vôtre Amant hâtez-vous de paroître,
Madame ; tout est prêt, la Victime, le Prêtre ;
Aux pieds des Immortels le Peuple est à genoux,
Et pour les implorer on n'attend plus que vous.

JULIE.

Allez prendre un Epoux presenté par un Pere,
Un Epoux triomphant, & digne de vous plaire.

VALERIE.

Foible cœur ! de quels soins es-tu donc occupé !
Qu'un Objet enchanteur t'a vivement frapé !

JULIE.

Pour vous seule on prepare une pompeuse Fête.
Les momens vous font chers.

MARCELLIN.

      Courez. Qui vous arrête ?

JULIE.

N'osez-vous plus fixer vos timides regards ?
Ils semblent incertains errer de toutes parts.

MARCELLIN.

Que dirai-je à César, de qui l'Ordre suprême
Veut....

VALERIE.

    Je vai lui porter ma réponse moi-même.

SCENE X.

JULIE *seule.*

L'Amour regne à son tour ; il triomphe à la
  fin ;
Et selon nos desirs va régler son destin.
Cette soif de la mort fera place en son ame
A l'espoir d'être unie à l'Objet de sa flâme.
En vain elle resiste , & contre son Amant
Ce zèle impetueux ne tiendra qu'un moment.
Chrêtien , ouvrez les yeux, que vôtre fureur cesse;
Du Dieu que vous servez connoissez la foiblesse ,
Elle doit hautement éclater en ce jour ;
Son pouvoir va ceder à celui de l'Amour.

Fin du second Acte.

ACTE III.

SCENE I.

DIOCLETIEN , VALERIE, JULIE , MARCELLIN, SERGESTE , GARDES.

DIOCLETIEN.

Nfin de vôtre Hymen la Fête est terminée ;
Ma Fille ; Benissons, cette heureuse Journée ,
Et qu'elle soit marquée entre les jours fameux
Dont le nom consacré passe chez nos Neveux.
J'atteste Jupiter , & le Dieu qui m'éclaire,
Que mon cœur desormais n'a plus de vœux à
　　faire.
La Victoire elle-même asûre mes Etats ;
D'un guerrier invincible elle emprunte le bras ,
Qui jaloux de ma Gloire , & brûlant pour ma
　　Fille ,
Par des Liens sacrez s'unir à ma Famille.
Vivez tous deux ; qu'Amour prenne soin de vos
　　jours ;
Que la noire Discorde en respecte le cours ;
Et qu'Hymen animent vôtre ardeur mutuelle ,
Redonne à vos desirs une force nouvelle.
Je vous laisse, ma Fille ; attendez vôtre Epoux,

Mes Ordres un moment l'arrêtent loin de vous,
Il consomme le sort d'une Race proscrite,
Et remplit dignement la Loi qu'il s'est prescrite.
Libre de son serment, & quitte envers les Dieux,
Il viendra plein d'Amour vous trouver en ces
    lieux.
Puissai-je à mon retour voir son cœur & le vôtre
Encor plus satisfaits, plus charmez l'un de l'autre!
Regnons tous trois ensemble ; & jusques à la fin
Unissons nos esprits, nos soins, nôtre destin.
Adieu. Dans les transports où mon ame est en
    proye,
Ce tendre embrassement doit vous marquer ma
    joye.

SCENE II.

VALERIE, JULIE.

JULIE.

Madame, permettez que je montre à mon
    tour
L'interêt que j'ai pris au sort de vôtre Amour :
Heureuse, si je puis vous le faire paroître !

VALERIE.

Où suis-je? Commençai-je encore à me connoître ?

JULIE.

C'en est fait ; vos chagrins doivent s'évanoüir
A l'aspect des plaisirs dont vous allez joüir.
O Ciel ! dans quel bonheur va couler vôtre vie
Le destin desormais préviendra vôtre envie.

VALERIE.

Quel nuage confus semble voiler mes yeux ?
D'où sortons-nous ? Comment me trouvai-je en
    ces lieux ?
Dans cet Appartement César m'a-t-il conduite ?

Quel étoit l'appareil de sa pompeuse Suite ?

JULIE

Rome s'est attachée à célebrer ce jour ;
Le Peuple avec éclat a secondé la Cour.
Dieux ! avec quel respect l'Empire vous honore !

VALERIE.

Mon trouble malgré moi durera-t-il encore ?
Non ; il s'évanoüit.

JULIE.

Goûtez donc à loisir,
Du sort qui vous attend, la gloire & le plaisir.
Ouvre toute vôtre ame. . . .

VALERIE.

Enfin je voi mon crime,
D'une coupable ardeur déplorable Victime.
J'ai marché vers le Temple, où ma foible raison,
De mes sens éperdus souffrant la trahison.
N'a pû rien opposer à l'Empire suprême
Qu'exercent sur un cœur les yeux de ce qu'il aime.
Le mien empoisonné de ces tendres plaisirs,
S'est livré tout entier à ses premiers desirs.
J'ai demeuré sans voix ; ma force ma quittée ;
Et dans les mouvemens dont j'étois agitée.
Devant quel Dieux, ô Ciel ! j'ai fléchi les genoux ?
Au pied de quels Autels ai-je pris un Epoux ?
Quel Ministre a reçu la foi que j'ai donnée ?
Ah, sermens odieux ! sacrilege Hymenée !
Que tu vas me coûter de remords rigoureux !
Je romps dès ce moment tes détestables nœuds.
Perisse ta mémoire, & la satale flâme
Qui troubloit mes esprits, & devoroit mon ame ;
Quoi ? Le premier regard d'un profane Mortel,
A ravi tous mes vœux à l'Epoux Eternel ?
J'ai méprisé sa voix qui m'avoit inspirée ?
J'ai trahi son esprit qui m'avoit éclairée ?
Brûlante, j'ai cherché l'ennemi de sa Loi ?
Quelle horreur ! si sa main s'appesantit sur moi.

JULIE.

Une Erreur vous aveugle, & revient vous sur-
    prendre?

VALERIE.

Laisse-moi ; je ne puis ni te voir, ni t'endre.
De crainte & de douleur je me sens tressaillir.
En moi-même un moment je veux me recueillir,
Et meriter du Ciel, par de sinceres larmes,
Que contre ma foiblesse, il me prête des armes.
Grace de l'Esprit Saint, Souveraine des cœurs,
Descends ; frappe le mien avec tes traits vain-
    queurs.
Etouffe avec tes feux l'ardeur qui t'a bannie,
Et fais agir en moi ta Puissance infinie.
Mes vœux sont exaucez ; & ton secours revient.
Contre mes Ennemis ta force me soutient.
D'un frivole bonheur esperances trompeuses,
Objets charmans & vains, illusions flateuses,
Vous n'éblouïrez plus ni mon cœur ni mes yeux.

JULIE.

Vous croyez....

VALERIE.

    Ah ! c'est trop t'arrêter en ces lieux.

JULIE.

Eh, puis-je quitter?

VALERIE.

        Eloigne-toi ; te dis-je ;
Ton zèle me déplait, ton amitié m'afflige.
Epargne-moi l'ennui d'un discours surperflus ;
Si mon repos t'est cher, ne me resiste plus.

SCENE III.

VALERIE *seule.*

ENfin dans un inſtant le Guerrier va paroître,
Que de mes vœux l'Amour fit ſi long-tems le
    maître.
Charmé de ſa conquête, il viendra la cherrher.
Ah ! fuyons. Mais que dis-je ? Et pourquoi me
    cacher ?
Attendons-le plûtôt, ce Vainqueur redoutable ;
Combattons par mes ſoins ſa fureur implacable.
Je ne le connois plus, s'il pourſuit un Deſſein
Qui d'un Sang que je pleure a fait rougir ſa main.
Que mes pleurs, en pitié faſſent changer ſa rage !
C'eſt à toi, Dieu Puiſſant, qu'appartient cet ou-
    vrage.
Toi qui briſes les cœurs, & portes à ton gré,
Dans un ſein criminel ton feu le plus ſacré,
Dieu benin, verſes-en quelque heureuſe étincelle
Sur les yeux aveuglez de cette Ame infidelle.
Ton Ennemi s'approche, & je vai lui parler.
Mais, ſi ton bras n'agit, pourrai je l'ébranler ?
Prête à ma foible voix cet éclat du tonnerre,
Par qui le fier Saulus fut renverſé par terre,
Quand pourſuivant le Peuple agreable à tes yeux,
Un ſeul mot deſarma ce Guerrier furieux,
Et lui donnant la Foi dont ton Eſprit m'anime,
De ton Perſecuteur le rendit ta Victime.
Accorde cette grace à mes brûlans ſoûpirs.
Adrien vient. Grand Dieu ! ſeconde mes deſirs.

SCENE

SCENE IV.

ADRIEN, VALERIE.

ADRIEN.

Que les momens sont longs loin de vôtre pre-
　　sence !
Madame, que mon cœur sentoit d'impatience !
Mais, grace aux Immortels, rappellé près de vous,
Je puis flatter mes vœux du destin le plus doux ;
Je puis en liberté vous exprimer. . . .

VALERIE.

　　　　　　　　　　　Arrête.
A quel titre veux-tu que je sois ta Conquête ?
Sur quels droits fondes-tu cet espoir si charmant ?

ADRIEN.

Justes Dieux !

VALERIE.

　　　　Tes soûpirs poussez en ce moment,
En vain s'efforceroient de reveillez ma flâme :
Contre tous leurs efforts j'ai préparé mon ame ;
Tu ferois sans succès entendre tes douleurs.

ADRIEN.

Hélas !

VALERIE.

　　　Indifferens, mes yeux verroient tes pleurs.
Tu viens, t'applaudissant de l'Amour qui t'anime,
Attester un Hymen que tu crois légitime ;
Et fier de ces Liens, augustes parmi nous,
Tu portes dans tes yeux tout l'orgueil d'un Epoux !
Va ; cesse de penser que l'Hymen nous unisse.
Ecoute ; & desormais rends-toi plus de justice.
Je ne vois plus en toi cet Amant généreux,
Ardent à soulager les Peuples malheureux,
Implacable Ennemi de l'horreur & du crime,

Et trop digne en effet de ma plus tendre eſtime.
Après tes noirs forfaits, tu n'offres à mes yeux
Qu'un lâche Adulateur, qu'un Tyran furieux,
Dont les mains juſqu'ici noblement triomphantes,
Du Meurtre des Chrétiens ſont aujourd'hui ſan-
　　　glantes.
Tu n'es que le Bourreau de ce Peuple innocent
Que le Maître des Cieux voit d'un œil careſſant,
De ce Peuple cheri que je plains & que j'aime,
Et dont l'eſprit m'éclaire & m'inſpire moi même.

　　　　　A D R I E N.
Qu'avez-vous prononcé?

　　　　　· V A L E R I E.
　　　　　　　　Ce n'eſt pas tout encor.
De la Grace du Ciel j'ai reçu le tréſor.
Aux Myſteres ſacrez Sebaſte m'a guidée,
Et par ſes ſoins heureux je ſuis perſuadée.
Si tantôt dans le Temple, interdite à tes yeux,
J'ai laiſſé célébrer le Prêtre de vos Dieux,
Je ne le puis celer, ta preſence trop chere,
En troublant ma Raiſon, m'a forcée à me taire:
Mais revenuë ici de ce trouble ſoudain,
Une Grace plus forte a coulé dans mon ſein.
L'Amitié, ni l'Amour n'ont rien qui me retienne;
J'immole tout à Dieu, puiſque je ſuis Chrêtienne.

　　　　　A D R I E N.
Je tremble.

　　　　　V A L E R I E.
　　　　　Tu connois maintenant qui je ſuis,
Conçois, ſi tu le peux, l'excès de mes ennuis,
Au moment que je voi tes fureurs ſanguinaires
Conduire le poignard dans le cœur de mes Freres.
Rome entiere rougir, & nage dans le ſang,
Que le fer par ton Ordre a tiré de leur flanc.
Il ne reſte que moi, de cette Race ſainte.
Immole-moi, Barbare; acheve ſans contrainte.
Frappe, perce ce cœur digne de ton courroux.
Qui te retient?

ADRIEN.

Ah Ciel ! que me proposez-vous ?

VALERIE.

Tu frémis ? Ne crains pas de te charger d'un
    crime.
Sacrifie à tes Dieux leur derniere Victime.
La fureur qui te porte à de tels attentats,
Contre un reste d'Amour enhardira ton bras.
Moi-même, s'il le faut, satisfaite, intrepide,
Je guiderai ta main chancelante & timide.
Je voi couler tes pleurs ? Est-il tems de pleurer ?
Hâte-toi de choisir, c'est trop déliberer.
Gardé jusqu'à la fin ta fatale promesse ;
Etouffe dans mon sang la Foi que je professe ;
Ou plûtôt, renonçant à ton aveugle Erreur,
Des celestes clartez laisse frapper ton cœur.
Ou partage, ou punis le zéle qui m'anime,
Et fai-moi ton Epouse enfin, ou ta Victime.
Réponds.

ADRIEN.

Laissez du moins revenir mes esprits.
Du long étonnement qui les avoit surpris,
Croyez-vous que la voix ne me soit pas coupée
Par le coup imprévû dont mon ame est frapée ?
Quel mêlange confus de divers mouvemens !
Mais qui peut tout d'un coup forcer mes senti-
    mens ?
Quelle secrete voix m'épouvante, & m'entraîne ?
Quelle contraire ardeur a dissipé ma haine ?
Peuple saint, desormais ne crains plus mon cour-
    roux.
Je suis Chrétien, Madame, & Chrétien comme
    vous.

VALERIE.

Quel retour ! Ce Miracle, ô Ciel ! est-il possible ?
Tes Traits ont pénétré dans ce cœur insensible ?

ADRIEN.

Oüi ; dans vos sentimens ce cœur est affermi.

D 2

Ne me regardez plus comme vôtre Ennemi.
Rendez moi cette Foi que vous m'avez jurée.

V A L E R I E.

Ah ! je vous la promets d'éternelle durée.
J'en atteste ce Dieu vengeur des faux sermens,
Qui se découvre à vous dans ces heureux mo-
    mens.
Puisque vous l'adorez d'un cœur ferme & sincere,
Vous êtes mon Amant, mon Epoux, & mon Frere.
C'est peu pour ma Tendresse ; & tant de Noms si
    doux
N'expriment point encor ce que je sens pour vous.
Recevez donc ma main , & donnez-moi la vôtre ;
Redoublons , s'il se peut , nôtre Amour l'un &
    l'autre.
Le Devoir le soutient , la Pieté , l'Honneur :
C'est là , cher Adrien , le suprême bonheur.
Des profanes Amans ignorant la contrainte ,
Nous brûlons sans remords, sans soupçons, & sans
    crainte.

A D R I E N.

Quel transport , de vous voir répondre à mes sou-
    pirs !
Que cet aveu charmant calme de déplaisirs !
Vôtre front est tranquille, & vos yeux sans colere;
Vous m'aimez; je suis sûr du bonheur que j'espere.
Mais tandis qu'enchanté du Nom de vôtre Epoux,
Je passe de mes jours les momens les plus doux ;
De barbares Soldats une Troupe cruelle
Porte sur les Chrétiens une main criminelle.
Que dis-je ? Par mon Ordre on les cherche avec
    soin.
Allons que leur malheur ne passe pas plus loin.
Desarmons les Bourreaux armez pour leur suplice,
Ou faisons de leur sang un juste sacrifice.
Je ne balance plus ; & par de grands effets ,
Je vai , si je le puis , reparer les forfaits.

VALERIE.

Je ne vous quitte point.

ADRIEN.

Non , arrêtez , Madame.

VALERIE.

Puifque ma Pieté s'accorde avec ma flâme ;
Au nom de tous deux , ne me refufez pas
La gloire & le plaifir d'accompagner vos pas.
Ne nous feparons plus enfin , s'il eft poffible.

ADRIEN.

Venez donc fignaler ce courage invincible.
Je ne condamne plus l'impétueufe ardeur
Dont le Dieu tout-puiffant embrafe vôtre cœur.
Faifons-le triompher d'un Ennemi funefte ,
Et laiffons-lui le foin de régler tout le refte.

Fin du troifiéme Acte.

ACTE IV.

SCENE I.

JULIE *seule.*

UEL Maſſacre inhumain ſe trouve à chaque pas,
Des malheureux en proye aux fureurs des Soldats !
La mort regne en tous lieux, & ſes triſtes images
Font ſentir la terreur aux plus fermes Courages.
Voicí ton dernier jour, Peuple ennemi des Dieux,
Peuple, à qui l'impoſture a faſciné les yeux ;
Tu meurs, & pour jamais ta Secte eſt abolie.
Céſar paroît, ſortons.

SCENE II.

DIOCLETIEN, JULIE, SERGESTE.

DIOCLETIEN.

Non, demeure, Julie.
Ma Fille eſt-elle encor dans ton Appartement ?

JULIE.

Je l'ignore, Seigneur ; j'arrive en ce moment.
Par son Ordre tantôt je me suis retirée.
Je ne sçai de quels soins elle étoit devorée :
Mais j'ai vû de son cœur le desordre secret,
Et connu que ses yeux me voyent à regret.

DIOCLETIEN.

Non, non ; dans vos soupçons vous vous êtes
    trompée.
De sa Tendresse seule elle étoit occupée ;
Et son cœur libre alors de tous les autres soins,
Craignoit dans ses transports les regards des té-
    moins.
Croyez-moi. Cependant ne sçauriez-vous m'ap-
    prendre
D'où partent tous les cris que nous venons d'en-
    tendre ?
Des soupirs redoublez, de lugubres clameurs,
Un bruit triste & confus de plaintes & de pleurs.
De mon Cabinet même ont percé la retraite,
Et porté dans mon ame une crainte secrete.

JULIE.

De ces plaintes, Seigneur, cessez d'être étonné ;
C'est la mourante voix d'un Peuple infortuné.
Qui pour fuir le supplice a deserté la Ville,
Et crû dans ce Palais rencontrer un Azyle.

DIOCLETIEN.

Il n'en trouvera point ici contre les Dieux.
Allons plûtôt le voir expirer à mes yeux.
Mais parmi tous ces cris que pousse la tristesse,
J'ai démêlé des Noms si chers à ma Tendresse,
Que j'ai senti long-tems mes esprits agitez
Par ces Noms précieux trop souvent repetez.
C'est celui d'Adrien, c'est celui de ma Fille.
Quel droit ont les Chrétiens de nommer ma Fa-
    mille ?
C'est joindre un nouveau crime à d'autres atten-
    tats.

JULIE.

Ils se flatent, Seigneur, d'éviter le trépas.
Par ces Noms si sacrez ils demandent leur grace.

DIOCLETIEN.

Non ; perisse à jamais cette funeste Race.
Je touche, grace aux Dieux, à l'instant fortuné
Où par le fer le reste en sera moissonné.
Mais c'en est déja fait. Marcellin plein de zèle
De leur destruction m'apporte la nouvelle.

※※※※※※※※※※※※※※※※※※※※※※※※※※

SCENE III.

DIOCLETIEN, JULIE, MARCELLIN, SERGESTE.

DIOCLETIEN.

M'Annoncez-vous la fin de tout le Nom
Chrêtien?
De ce Peuple odieux ne reste-til plus rien?

MARCELLIN.

Il en reste encor deux, Seigneur.

DIOCLETIEN.

Qu'osez-vous dire?
N'ai-je pas commandé que le dernier expire?

MRRCELLIN.

Oüi, Seigneur.

DIOCLETIEN.

Pourquoi donc trompiez-vous mon espoir?

MARCELLIN.

Seigneur, jusqu'à la fin j'aurois fait mon devoir,
Mais quand j'allois finir ce double sacrifice,
J'ai pensé qu'il falloit que je vous avertisse.
Si vous voulez leur mort, vous n'avez qu'à parler,
J'y vole ; je suis prêt à vous les immoler.

DIOCLETIEN.

Si je le veux? Comment, en doutez-vous encore?

Ah ! je l'ai trop promis à ces Dieux que j'adore.
Courez.

MARCELLIN.
Auparavant je dois vous les nommer,
Seigneur, de leur deftin je dois vous informer.

DIOCLETIEN.
Parlez, qu'attendez-vous ? Je brûle de l'apprendre.
Qui font-ils ?

MARCELLIN.
Vôtre Fille...

DIOCLETIEN.
O Dieux !

MARCELLIN.
Et vôtre Gendre.
J'ai frémi, comme vous, au bruit de ce malheur.
J'ai prévû vos chagrins, & plaint vôtre douleur.
Mais s'il faut la dompter, s'il faut...

DIOCLETIEN.
Que dois-je faire ?
Quels feront mes projets, fi le Ciel ne m'éclaire ?

MARCELLIN.
Sur-tout, ne croyez pas que la crainte ou l'efpoir,
Sur ces cœurs prévenus garde quelque pouvoir.
Jamais Chrêtien, pouffé d'une ardeur criminelle,
N'ofa porter fi loin la fureur de fon zèle.
C'eft peu, Seigneur, c'eft peu d'avoir à haute voix
Fait éclater par-tout le mépris de vos Loix :
Ils ont autorifé, par leurs propres exemples,
Leurs timides Amis à profaner les Temples ;
Ils les ont fecourus, ils les ont animez ;
Dans leur Foi chancelante ils les ont confirmez ;
Ils ont mis en ufage & la force & l'adreffe.
La Princeffe pleurant leur marquoit fa tendreffe.
Elle leur enfeignoit à braver le trépas,
Tandis que fon Epoux maffacroit vos Soldats.

DIOCLETIEN.
Et vous l'avez permis fans lancer vôtre Foudre,
Dieux, qu'ils ont offenfez !

MARCELLIN.

Il est tems de résoudre.
Si vous voulez punir, Seigneur, ou pardonner.

DIOCLETIEN.

Allez, & devant moi faites-les amener.

MARCELLIN.

Qu'est-il besoin, Seigneur, de tant de violence ?
Vous les verrez bien-tôt chercher vôtre présence,
Venir subir l'arrêt justement prononcé ;
Et déja dans ces lieux ils m'auroint devancé,
Si retenus ailleurs par les soins necessaires
D'élever des Tombeaux à leurs malheureux Fre-
res,
Ils n'avoient rassemblé leurs membres separez,
Et recueilli leur sang dans des Vases sacrez.

DIOCLETIEN.

Ah ! je ne puis trop tôt asûrer ma vengeance.
Je les entens ; vers moi l'un & l'autre s'avance.
Sortez. Quelque fureur qui puisse m'agiter,
Empêchons quelque-tems ses transports d'éclater.

***

SCENE IV.

DIOCLETIEN, VALERIE, ADRIEN.

ADRIEN.

JE viens, Seigneur, je viens vous apporter ma
            tête.
Vous voulez qu'elle tombe ; ordonnez ; elle est
            prête.
Vous connoissez mon crime ; & loin de le nier,
Loin de vous émouvoir pour me justifier,
Grace au Dieu que je sers, je fais toute ma gloire
D'être plus criminel que vous n'osez le croire.

DIOCLETIEN.

Quelle audace !

ADRIEN *jettant son Epée aux pieds de l'Empereur.*

Seigneur, je remets dans vos mains
Ce fer toûjours heureux à servir vos desseins.
Dans l'état où je suis, il ne m'est plus utile ;
Et mon bras desarmé rend ma perte facile.

DIOCLETIEN.

Ah ! je frémis.

ADRIEN.

Je viens d'immoler vos Soldats.
Peut-être encor de moi ne répondrai-je pas,
Si je les retrouvois accablant l'innocence.
Ce secours est un crime, & le Ciel s'en offense,
Je le sçai ; mais, hélas ! je n'ai pu retenir
Les mouvemens d'un cœur trop prompt à les punir.

DIOCLETIEN.

Criminel à mes yeux, il s'applaudit encore !
Il me brave !

VALERIE.

Tellle est l'ardeur qui nous dévore.
Oüi, Seigneur, nous venons tenter vôtre cour-
roux.
Brisez tous les liens qui m'attachent à vous ;
Ne vous souvenez plus combien je vous suis chere;
Oubliez, s'il se peut, que vous êtes mon Pere,
Oubliez que Vainqueur de tous vos Ennemis,
Mon Epoux est enfin devenu vôtre Fils ;
Terminez un Hymen qui metroit nôtre vie
En état de braver la fortune & l'envie,
Finissez nos plaisirs à peine commencez.
Accablez de tourmens, de toutes parts pressez,
Vous trouverez en nous la même confiance,
Les mêmes sentimens & la même constance.

DIOCLETIEN.

O Ciel ! quelle fureur a saisi vos esprits !
A ma tendre Amitié reserviez vous ce prix ?
Et toi, ne t'ai-je fait entrer dans ma Famille,

Ingrat, que pour venir y féduire ma Fille ?
N'es-tu donc fon Epoux que pour m'affaffiner ?

V A L E R I E.

Ceffez de vous en plaindre, & de le foupçonner.
Apprenez tout, Seigneur. C'eft moi qui la pre-
　　miere
De la Foi qui nous guide ai reçu la lumiere.
C'eft moi qui l'ai tiré de fon aveuglement.

D I O C L E T I E N.

Penfes-tu me tromper pour fauver ton Amant ?
Tu veux en t'accufant le rendre moins coupable.

A D R I E N.

Non, non ; elle vous fait un aveu veritable.
J'ofe le confirmer. Croyez-en nos difcours ;
La pure verité les infpire toûjours.
Du Dieu que nous fervons les fages Ordonnances
Défendent d'en changer les moindres circonftan-
　　ces ;
Ce Dieu, de la Princeffe a fait parler la voix ;
D'un plus foible pouvoir il fe fert quelquefois
Pour ramener à foi les cœurs qu'il illumine
Des rayons triomphans de fa Grace divine.
Si mon Epoufe enfin ne m'eût rendu Chrêtien,
Je le ferois, Seigneur, par quelqu'autre moyen.
Puis qu'ainfi le vouloit ce Maître que j'adore,
Je le fuis, je veux l'être ; & s'il me refte encore
Quelque trouble preffant, quelque chagrin fecret,
Croyez qu'il eft caufé par l'éternel regret
D'avoir facrifié tant de faintes Victimes,
Et puni leurs vertus comme on punit les crimes.
Je frémis quand je voi qu'à mes triftes regards
S'offrent ces flots de fang verfez de toutes parts,
Et que, pour expier l'effet de tant de haines,
Je n'en ai que le peu qui coule dans mes veines.

V A L E R I E.

Que je fens mes tranfports fe redoubler pour
　　vous !
A de tels fentimens je connois mon Epoux.

　　　　　　　　　　　　　　　　　　Mais

Mais quelques mouvemens que ma flâme m'im-
    prime,
Je ne demande point grace pour vôtre crime.
Nous nous aimons, Seigneur ; & peut-être jamais
L'Amour ne pénétra deux cœurs de tant de traits.
Mais, hélas ! qu'éloignez des Amans ordinaires,
Nous formons des defirs à leurs defirs contraires !
Nous fommes animez d'un efpoir different.
Nous fçavons qu'un Chrêtien n'est heureux qu'en
    mourant.
Je demande la mort pour moi, pour ce que j'aime,
Et mon Epoux, Seigneur, la demande de même.
J'embraffe vos genoux ; ne la refufez pas :
Commandez qu'on nous livre aux mains de vos
    Soldats ;
Et nous vous en devrons plus de reconnoiffance,
Que fi vous nous faifiez part de vôtre puiffance.

DIOCLETIEN.

Effroyables malheurs, où je n'ofe penfer !
Qui fufpend ma vengeance, & me fait balancer ?
Objets infortunez de ma fureur mortelle !
Ah ! ma pitié pour vous devient trop criminelle.
Elle combat pourtant : mais près de triompher,
L'interêt de mes Dieux fuffit pour l'étouffer.
Ils exigent ta mort, Parjure, & je leur cede.

ADRIEN.

Hâtez-vous ; contentez l'ardeur qui me poffede ;
Mais, Seigneur, permettez que vous ouvrant mon
    cœur,
Je vous montre du moins jufqu'où va vôtre Er-
    reur.
A ma Religion vous préferez la vôtre.
Une fois feulement comparez l'une à l'autre,
Seigneur, fi vous voulez en faire un jufte choix.
La vôtre n'eût jamais que de barbares Loix ;
Elle ne fe foutient que par la violence :
La mienne par la Paix, & par l'Obéïffance.
La vôtre vous prefcrit l'ordre de me punir,

Moi, que des nœuds facrez à vous doivent unir;
Moi, qui dès le berceau Sujet toûjours fidelle,
Par des foins affidus vous ai prouvé mon zèle :
La mienne, quand je fuis accablé de vos coups,
Me défend de penfer à me vanger de vous.
Que dis-je ? Elle m'impofe une loi fouveraine,
De m'offrir avec joye aux traits de vôtre haine :
De ne vous point haïr, quand dès le premier jour,
Vous m'ôtez pour jamais l'Objet de mon Amour;
De conferver pour vous la foi la plus fincere;
De vous rendre les foins que je dois à mon Pere;
De diffiper la nuit de vos yeux aveuglez;
Enfin, de vous aimer, lorfque vous m'immolez.

DIOCLETIEN.

Ah ! c'eft trop écouter fon infolence extrême.
Chaque mot qu'il prononce eft un nouveau blaf-
    phême.
Ne déliberons plus ; le moment eft venu.
Forçons les fentimens qui m'avoient retenu;
Et faifons éclater, aux yeux de tout l'Empire,
Les effets du courroux que leur crime m'infpire.
Oüi, vous ferez punis, Traîtres; je le promets.
On ne fçauroit haïr autant que je vous hais;
Et je vai m'appliquer à choifir une peine
Digne de vos forfaits, & digne de ma haine.
A ne vous plus revoir accoûtumez vos yeux,
Et ménagez l'inftant de vos derniers adieux.

SCENE V.

ADRIEN, VALERIE.

ADRIEN.

Madame, c'en eft fait ; je connois vôtre
    Pere ;
J'ai lû dans fes regards jufqu'où va fa colere;

Sur ma tête bien-tôt les effets vont tomber :
Ma conſtance étonnée eſt près de ſuccomber ;
Et mes yeux, toûjours ſecs dans mes autres allar-
    mes,
En cet affreux moment ſe rempliſſent de larmes,
Je l'avoüe.

VALERIE.

Eh ! pourquoi me faites-vous trembler,
Quand vôtre exemple ſeul pourroit me conſoler ?
Quelles ſont vos terreurs ? Manque-vous de cou-
    rage ?

ADRIEN.

Oüi, j'en manque, à l'aſpect du ſort que j'envi-
    ſage.
Si j'avois moins d'Amour, je ſerois plus conſtant ;
Ou ſi je l'étois plus, je n'aimerois pas tant.
Mon genereux deſſein accable la nature.
Des pertes que je fais mon triſte cœur murmure.
Cent mouvemens divers, comme autant d'enne-
    mis,
Naiſſent tous à la fois du coup dont je frémis.
Puis-je aller à la mort, ſans montrer de foibleſſe ;
A peine vôtre Epoux, il faut que je vous laiſſe.
Au prix de tout mon ſang, j'ai tâché d'obtenir
Que Ceſar avec vous voulût un jour m'unir.
D'aujourd'hui ſeulement, après ſix ans d'allarmes,
Je me voi, par l'Hymen, Maître de tant de char-
    mes.
Tranquille, je pourrois en joüir deſormais…
Ah ! peut-être avant moi Mortel ne vit jamais
D'un bonheur, ſi parfait ſa tendreſſe ſuivie,
Et n'eut tant de raiſons de ſouhaiter la vie.

VALERIE.

Pour vous encourager, ſongez, en me quittant,
Au peu que vous perdez, au prix qui vous attend.
Si vous ſouffrez la mort, quel bonheur va la ſui-
    vre !

A D R I E N.

Eh, si je n'y pensois, cesserois-je de vivre ?
Croyez, que pour ceder l'espoir d'un bien si doux
Pour rompre nos liens, pour m'arracher à vous
J'ai besoin d'une Foi plus pure & plus ardente,
Que ne l'eut des Martyrs la Troupe triomphante.
Car enfin ma Raison ne sçauroit concevoir
Que je puisse un moment renoncer à vous voir.
Mais que fais-je ? Eloignons cette idée agreable,
Qui peut-être à la fin seroit trop redoutable ;
Qui pourroit renverser mes projets malgré moi.
Dieu que je sers, je meurs, & ne meurs que pour
  toi.
Voi donc avec bonté, Divinité suprême ;
La douleur d'un Epoux qui perd tout ce qu'
  aime.
Comment pourrois-je mieux expier mes forfaits
Que par la violence, hélas ! que je me fais ?
Ah ! si j'ose esperer d'appaiser ta justice
C'est moins par mon trépas que par ce sacrifice.

V A L E R I E.

Mourons donc sans foiblesse ; & ne regrettons p
D'un Hymen fortuné les sensibles appas,
Renonçons avec joye à des biens perissables ;
Puis qu'il nous est permis d'en trouver de dur
  bles.
Que nous sommes heureux d'être privez du jour
Dans les premiers transports d'un legitim
  Amour !
D'emporter sous la tombe une flâme si pure,
Qu'elle n'a jamais fait ni plainte, ni murmure
Nous sommes seuls peut-être, entre tous l
  Epoux,
Jusqu'ici distinguez par un destin si doux.
Que pouvoient desirer & mon cœur, & le vôtre
Que de mourir, charmez & contents l'un
  l'autre ?

ADRIEN.

Non, je ne me plains plus. Satisfait de mon fort
D'un œil indifferent j'aborderai la mort.
Vôtre exemple rappelle & foutient mon envie.
Vous devrai-je toûjours tout l'honneur de ma vie?
Vous le fçavez ; l'efpoir de plaire à vos beaux
     yeux,
Me fit feul achever tant d'exploits glorieux.
Mes Victoires ne font que les fruits de ma flâme.
J'ai furé près de vous les vertus de vôtre ame.
Je vous parlois. Sortant d'un entretient fi doux,
Je me trouvois plus jufte, & plus digne de vous.
Et je vous perds ! Penfée à mon cœur trop cruelle,
Que d'inftant en inftant mon Amour renouvelle !
Croyable combat ! douloureux fouvenir !
Laiffe-moi : voici l'heure où je te dois bannir.
Adieu, trop digne Objet de ma grande tendreffe,
Vers qui mon ame vole, & fe porte fans ceffe.
Devant les affaffins qui vont nous déchirer,
Tranquilles, nous devons mourir fans murmurer.

SCENE VI.

VALERIE, ADRIEN, SERGESTE.

SERGESTE.

César vous veut parler dans la chambre pro-
     chaine,
Madame, il vous attend.
            VALERIE.
                Que cet ordre me gêne !
Qu'efpere-t-il ?
            ADRIEN.
        Et moi, quel fera mon deffin ?

SERGESTE.

L'Empereur l'a commis au foins de Marcellin,
Vous l'apprendrez bien-tôt. Madame, le tems
      preffe ;
Venez.

V A L E R I E.

Allons. Adieu ; fouvenez-vous fans ceffe
De mon ardent Amour , & de tous vos fermens.

A D R I E N.

Adieu. Ma Foi s'afsûre & croît à tous momens.

<hr/>

SCENE VII.

A D R I E N *feul.*

NOn , je ne fens plus rien qui s'oppofe à
     l'envie
Que m'infpire le Ciel de lui donner ma vie.
L'Amour feul fufpendoit mes vœux irrefolus.
Princeffe , c'en eft fait ; je ne vous verrai plus.
Je vivois pour vous feule ; & tout le refte enfem-
     ble,
Tous les biens , les honneurs que la fortune af-
     femble ,
Ne pouvoient occuper un cœur tel que le mien,
Hors vous , de l'Univers je ne regrette rien.
Souverain Créateur de tout ce qui refpire,
Dont la Terre & les Cieux reconnoiffent l'Empire
Digne objet jufqu'ici de ton inimitié ,
Je le fuis maintenant de toute ta pitié.
Tremblant au fouvenir de tes Loix legitimes,
Devant ta Majefté je confeffe mes crimes.
Pour ceux que je connois je t'offre mon trépas,
Mais lave-moi de ceux que je ne connois pas.
Je ne merite point d'obtenir cette grace,
Et defefpererois de voir jamais ta face,

Si tu n'établissois aux cœurs vraîment contrits
De cette vision l'inestimable prix,
Le mien brisé des traits d'une douleur mortelle,
Gémit d'avoir vécu si long-tems infidelle.
Fonde sur ta Parole, il se flate aujourd'hui,
Que tes faveurs pourront se répandre sur lui.
Tu l'as dit. Tu promets de voir d'un œil propice
Ceux qui persecutez souffrent pour la Justice.
Que tarde donc César à me faire perir ?
Qu'attendent les Bourreaux par qui je dois mou-
    rir ?
Que ne sont dans mon sang leurs mains déja
    trempées !
Que ne sont contre moi leurs fureurs occupées !
Qu'ils viennent m'accabler : je ne puis trop souf-
    frir.
A leurs indignitez je suis prêt de m'offrir.
Etrange changement, miracle de la Grace !
Ma fierté se confond ; le remords prend sa place.
Loin de moi, vanitez, orgueil, fortune honneurs,
Je ne demande plus qu'oprobre, & que douleurs.
Des terrestres liens mon ame dégagée,
Es pleine pour jamais du Dieu qui l'a changée,
Dédaigne de joüir du plus illustre sort,
Et cherche avec plaisir une honteuse mort,
On vient me l'annoncer.

SCENE VIII.

ADRIEN, MARCELLIN,
GARDES.

MARCELLIN.

SEigueur, il faut me suivre.
ADRIEN.
Enfin , Grand Dieu ; pour toi je vai cesser de
vivre.

Fin du quatriéme Acte.

ACTE V.

SCENE I.

VALERIE *seule.*

QUE de tristes objets occupent mon esprit !
Quel rigoureux devoir l'Empereur me pres-
crit !
Il épargne ma vie , & flatant ma tendresse ,
Il cherche à m'inspirer quelque indigne foiblesse.
Que sa pitié m'afflige en prolongeant mon sort !
Qui l'a fait revenir de son premier transport ?
Quelle raison funeste a calmé sa colere ,
En lui rendant pour moi les sentimens d'un Pere ?
Tandis que je suis libre en cet appartement ,
Peut-être mon Epoux expire en ce moment.
Quel malheur , si sa Foi pouvoit être affoiblie !
J'apprendrai son destin par les soins de Julie.
Qu'elle est lente à venir ! Mais enfin je la voi
Et je sens mes terreurs s'augmenter malgré moi.

❋❋❋❋❋❋❋❋❋❋❋❋❋❋❋❋❋❋❋❋

SCENE II.
VALERIE, JULIE.
VALERIE.

AS-tu vû mon Epoux ? A-t-il perdu la vie ?
JULIE.
D'un supplice cruel son audace est suivie,
Madame.
VALERIE.
  Dieu puissant, pardonne à mes douleurs,
Et ne t'offense pas de voir couler mes pleurs.
Mais quelle est donc sa mort ? Tu crains de m'en
  instruire.
Parle.
JULIE.
  Par ses Soldats César l'a fait conduire
Dans cet Antre fatal, vrai séjour de l'horreur,
Où l'ombre de la nuit irritant leur fureur,
Des Tigres dévorans, des Lions redoutables
Sont gardez avec soin pour punir les coupables.
C'est vous en dire assez.
VALERIE.
    Barbare châtiment ?
Affreuse ignominie ! effroyable tourment !
Mais je ne m'en plains pas. Plus sa mort est hon-
  teuse,
Plus sa seconde vie en sera glorieuse ;
Plus l'Eternel sur lui répandra de splendeur ;
Plus il lui fera voir son immense grandeur.
Mais qu'attendrai-je encore ? Ah ! je rougis de
  vivre.
Par quelque heureux effort meritons de le suivre.
D'un credule Empereur renversons les Autels ;

Faifons à tous fes Dieux des affronts folemnels.
Par l'imprévû fecours d'une éclatante injure,
Dans fon cœur tendre encor détruifons la nature ;
Forçons-le malgré lui d'armer tout fon courroux,
Et par un même fort réjoignons mon Epoux.
Que voi-je ? Je frémis. Ne fuis-je point trompée ?
Ou d'un fantôme vain ne fui-je point frappée ?

SCENE III.

ADRIEN, VALERIE, JULIE.

ADRIEN.

NE craignez rien , Madame, & croyez-en vos
     yeux.
C'eft vôtre Epoux , c'eft moi qui revient en ces
    lieux ,
Echappé d'une mort que j'avois crû certaine.

VALERIE.

Quel favorable fort jufqu'ici vous ramene ?
Malgré tant d'Ennemis conjurez contre nous ,
Je puis joüir encor d'un entretien fi doux.
Mais qu'as-tu fait ? O Ciel ! que faut-il que je
    croye ?
Je tremble , & ma raifon n'approuve point ma
    joye.
Malheureux , aurois-tu , par un lâche retour,
Abandonné ton Dieu pour te fauver le jour ?
S'il eft ainfi ; va, cours joüir de la fortune,
Et porte loin de moi ta préfence infortune.

ADRIEN.

Que ce tranfport me plaît ! que j'aime ce cour-
    roux !
Mais quittez vôtre erreur , Madame. Penfez-vous
Que je manque à la Foi que l'Efprit faint m'in-
    fpire ,

Et cherche à détourner le coup qu'elle m'attire.
Pensez-vous que frappé d'une indigne terreur,
Et prévenu du soin de plaire à l'Empereur,
Je vienne à ses genoux, pour obtenir ma grace,
Meriter ses faveurs, & reprendre ma place ?
Des Tigres, des Lions vous me voyez sauvé ;
A de plus grands tourmens les Ciel m'a reservé.
Je viens m'y presenter ; & vous verrez, Madame,
Qu'il n'en est point qui puisse intimider mon ame.

VALERIE.

O constance ! ô vertu ! Pardonnez, cher Epoux.
Vous sçavez quels malheurs mon cœur craignoit
       pour vous.
Je vous ai crû rentré dans vôtre Erreur premiere.
Par quel heureux secours voyez-vous la lumiere ?
Quel bras vous a tiré de cet Antre profond ?

ADRIEN.

Madame, en y pensant mon esprit se confond.
Ecoutez. Vous allez reconnoître vous-même
Du Maître des Humains l'assistance suprême.
Au bord de l'Antre affreux Marcellin m'a conduit,
D'où venoit jusqu'à nous le formidable bruit
Qu'excitoit dans les airs les hurlemens terribles
Qu'arrachoit la colere à ces monstres horribles :
On ouvre ; & dans ce gouffre aussi-tôt enfermé,
J'attendois le trépas sans en être allarmé.
Que dis-je ? Je sentois une parfaite joye
De mourir de leurs coups, de leur servir de proye
Inutile desirs ! dès l'instant ils ont tous
Interrompu leurs cris, & perdu leur courroux,
Vainement je m'offrois à leur rage cruelle,
Ils n'ont plus retrouvé leur fureur naturelle ;
Et lors qu'en les cherchant j'ai crû les irriter,
A l'envi l'un de l'autre ils sembloient me flater.
Enfin, pour m'obliger à differer ma perte,
De l'Antre tout à coup la porte s'est ouverte.
Une invinsible main, par de secrets efforts,
De mille fers unis a brisé les ressorts.

                                    Quelqu

Quelques rayons de jour ont frappé ma paupiere :
A travers les rochers j'ai suivi leur lumiere ;
Et sans perdre un moment, j'ai volé vers ces lieux
Pour vous chercher , Madame , & mourir à vos
     yeux :
Car je ne doute point que d'un nouveau supplice,
Plus ardent que jamais , César ne me punisse.

VALERIE.

Et contre vous encore armera-t-il son bras ?
A des signes certains ne se rendra-t-il pas ?
Suivra-t-il les conseils de son zèle farouche ?

SCENE IV.

DIOCLETIEN, VALERIE, ADRIEN,
  JULIE, MARCELLIN,
   SERGESTE , Gardes.

DIOCLETIEN.

VOtre Epoux ne vit plus. Vôtre douleur me
    touche ,
Ma Fille ; je n'ai pû le sauver.... Mais , grands
    Dieux !
Quand je croi puni , je le trouve en ces lieux.
Marcellin m'a trompé. Que diras-tu perfide ?

MARCELLIN.

Seigneur , à cet Objet je demeure stupide.
Ma surprise est égale à vôtre étonnement,
Mais puissai-je éprouver le plus cruel tourment,
Si j'ai manqué pour vous ni de soin , ni de zèle.

ADRIEN.

Ah , Seigneur ! gardez-vous de le croire infidelle.
Non , jamais Souverain ne fut mieux obéi.

DIOCLETIEN.

Séduit par tes bienfaits , quelqu'autre m'a trahi.

         E.

Quel eſt-il ? Dieux puiſſans , faites-le moi con-
    noître.
Qu'il reçoive à mes yeux le ſalaire d'un Traître.
Quel plaiſir de le voir percé de mille coups !
                A D R I E N.
Celui qui m'a ſauvé ne craint pas ton courroux,
Céſar ; eſt le vrai Dieu ; qui forçant les obſtacles,
Au gré de ſes deſirs prodigue les Miracles.
Des Monſtres furieux reprimant la fierté,
Il vient de me tirer de cet Antre écarté,
Où je devois trouver la mort la plus cruelle.
Ainſi dans les Deſerts , pour ſon Peuple fidelle,
D'un ſterile rocher , par d'inconnus canaux,
Sous la main d'un Prophéte il fit couler les eaux,
Et tomber en des lieux haïs de la nature
La celeſte liqueur qui fut ſa nourriture.
Ainſi pour ſes Tribus il deſſecha les Mers ,
Et fit réjoindre après leurs gouffres entr'ouverts,
Pour engloutir un Roi qui bravoit ſa puiſſance.
Ainſi d'un ſoin divin protegeant l'innocence ,
D'un Tyran ſanguinaire il ſauva trois Enfans,
Dans l'ardente fournaiſe on les vit triomphans ,
Conſacrer à jamais ſa grace & leur victoire,
En chantant dans les feux des Hymnes à ſa
    Gloire.
Ainſi... Mais quelle bouche a jamais pû conter
Les Prodiges nombreux qu'il a fait éclater ?
Le plus grand n'eſt - il pas d'avoir changé mon
    ame,
Juſqu'à la détacher de l'Objet de ſa flâme ?
Juſques à m'inſpirer des deſirs pour la mort,
Quand l'Hymen vient d'unir la Princeſſe à mon
    ſort ?
                V A L E R I E.
Contre tant de raiſons qui pourra vous défendre,
Seigneur ?
                D I O C L E T I E N.
    Ah ! ſans horreur je ne puis les entendre.

La force des Enfers a conservé tes jours ;
C'est-là de tes pareils l'ordinaire secours.
Mais tu vas éprouver que ses coupables charmes
N'ont point contre le fer d'assez puissantes armes.
Prenez-le, Marcellin ; que de toutes parts
Sur son sein mes soldats fassent pleuvoir leurs
    dards.

VALERIE.

Qu'osez-vous ordonner, Seigneur ?

ADRIEN.

              En quoi, Princesse ?
Vôtre intrepide cœur sent-il quelque foiblesse ?
Après m'avoir vous-même inspiré de mourir,
M'enviez-vous le prix que je vais conquerir ?
Ne mêlez point de plainte à l'éclat de ma Gloire ;
Voulez-vous par des pleurs profaner ma Victoire,
Et donner en spectacle à nos Persecuteurs
Le trouble que leur haine a jetté dans nos cœurs ?
Adieu ; ne pensez plus au coup qui nous separe.
César, je vais chercher la mort qu'on me prepare.

DIOCLETIEN.

Va donc.

ADRIEN.

          Ecoute au moins pour la derniere fois
Les Arrêts que le Ciel te dicte par ma voix.
Je serai le dernier de ce Peuple fidelle
Qu'osera condamner ta bouche criminelle.
Que dis-je ? Tu perdras le fruit de tes fureurs.
Eh, que pourront les soins des plus fiers Empe-
    reurs ?
Contre le Nom Chrêtien leur rage en vain con-
    spire ;
Ce Nom saint durera plus que leur vaste Empire.
Allons.

﹇﹎﹇﹎﹇﹎﹇﹎﹇﹎﹇﹎﹇﹎﹇﹎﹇﹎﹇﹎﹇

SCENE V.

DIOCLETIEN, VALERIE, JULIE, MARCELLIN.

VALERIE.

JE le fuivrai. Vos barbares Soldats
Commenceront par moi....

DIOCLETIEN.

Non, retenez fes pas.

VALERIE.

Avec lui par pitié commandez que je meure,
Seigneur, au nom du Ciel....

DIOCLETIEN.

Fille ingrate, demeure.

VALERIE.

Ah ! fubira-t-il feul une funefte Loi ?
Et n'eft-il pas cent fois moins coupable que moi ?

DIOCLETIEN.

N'importe, je te vois avec même tendreffe,
Et je veux pardonner ton crime à ta foibleffe.
Cruelle, par mes pleurs ne puis je t'attendrir,
Et te faire quitter ce deffein de mourir ?
Rappelle tous les foins donnez à ton Enfance :
Ménage les honneurs qui fuivent ta naiffance :
D'un Pere infortuné prévient le defefpoir.
Tout mon bonheur fe borne à t'aimer, à te voir ;
Ceffe d'empoifonner ce bonheur où j'afpire ;
Je le préfere au droit de gouverner l'Empire.

VALERIE.

De toutes ces bontez je ne puis profiter.

DIOCLETIEN.

Non, ton peu d'Amitié ne fçauroit m'irriter ;
Et toute ma fureur tombe fur un Perfide.

Il voit couler son sang par le fer homicide.

VALERIE.

Hélas !

DIOCLETIEN.

Sergeste vient.

SCENE DERNIERE.

DIOCLETIEN, VALERIE, JULIE, MARCELLIN, SERGESTE, Gardes.

DIOCLETIEN.

Est-il mort ?

SERGESTE.

           Oüi, Seigneur,
Regardant le trépas comme un parfait bonheur.

VALERIE.

Cruauté sans exemple ! injustice inoüie !

SERGESTE.

Frappé de tous côtez, il a perdu la vie.
A l'envi vos Soldats ont ajusté leurs coups,
Et mérité le prix qu'ils attendent de vous.

DIOCLETIEN.

Ils vont le recevoir. Désormais je respire.

VALERIE.

Pour moi, quelles douleurs !

SERGESTE.

          Il me reste à vous dire
Quels effets, quels transports son supplice a pro-
    duits ;
Si vous aimez sa mort, vous pleurerez ses fruits ;
A peine de son sang la terre étoit couverte,
Que les mêmes Soldats ministres de sa perte,
Detestant vôtre Arrêt, & quittant leur fureur,

De leur Victime même ont embraſſé l'Erreur.
Ils ont tous ſouhaité la mort pour recompenſe.

D I O C L E T I E N.

Ah ! ſe peut-il. . . .

V A L E R I E.

Grand Dieu, j'admire ta puiſſance.

S E R G E S T E.

Oüi, vos Soldats, Seigneur, dans un inſtant
    changez,
Du crime d'Adrien ſont maintenant chargez.
Leur exemple a ſéduit les Premiers de la Ville.
Ils courent à la mort avec un air tranquille.
Les Vieillards languiſſans s'efforcent d'y marcher.
La Jeuneſſe à l'envi vole pour la chercher.
Le Pere offre ſon Fils, eſpoir de ſa Famille;
Et la Mere avec joye y preſente ſa Fille.

V A L E R I E.

Vous le voyez, Seigneur; vos ordres rigoureux
Rendent ce Peuple encor plus ſaint & plus nom-
    breux;
Il s'arme chaque jour d'une vertu nouvelle.

D I O C L E T I E N.

Digne ſujet pour moi de ma rage mortelle !
Verrai-je malgré moi triompher les Chrêtiens ?
Leur Dieu ſeul ſera-t-il plus puiſſans que les
    miens ?
C'en eſt fait, je renonce à la Grandeur ſuprême,
J'aurois trop à rougir portant le Diadéme,
Puis qu'un Peuple odieux, en vain perſecuté,
Renverſe mes projets, & confond ma fierté:
Vis, malheureuſe, vis dans une Erreur profonde
Dont j'avois entrepris de purger de tout le Monde.
A cette noble fin je n'ai pû parvenir;
Je laiſſe à Maximin le ſoin de te punir;
Plus fortuné que moi, plus jeune & plus ſévere;
Ses mains ſoûtiendront mieux l'Empire & ma
    colere.
Va ſervir dans ſa Cour; va porter ſur ton front

Au lieu de la Couronne un éternel affront ;
Et de ce Rang auguste où le Ciel te fit naître ,
Cours tomber à jamais aux pieds d'un nouveau
    Maître.
Puisse cet Empereur , commençant à regner ,
Dans ton perfide sang à loisir se baigner !
Puisse-t-il dignement dégager ma promesse !
Accablé de ma honte , & pleurant ma foiblesse ,
Je vai loin de ces Murs consacrez aux Césars ,
Des Peuples curieux éviter les regards ;
Et du moins pour un Dieu dont la Gloire me
    gêne ,
Nourrir , dans la retraite , une immortelle haine.

VALERIE.

Que j'ai peu de regret à ce Rang que je perds !
Fasse un jour l'Eternel que vos yeux soient ouverts!
Puisse-t-il accorder cette grace à mes larmes !
Mais, allons des Chrêtiens suspendre les allarmes,
Et joignant mes devoirs avec leurs soins pieux ,
Honorer d'un Epoux les restes précieux.

FIN.

TIRIDATE,

TRAGEDIE.

ACTEURS.

ARSACE, Fondateur de l'Empire des Parthes.

TIRIDATE, Fils d'Arsace.

ARTABAN, second Fils d'Arsace.

ERINICE, Fille d'Arsace.

TALESTRIS, Reine de Cilicie.

ABRADATE, Prince du Sang d'Arsace.

MITRANE, Seigneur Parthe, Ami de Tiridate.

BARSINE, Confidente de Talestris.

ORASIE, Confidente d'Erinice.

TIMAGENE, Officier des Gardes d'Arsace.

GARDES, & Suite.

La Scene est à Dara, Capitale de l'Empire des Parthes, dans le Palais d'Arsace.

TIRIDATE,

TRAGEDIE.

ACTE PREMIER.

SCENE PREMIERE.

ABRADATE, ARTABAN.

ARTABAN.

 'AUROIS - je pû prévoir ? Le Ciel ne me
      renvoye
En des lieux où j'ai crû partager vôtre
      joye,
Que pour vous y trouver plongé dans les cha-
      grins,
Et vous entretenir des malheurs que je crains.
Mais mon cher Abradate , avant que je m'en
      plaigne,
Et qu'à nous separer peut-être on nous contraigne,
Parlez ; qui vous offense ? Et qui dois-je haïr ?
Par quelles mains le sort a-t-il pû vous trahir ?
Contre qui faudra-t-il que ma vengeance éclate ?

ABRADATE.

Ah ! Seigneur , oferai-je accufer Tiridate ?
Pourrai-je fans trembler , expofant mon malheur,
Conter fon injuftice , & montrer ma douleur ?
Peut-être tous mes maux caufez par fa colere ,
Vous toucheront - ils moins que l'interêt d'un
    Frere.

ARTABAN.

Vous ne le craindrez plus , quand vous aurez
    appris
Qu'à mon retour ici fa froideur m'a furpris.
Dans fes difcours glacez j'ai méconnu mon Frere ,
Je n'ai plus retrouvé ce cœur libre & fincere ,
Qui jadis peu jaloux des honneurs de fon Rang ,
Faifoit ceder leurs droits aux tendreffes du Sang ,
Artaban , comme vous , a fujet de s'en plaindre ,
Et peut-être fa haine , ou fes foupçons à craindre.

ABRADATE.

Non , Seigneur , fes chagrins ne tombent point
    fur vous ,
Et c'eft contre moi feul que s'arme fon courroux,
Mais de quels traits ! Grands Dieux ! qu'il eft im-
    pitoyable !
Cependant croiriez - vous qu'au moment qu'il
    m'accable ,
Je ne puis à fon fort refufer quelques pleurs ?
Je le vois pénétré de fecretes douleurs.
Au milieu de la Cour cherchant la folitude ,
Nourriffant fon efprit de fon inquietude ,
Infenfible aux Objets qui flatoient fes defirs ,
Il refpire à regret , il languit fans plaifirs ;
Et fon cœur dévoré du mal qui l'empoifonne ,
Confond dans fes dégoûts tout ce qui l'environne,
En vain l'Art des humains cherche à guerir ce
    mal ,
Dont on ne connoît point le principe fatal.
En vain fur mille Autels le Feu facré s'allume ;
Il n'en fouffre pas moins ; fa force fe confume ;

II

Il meurt : & toutefois dans son barbare sort,
Il semble s'applaudit de me donner la mort.

ARTABAN.

Lui, qui montrant pour vous l'Amitié la plus
tendre,
Jadis avec ardeur eût voulu vous défendre ?

ABRADATE.

Il venoit triomphant du jeune Seleucus.
Tous ses Soldats brilloient des tresors des Vain-
cus ;
Et des Murs de Dara, jusqu'aux bords de l'Eu-
phrate,
On entendoit voler le nom de Tiridate.
Nous arrivons, flatant nos innocens desirs
De faire à nos travaux succeder nos plaisirs.
Vôtre charmante Sœur, l'adorable Erinice,
Avoit de mon Amour reçu le sacrifice.
Flatté par nos succès, je viens offrir ma Foi ;
Je parle enfin, j'obtiens le suffrage du Roi ;
La Princesse obéit, & consent que j'espere :
Quand le sort contre moi soûleve vôtre Frere,
Qui, de tous mes plaisirs barbare ravisseur,
Refuse de souscrire à l'Hymen de sa Sœur.
J'en ignore la cause, injuste, ou légitime :
Dans le fond de mon cœur je vai chercher mon
crime,
Et n'y découvre rien, jusques à cet instant ;
Qu'un respect pour ce Prince, & sincere, & cons-
tant.
Toûjours aux plus grands biens préferant sa ten-
dresse,
J'ai borné mon devoir à le suivre sans cesse.
Dans les Jeux de la Cour, dans l'horreur des
Combats,
J'ai depuis mon Enfance accompagné ses pas ;
Et quand dans les perils il s'est couvert de gloire,
Mes yeux ont de si près éclairé sa Victoire,
Qu'aux plus fiers Ennemis allant porter l'effroi,

Sa Valeur n'eut souvent d'autre témoin que moi.

ARTABAN.

Ne cherchons point ailleurs le sujet de sa haine.
Vos faits ont éclaté, vôtre vertu le gêne ;
Les Parthes entre vous ont partagé leur voix,
Et confondu vos Noms, en contant ses Exploits.

ABRADATE.

Non, Seigneur ; je le dois avoüer à sa Gloire,
Il répandoit sur moi l'éclat de sa Victoire,
Il rabaissoit le prix de ses travaux guerriers,
Pour couronner mon front de ses propres lauriers,
Et sa voix, des Soldats entrainant le suffrage,
Me faisoit recueillir les fruits de son Courage.
Mais il n'est plus lui-même.

ARTABAN.

En vain il vous poursuit ;
Je puis vous secourir quand ce Prince vous nuit.

ABRADATE.

Pourrez-vous le resoudre à voir mon Hymenée,
Quand sa langueur, du sien recule la journée ?
Talestris, sans se plaindre, en attend le moment
Sans cesse elle offre au Ciel des vœux pour so
Amant,
Sans que les tendres soins où sa flâme l'engage,
Suffisent à calmer des maux qu'elle partage.

ARTABAN.

C'est au Roi de donner le prix à vôtre Amour ;
Mes soins l'y porteront avant la fin du jour.
Dès long-tems il vous traite en Epoux de sa Fille
Et lui seul a le droit de régler sa Famille.
Je vais agir pour vous. Arsace en ma faveur
Rendra, n'en doute point, le calme à vôtre cœur
Adieu, je sors, je vois Talestris qui s'avance.

SCENE II.

ABRADATE, TALESTRIS, BARSINE.

ABRADATE.

Quels feront les effets de ma reconnoiffance,
    Madame ? Chaque jour j'apprens de tous
    côtez
Jufqu'où s'étend pour moi l'excès de vos bontez.
Vous n'avez point fucé cette haine implacable,
Ces cruels fentimens dont vôtre Amant m'acca-
    ble.
Soûmife aveuglément à tous fes autres vœux,
Vous ofez contre lui défendre un malheureux ;
Et s'il vouloit par vous regler ma Deftinée,
Elle ne feroit pas long-tems infortunée.

TALESTRIS.

Oüi, Prince ; je voudrois finir vos déplaifirs ;
Et peut-être le Ciel fenfible à mes foûpirs,
Des portes du Tombeau retirant Tiridate,
Le rendra moins contraire à l'efpoir qui vous flate.
Il va bien-tôt rentrer, & paffer par ces lieux.
Ne vous expofez pas à paroître à fes yeux.
Il eft chagrin, mourant, & Frere d'Erinice ;
Il doit regner : Il faut refpecter fon caprice.
Prince ; de mes confeils vous devez profiter.

ABRADATE.

Me preferve le Ciel d'y jamais refifter !
Je vous laiffe.

S C E N E   III.

T A L E S T R I S ,   B A R S I N E.

T A L E S T R I S.

TU vois quelle est sa Destinée,
Je ne suis pas ici la seule infortunée ;
L'Amour y fait encor d'illustres malheureux,
Barsine : Mais, hélas ! que mes maux sont affreux
Qu'ils passent de bien loin ceux que sent Abra-
    date !

B A R S I N E.

Qu'attendez-vous encor dans cette Terre ingratte
Madame , revoyez les Bords Ciliciens.

T A L E S T R I S.

Le Ciel m'attache ici par de trop fort Liens.
Ne te souvient-il plus , que sur mon Hymenée
L'Orient tout entier fonde sa destinée ?
Que ce Nœud seul acheve , & confirme une Paix
Que ses Rois ont juré de ne rompre jamais ?
Mon Frere , dont la foi garantit leur promesse ,
Par ses Ambassadeurs le demande sans cesse.
Cependant vainement ils en pressent le jour ;
Le sort cruel confond leurs soins , & mon Amour
Ce Prince , dont le nom répandu dans l'Asie ,
Des Rois les plus puissans arma la jalousie ;
Ce Prince , dont le bras , par des faits infinis ,
Renversa les projets de ses Rivaux unis ;
Ce Prince , dont je dois suivre la destinée ,
Voit peut-être aujourd'hui sa derniere journée.

B A R S I N E.

Quel est ce mal pressant qui le mene au tombeau
Quel malheur inconnu trouble un destin si beau
Vainqueur , comblé d'honneurs , sûr de vôtre ten-
    dresse ;

Son cœur peut-il encor sentir quelque tristesse ?
N'en démêlez-vous point les secretes raisons ?

TALESTRIS.

Non ; & je n'ai conçu que d'injustes soupçons.
Enfin depuis six mois que les Dieux en colere
Menacent du trépas une tête si chere,
C'est en vain chaque jour que je veux démêler
Le trait que leur pouvoir lance pour l'accabler ;
Il échape à mes yeux , quelque soin que je prenne,
La cause est inconnuë , & la douleur certaine.
De tous nos entretiens l'ordinaire succès
Se borne à la porter dans le dernier excès ;
Et l'Amour dont le trouble augmente nos allarmes,
Finit tous nos discours par un torrent de larmes.

BARSINE.

Vos maux se font sentir à mon cœur affligé ;
Je pleure les malheurs où ce Prince est plongé.

TALESTRIS.

Je le vois. Ses douleurs semblent croître à ma vûë.

SCENE IV.

TIRIDATE, TALESTRIS, BARSINE, MITRANE.

TIRIDATE.

TAlestris en ces lieux ! O rencontre imprévûë !

TALESTRIS.

D'où venez-vous , Seigneur ? Quels importans
    sujets
Vous ont foit aujourd'hui sortir de ce Palais ?
Cherchez-vous, peu soigneux de vôtre illustre vie,
A redoubler les maux dont elle est poursuivie ?

TIRIDATE.

Madame, un juste soin trop long-tems differé
M'a conduit vers le Dieu dans ces lieux adoré.

G 3

Mais, hélas ! Jupiter refuse mes offrandes,
Il rend mon sort plus triste, & mes douleurs plus
    grandes.
De sa justice seule il écoute la Loi,
Et sa bonté sans borne, en a trouvé pour moi.

        TALESTRIS.

Ah ! j'espere. . . .

        TIRIDATE.

      Laissez préparer pour ma tête
Des vengeances des Dieux la prochaine tempête ;
Je sens depuis long-tems leur bras appesanti,
Et toutefois mon cœur ne s'est point démenti.
Et avançant ma mort, peut-être ils me font
    grace.
Mais, vous dérobez-vous au coup qui me menace.
Allez, abandonnez un Prince infortuné ;
A souffrir, à mourir, je suis seul condamné.
Car, ne nous flatons point, le Ciel veut que je
    meure,
Ma vie incessamment touche à sa derniere heure ;
Je le sçais, je le sens : Mais j'atteste les Dieux,
Que vous seule coûtez des larmes à mes yeux.
Insensible à mon sort, je déplore le vôtre,
Ils ne sont point marquez pour s'unir l'un à l'au-
    tre,
Le mien vole à sa fin, le vôtre peut encor
Des plus vastes projets remplir l'heureux essor :
Revoyez vos Etats ; & vos soins pour la gloire,
Vous pourront de ma perte arracher la mémoire.

        TALESTRIS.

Dieux ! de quels sentimens m'osez-vous soupçon-
    ner ?
Quel indigne conseil venez-vous me donner ?

        TIRIDATE.

Hélas !

        TALESTRIS.

    Vous soûpirez, & vos sens s'affoiblissent ;
Vos yeux sont offusquez des pleurs qui les rem-
    plissent ;

Ce difcours trouble encor vôtre cœur languiffant,
Il aigrit vos douleurs , en vous attendriffant ;
Il faut le termiuer. Seigneur , je me retire.
Fidelle aux mouvemens que mon devoir m'infpire.
Je leur obéïrai : Vous cependant vivez ,
Prenez pour vous les foins que vous me preferivez.
Que le Ciel s'adouciffe , & calme vos allarmes !
Qu'il reçoive mon fang, fi c'eft peu de mes larmes !
Heureufe , fi je puis , victime de fes coups ,
Sentir feule les maux qui s'affemblent fur vous ,
Les fouffrir fans me plaindre , expirer fans foi-
        bleffe ,
Et voir vôtre bonheur égal à ma tendreffe.

SCENE V.

TIRIDATE, MITRANE.

TIRIDATE.

ENfin nous fommes feuls , & je puis, grace aux
        Dieux. . . .
Mais quel deffein conduit mon Pere dans ces
    lieux ?

SCENE VI.

ARSACE, TIRIDATE, ARTABAN, MITRANE, TIMAGENE.

ARSACE.

DEmeurez , mes Enfans : Et vous , qu'on fe
    retire.
        (Ils s'affeyent.)
Prince , je vois en vous l'Héritier de l'Empire,

J'y trouve un Fils prudent, intrepide, fameux,
Et tel qu'aux Immortels l'ont demandé mes
    vœux.
Quand je vois vos vertus, jugez quelle est ma
    joye ;
Mais aussi, dans quels pleurs vôtre Pere se noye
Lors qu'un mal, dont nos soins n'arrêtent point
    le cours,
Et prêt de vous ravir au plus beaux de vos jours !
Quelle est cette douleur à nos yeux inconnuë
D'ambitieux desirs vôtre ame prévenuë,
Voit-elle avec chagrin vôtre Pere en un Rang
Où vous feront monter mon choix, & vôtre
    Sang ?
Parlez ; si vous brûlez de porter ma Couronne,
Si c'est peu des Etats que Talestris vous donne,
Pour conserver des jours si chers, si précieux,
Je descendrai du Trône où je blesse vos yeux.

TIRIDATE.

Seigneur, que dites-vous ?

ARSACE.

                    Ce n'est point ma foiblesse
Qui dicte ce dessein, mon Fils ; c'est ma ten-
    dresse.
Si j'ai vêcu toûjours glorieux & puissant,
L'Etat retrouve en vous un courage naissant.
Eh ! que perdrai je enfin, en vous cedant l'Em-
    pire ?
Quelques jours de grandeur que la mort va dé-
    truire,
Qui tous ne valent pas, l'un à l'autre ajoûtez,
Mon Fils, un seul des jours que vous nous pro-
    mettez.

TIRIDATE.

Quels attentats, Seigneur, quels crimes dans ma
    vie
Ont marqué pour le Trône une coupable envie ?
Quel remede à mes maux vôtre amour vient
    offrir !

Que vous les redoublez en voulant les guerir !
Moi, je pourrois regner en dépoüillant mon Pere ?
Tombe plûtôt sur moi toute vôtre colere
Que le Ciel m'abandonne à de nouveaux tour-
    mens !
Ils m'accableront moins que de tels sentimens.
Vivez, regnez, portez vos jours & vôtre Empire
Aussi loin que mon cœur l'espere & le desire ;
Et croyez, si le Ciel répond à mes souhaits,
Que leur cours fortuné ne finira jamais.

ARSACE.

Je ne suis point surpris de ces vœux que vous
    faîtes ;
Je n'attendois pas moins d'un Fils tel que vous
    êtes,
Et c'est ce qui m'excite à ne rien negliger,
Pour terminer vos maux, ou pour les soulager.
Un autre soin, mes Fils, en ces lieux nous assem-
    ble.
Vous n'êtes point unis, je le sçais, & j'en trem-
    ble ;
Vos chagrins mutuels ne sont plus inconnus.
Hélas ! de quels soupçons êtes-vous prévenus ?
Suivez-vous les transports d'une jalouse rage ?
Et voulez-vous enfin détruire mon ouvrage ?
Je regne : mais songez, Princes, par quels che-
    mins
Le Sceptre de l'Asie a passé dans mes mains.
Né libre sur les bords que le Tenaïs lave,
L'insolence des Grecs me traitoit en Esclave.
A peine ma raison m'apprit mon triste état,
Que je formai contr'eux un illustre attentat.
Mais Alexandre encore au comble de sa Gloire,
Tranquile reposoit au sein de la Victoire ;
Et son divin Genie, Arbitre des Mortels,
Sur les Trônes détruits s'élevoit des Autels.
Il mourut, ce Héros ; la trahison, l'envie,
Au milieu de sa Cour terminerent sa vie :

Ce que dans les Combats Mars craignoit de ten-
          ter,
Une main patricide ofa l'executer.
D'abord qu'il ne fut plus, on vit fes Capitaines
Découvrir leurs projets, leur orgueil & leurs hai-
          nes;
Et chacun demandant le prix de fes travaux,
S'attribuer l'Empire, & braver fes Rivaux.
C'eft alors qu'avec foin ramaffant dans nos Terres
Les Soldats échapez de tant de longues Guerres;
Je vengeai les Perfans des outrages reçus
Aux Combats du Granique, & d'Arbelle, & d'Iffus.
L'Orient avec joye en perdit la mémoire,
Et reprit fa fierté des fruits de ma Victoire.
Les Parthes, par moi feul, libres & triomphans,
Promirent d'afsûrer mon Rang à mes Enfans:
Mon pouvoir par leurs Loix devint héréditaire:
Ainfi mon Sang forti d'un Source vulgaire,
Conduit par ma vertu, guidé par mes exploits,
Mérita le deftin du Sang des plus grands Rois.
Vous joüirez, mes Fils, de cet Honneur fuprême;
Vos fronts feront un jour ornez du Diadême:
Mais pour le maintenir dans toute fa fplendeur,
Qu'une étroite Amitié fonde vôtre Grandeur.
Les Grecs feroient encore abfolus dans l'Afie,
S'ils avoient de leurs cœurs banni la jaloufie.
Donnez à l'Univers un exemple éternel
Des merveilleux effets de l'Amour fraternel:
Exemple entre les Grands d'autant plus admira-
          ble,
Qu'à peine la mémoire en conferve un femblable.
L'âge & mes longs travaux affoibliffent mes fens,
Déja ma vigueur cede à l'injure des ans,
Ma courfe va finir, & de toute ma Gloire
La Mort ne laiffera qu'une éclatante Hiftoire:
Mais lorfque de mes jours s'éteindra le flambeau,
Faites que fans regret je defcende au tombeau,
Sûr de vôtre Union, & beaucoup moins illuftre

D'avoir à l'Orient rendu son premier lustre,
Et détruit ses Tyrans par mes efforts heureux,
Que d'avoir mis au jour deux Fils si généreux.

ARTABAN.

Seigneur, bien que suivant l'ordre de la Nais-
 sance,
Tiridate avant moi dût rompre le silence ;
Je croi, sans l'offenser, pouvoir en liberté
L'asûrer le premier de ma sincerité.
S'il a pris de ma foi quelque secret ombrage,
Ce doute injurieux le seduit & m'outrage.
Je sçai qu'il a pour lui l'avantage du Sang,
Et qu'une juste Loi l'appelle à vôtre Rang.
Pour l'y faire monter, je combattrai moi-même :
Trop heureux, si ma main soûtient son Diadême :
Satisfait des Etats qu'il m'aura destinez,
Dans leur possession mes vœux seront bornez :
Ou, si l'Ambition me fait prendre les Armes,
J'irai loin de son Trône en porter les allarmes.
Seigneur, de mes desirs l'impétueuse ardeur
A pour objet la Gloire ; & non pas la Grandeur :
Et je ne cherche enfin, quoique je puisse faire,
Que d'être dignement vôtre Fils & son Frere.

TIRIDATE.

Sur de tels sentimens vous êtes-vous flatté,
Prince, que je vous céde en générosité ?
Connoissez Tiridate, & rendez-lui justice.
La fortune des Rois n'a rien qui m'éblouïsse ;
J'en regarde l'éclat sans en être aveuglé.
Si je vous ai paru soupçonneux & troublé,
Gardez-vous d'imputer au poison de l'envie,
Les funestes chagrins qui devorent ma vie.
Je vous l'ai déja dit ; de plus justes douleurs
Exercent mon courage & font couler mes pleurs.
De vôtre Ambition, j'aime la violence :
Prince, n'en bornez point la superbe esperance.
Sur de nombreux Etats on peut vous couronner.
Qui sçait les conquerir doit sçavoir les donner.

Oüi, Seigneur ; si la Parque à mes jours moins
 cruelle ,
Eloigne de mon cœur son atteinte mortelle ,
Je ne monterai point au Trône qui m'attend ,
Qu'Artaban avec moi m'en puisse faire autant.
Vos Enfans animez du feu qui vous inspire ,
Iront , à vôtre exemple , élever un Empire
Dans les Climats brûlans , ou sous les Cieux
 glacez ;
Enfin vous regnerez , mon Frere ; en est-ce assez ?
Je réponds du succès que nous devons attendre ,
Puis qu'il reste des Rois successeurs d'Alexandre.

    A R S A C E.
Dieux ! que je sens de joye en ces heureux mo-
 mens !
J'admire avec transport leurs nobles sentimens.
Je ne crains plus la mort que le Destin m'aprête,
Puisque leur Amitié soûtiendra ma Conquête,
Et que par ma Valeur cet Empire élevé ,
Doit être par la leur encor mieux conservé.
Il ne me reste plus , après cette asûrance,
Qu'à remplir d'un Amant les vœux & l'esperance.
Abradate soûpire , accablé de douleur ;
Il est de vôtre Sang ; vous sçavez sa Valeur :
Fondé sur ma parole , il adore Erinice.
(à Tiridate.) Prince , n'écoutez plus un injuste
 caprice ;
Souffrez que vôtre Sœur l'accepte pour Epoux ;
Que leur Hymen. . . .

    T I R I D A T E.
  Ah , Dieux ! que me proposez-vous !
Abradate , enflâmé d'un orgueil téméraire !
Abradate , l'objet de toute ma colere !
Que j'expire plûtôt , que. . . .

    A R S A C E.
   Mon Fils. . . .

    T I R I D A T E.
   Non , Seigneur ;

          Uni

Un Sujet ne doit point prétendre à tant d'hon-
neur.
Il faut s'humilier quand on voit qui s'oublie.
Vous-même par les Nœuds dont la force nous
lie...
Considerez, Seigneur, dans quel auguste Rang
Vos vertus, vos exploits ont porté vôtre Sang :
Songez qu'en ce Degré de Gloire & de Puissance,
Vous voyez tous les Rois briguer vôtre Alliance :
Pouvez-vous vous resoudre à les offenser tous,
En donnant à ma Sœur un Sujet pour Epoux ?
Non, qu'il n'ait des vertus que j'admire moi-
même ;
Mais à tant de vertus il manque un Diadême.
Il est d'autres Honneurs pour le recompenser,
Accablez-l'en ; je crois devoir vous en presser ;
Je serai le premier à lui rendre justice :
Mais pour un Rang plus haut reservez Erinice.
Enfin si mes respects, si mes mortels ennuis
Vous ont rendu sensible à l'état où je suis,
N'augmentez pas, Seigneur, l'excès de ma mi-
sere,
En forçant vôtre Fils à se plaindre d'un Pere.
(Il sort.)

ARTABAN.

Seigneur, de quels chagrins son cœur est agité ?

ARSACE.

Je ne sçai que resoudre en cette extrêmité.
Il m'offense, il m'aigrit par cet orgueil farouche :
Cependant je le plains, sa disgrace me touche.
Dans l'abîme de maux où le Ciel l'a jetté,
Puis-je user contre lui de mon Autorité ?
J'accorde quelques jours encore à son caprice :
Mais, Prince, après ce tems je lui rendrai justice.
Allez voir Abradate, & flater son tourment ;
Jurez-lui de ma part, que ce retardement
Ne lui ravira pas le prix de sa tendresse :
J'en atteste les Dieux, mon Fils, & je vous laisse.

ARTABAN *seul.*

Ah ! pour le consoler, quels seront mes discours
Mais ne nous lassons point de servir ses Amours.
Faisons ceder mon Frere ; & malgré son caprice
Asûrons par l'Hymen le destin d'Erinice.

Fin du premier Acte.

ACTE II.

SCENE I.

ARSACE, TIMAGENE.

ARSACE.

IRIDATE vient-il ?

TIMAGENE.

Oüi, Seigneur ; le voici.

SCENE II.

ARSACE, TIRIDATE, MITRANE, TIMAGENE.

ARSACE.

POur des soins importans je vous appelle ici,
Prince. Puisque vos yeux regardent sans envie,
dans le Rang où je suis, les restes de ma vie ;
dois jusqu'à la fin, en digne Potentat,
dispenser la Justice, & régler mon Etat.
Mais, depuis le jour que le sort favorable
fondé par mes mains cet Etat redoutable,
grands interêts ne se sont présentez.

H 2

TIRIDATE.

Qu'avez-vous donc appris ? Quels perils...

ARSACE.

Ecoutez.

Je ne veux point parler de l'Hymen d'Erinice :
Je croi que la raison domptant vôtre caprice,
Vous viendrez dès ce jour en presser le moment,
Et rougir à mes pieds de vôtre emportement.
Songez-y ; dès long-tems Talestris amenée,
Voit de vôtre Union reculer la journée.
Des maux que vous souffrez le dangereux poison
Auprès d'elle vous prête une juste raison ;
Mais on voit d'un autre œil dans les Cours Etran-
    geres,
Ce long retardement, & nos craintes sinceres.
Son Frere, tous ces Rois sur qui vous l'emportez
Se plaignent qu'on renonce à la Foi des Traitez.
Pendant nôtre entretien, assemblez, pour m'at-
    tendre ?
Tous leurs Ambassadeurs viennent de me l'ap-
    prendre :
Dans leurs yeux, par l'orgueil qui les animoi
    tous,
J'ai connu quel orage on forme contre nous.
Ces Rois, n'en doutez point, vont reprendre le
    Armes.

TIRIDATE.

Leur vain courroux peut-il vous causer des allar-
    mes ?
Qu'obtiendront-ils, Seigneur, en violant la Paix
La Honte d'être encor suplians, ou défaits...

ARSACE.

Prince, on est pas toûjours suivi de la Victoire.
Un Roi ne doit jamais, s'enyvrant de sa gloire
Negliger l'équité, parce qu'il est heureux :
La Fortune souvent à aes retours fâcheux ;
Et tel a vû long-tems sa Grandeur infinie,
Que le Sort à la fin couvre d'ignominie,

Ce n'est pas que, frappé d'une indigne terreur,
Je craigne de ces Rois l'envie & la fureur :
Mais s'il faut avec eux recommencer la Guerre,
Justifions nos Droits au reste de la Terre.
Otons un vain pretexte à leur inimitié ;
Et des Parthes lassez prenons quelque pitié.
Je sçai qu'en triomphant les Etats s'affoiblissent ;
Le Monarque est vainqueur, & les Peuples ge-
    missent :
Dans le rapide cours de ses vastes projets,
La Gloire dont il brille accable ses Sujets.
Ainsi, pour détourner une Guerre odieuse,
Peut-être également funeste, & glorieuse,
Aux pieds de nos Autels, je prétens dès demain,
Prince, que Talestris reçoive vôtre main.

TIRIDATE.

Oüi, dès demain, Seigneur ?

ARSACE.

                Oüi, mon Fils ; cette Fête
Par mes Ordres déja se publie, & s'apprête.
Le délai le plus court en seroit dangereux.
Enfin je l'ai promis, il le faut, je le veux.
Adieu, preparez-vous.

SCENE III.

TIRIDATE, MITRANE.

TIRIDATE.

Ciel, quelle est ma surprise !

MITRANE.

Achevez un Hymen que l'Amour favorise,
Seigneur, de Talestris vous connoissez le cœur :
A peine vôtre Flâme égale son Ardeur,
Quel plaisirs vous promets une Reine si belle !

H 3

TIRIDATE.

Hélas ! que n'est son cœur moins tendre & moins
fidelle !
Que ne vois-je finir ses amoureux transports !
Qu'elle m'épargneroit de trouble, & de remords !

MITRANE.

Est-ce vous qui parlez ? Que venez-vous de dire ?

TIRIDATE.

Oüi, Mitrane, il est vrai, j'en rougis, j'en sou-
pire ;
Tu me vois malheureux, languissant, abbattu ;
Je meurs, mon infortune a lassé ma vertu :
Mais de tous les malheurs dont le Destin m'acca-
ble,
L'Hymen de Talestris est le plus redoutable.

MITRANE.

Plus vous vous expliquez, & plus je suis surpris.
Quel crime ou quel caprice a proscrit Talestris ?
Vôtre ame d'autres feux seroit-elle embrasée ?
Negligez-vous, Seigneur, une Conquête aisée ?
Seroit-elle coupable, êtes-vous inconstant ?

TIRIDATE.

Je vois toûjours en elle un merite éclatant.
Son austere vertu, loin d'être condamnée,
Ne peut être un instant justement soupçonnée :
Mais sans vouloir porter tes regards curieux
Jusques dans un secret que je cache à tes yeux,
Songe à me délivrer d'un Amour qui me gêne ;
Tourne ailleurs les desirs & le cœur de la Reine.
Elle connoît ton zèle, & se confie à toi,
Tu peux seul la resoudre à s'éloigner de moi.
Sauve-moi de l'horreur de lui montrer moi-même
Qu'après tant de sermens c'est en vain qu'elle
m'aime.
Dis-lui que, quand la mort va terminer mes
jours,
Je ne dois plus nourrir d'inutiles Amours.
Fai que de ses douleurs j'ignore les atteintes,

Et que je meure au moins sans entendre ses plaintes.

MITRANE.

Moi, Seigneur ? Pensez-vous de quoi vous me
chargez ?
Dispose-t-on des cœurs par l'Amour engagez ?
Que peuvent les raisons, où regne sa puissance ?
J'agirai : Mais, Seigneur, je répons par avance,
Que je n'obtiendrai rien. Dieux ! ne voyez-vous
pas
Quels desordres nouveaux vont troubler vos
Etats ?
Quels feux vont s'allumer, quel courroux, quelle
haine,
Si vous osez montrer moins d'ardeur pour la
Reine ?
Si vous l'abandonnez....

TIRIDATE.

Tes soins sont superflus.
Que servent des raisons qui ne me touchent plus ?
Qu'un autre s'interesse au repos de l'Empire :
Songe qu'en ce moment à peine je respire,
Qu'accablé de mes maux je ne puis....

MITRANE.

Achevez.
Declarez un secret que vous me reservez.

TIRIDATE.

Ah ! que plûtôt des Dieux le pouvoir redoutable,
Pour dérober à tous ce secret effroyable,
Obscurcisse à jamais ce Soleil qui nous luit,
Et couvre l'Univers d'une éternelle nuit !
Je ne sçai quel forfait irrite leur Justice ;
Je crains, en te parlant, de t'en rendre complice :
Mais de tout leur pouvoir leur courroux soûtenu,
Punit sans doute en moi quelque crime inconnu,
En laissant concevoir à mon ame parjure
Mille injustes projets dont frémit la Nature ;
Mille indignes transports, mille horribles desirs,

Qui font en même-tems, mes maux, & mes
    plaifirs,
Que ma vertu combat, & jamais ne furmonte;
Et dont ma mort ne peut affez cacher la honte.

MITRANE.

Quels terribles difcours ! Mais vous verfez des
    pleurs;
Je vous voi fuccomber à vos vives douleurs.
Parlez, Seigneur; le Ciel approuve ma priere,
Achevez de m'ouvrir vôtre ame toute entiere.
Ne me répondrez-vous que par de longs foûpirs?
Qui peut vous empêcher de remplir mes defirs ?
Ne m'honorez-vous plus de vôtre confiance ?
Vous femblez aujourd'hui foupçonner ma pru-
    dence ?
Elle vous peut fervir, vous l'ignorez pas.

TIRIDATE.

Laiffe au moins de mon cœur ceffer les durs com-
    bats.
Toute ma force cede à leur effort barbare.
Apprens tout, puis qu'il faut que je te le declare:
Je vai, par cet aveu, perdre ton Amitié ;
Tu me refuferas jufques à ta pitié :
Indigné, tu fuiras ma vûë abominable,
Tu frémiras d'avoir un Ami fi coupable ;
Et toutefois, Grands Dieux ! devrois-je être ac-
    cufé
D'un joug que ma raifon a toûjours refufé ?
Car enfin de mon crime elle n'eft point complice;
C'eft malgré fon pouvoir que j'adore Erinice.

MITRANE.

Vôtre Sœur ?

TIRIDATE.

    Je prévoi par quels fages difcours
Tu voudras de mes feux interrompre le cours.
Epargne-toi ce foin ; c'eft un mal fans remede.
Si j'avois pû dompter l'Amour qui me poffede,
Avec le tems mon cœur en auroit triomphé,

Et fans te rien devoir, je l'aurois étouffé.
Réfpecte mon malheur, plains-moi, je le merite.
Devoré d'une ardeur que chaque inftant irrite,
Je m'affoiblis, je fouffre un tourment infini.
Jufte Ciel! tu le fçais, je fuis affez puni.
Ta vengeance épuifée a comblé ma mifere,
Et je puis deformais défier ta colere.

MITRANE.

Non, je ne prétens point accroître vos douleurs;
Au lieu de mes confeils, je vous donne mes pleurs.
Quel eft vôtre deffein? Que pouvez-vous atten-
 dre?

TIRIDATE.

Le feul trépas. Hors lui, je n'ai rien à prétendre.
Aux Dieux avec ardeur j'ofe le demander.
Ils me haïffent trop. Loin de me l'accorder,
Ils femblent ajoûter des forces à ma vie,
Puis qu'encor mes tourmens ne me l'ont point
 ravie.
Du fer, ou du poifon l'infaillible fecours,
Au gré de mes defirs, pourroit trancher mes jours;
Il eft vrai : mais il faut t'avoüer ma foibleffe:
D'invincibles liens me retiennent fans ceffe.
Non, que quand je m'aprête à me percer le fein,
La Nature s'étonne, ou change mon deffein;
En me peignant la vie avec trop d'avantage:
Mais mon Amour lui feul furmonte mon cou-
 rage.
Je cheris mon tourment, tout violent qu'il eft;
Ma paffion m'occupe, & ma douleur me plaît.
Je viens de te montrer jufqu'au fond de mon ame;
Juge de mes malheurs par l'excès de ma flâme.
Renferme dans ton fein l'aveu que je t'en fais,
Que tout autre que toi les ignore à jamais;
Et que j'expire avant que la Princeffe apprenne
La fource de mes maux, & l'objet de ma peine.
A lui cacher mes feux j'applique tous mes foins.
Quelle horreur, fi fes yeux en étoient les témoins!

Je l'aime sans espoir ; mais ma fureur jalouse
Ne sçauroit consentir qu'Abradate l'épouse.
Je ne le verrai point recompenser ses feux ;
Et tant que je respire, il ne peut être heureux.
De tout ce que je dis, de tout ce que je pense,
Je sens avec effroi que ma vertu s'offense :
Mais telle est de mon Sort l'insurmontable loi,
Que tous mes sentimens se forment malgré moi.
Mon cœur n'en conçoit plus, que ma raison
　　avoüe ;
Et de tous ces conseils, ma passions se joüe.

MITRANE.

Artaban vient.

SCENE IV.

TIRIDATE, ARTABAN, MITRANE.

ARTABAN.

SEigneur, je vois vos yeux troublé.

TIRIDATE.

Hélas, Prince ! mes maux sont encor redoublez.
Adieu, je vai chercher un repos necessaire,
Si les Dieux ennemis n'ordonnent le contraire.

SCENE V.

ARTABAN, ABRADATE.

ARTABAN.

Que son malheur me touche ! hélas !

ABRADATE.

     Eh bien , Seigneur ,
Puis-je encor faire entrer quelque espoir dans mon
  cœur ?
Mais je lis dans vos yeux le sort que je dois
  craindre.

ARTABAN.

Oüi , Prince , il est trop vrai , je ne puis que vous
  plaindre :
Non que vôtre bonheur ne vous soit assuré ;
Le Roi vous en répond ; mais il l'a differé.
Il n'a pû refuser cette grace à mon Frere.
Moi-même , malgré moi , touché de sa priere ,
Oubliant les égards dûs à nôtre Amitié ,
J'ai senti que ses maux m'arrachoient ma pitié.

ABRADATE.

Ah ! vous m'abandonne ! Qu'ai-je encore à prétendre ?

ARTABAN.

Non , je tenterai tout pour un Amour si tendre.
Mais gagnons Tiridate , au lieu de l'irriter.
J'admire les vertus qu'il a fait éclater.
Je n'ai pû contre lui garder le moindre ombrage ;
Et ne suis plus jaloux que de son grand courage.
Ma Sœur vient ; je pourrois troubler vôtre entre-
  tien ,
Je vous laisse....

SCENE VI.

ERINICE, ABRADATE, ORASIE.

ABRADATE à *Artaban qui s'en va.*

SEigneur, je n'espere plus rien.
Madame, c'en est fait, tout me devient contraire,
Tiridate, Artaban, les Dieux & vôtre Pere :
Trahi de tous côtez, il ne me reste plus
Qu'à terminer des jours déformais superflus.
On me hait, on m'accable, & je me hais moi-
       même.

ERINICE.

Comptez-vous donc pour rien, Prince, que je
       vous aime ?
Et vôtre vie est-elle un fardeau si pesant,
Que vous ne la voyiez que d'un œil méprisant !
Quel heureux desespoir à la mort vous entraîne,
Vôtre malheur est grand, j'en juge par ma peine.
Mais quoi ? Les sentimens que j'ai conçus pour
       vous,
Sont-ils pas à vos maux un remede assez doux ?
Vous voyez chaque jour mes plus tendres allar-
       mes ;
Je n'instruis point mes yeux à retenir leurs larmes,
Je les verse sans art dans tous nos entretiens ;
Tels que font vos chagrins, je vous montre les
       miens ;
Je soûpire avec vous, quand vos soûpirs s'écha-
       pent ;
Mon cœur se sent briser, quand vos plaintes le
       frappent ;
Je ne vis que pour vous ; je n'aime, je ne hais,

                                          Je

Je ne forme de vœux que selon vos souhaits ;
Je n'ai point de transport dont vous ne soyez
    cause :
Ciel ! quel est mon malheur, si tout ce que j'op-
    pose
Aux traits dont le Destin cherche à vous accabler,
N'est pas assez puissant pour vous en consoler ?

A B R A D A T E.

Excusez les erreurs d'un Amant déplorable.
Madame, vôtre cœur n'est que trop pitoyable ;
Vous faites plus pour moi que je n'ose esperer :
Mais enfin ma raison cesse de m'éclairer,
Quand je vois renverser la prochaine esperance
D'un Hymen tant promis à ma perseverance.

E R I N I C E.

Et bien, Prince, faut-il, par un dernier effort,
Et vous prouver ma flâme, & changer vôtre sort ?
Tiridate lui seul cause vôtre infortune ;
Je vai lui declarer qu'elle nous est commune.
Il m'a toûjours fait voir une tendre Amitié ;
Mes soûpirs le rendront sensible à la pitié.
Jugez de mon Amour par ce qu'il me fait faire ;
Je consens d'en montrer tout l'excès à mon Frere.
On pourra m'en blâmer : mais mon cœur amou-
    reux
N'aura jamais trop fait si vous êtes heureux.

A B R A D A T E.

Ah ! Madame, comment eussai-je osé prétendre....

E R I N I C E.

Un veritable Amour ne peut trop entreprendre.
Allez, Prince, attendez le sort d'un entretien
D'où dépend desormais vôtre sort & le mien.
Adieu. Si par mes pleurs je fléchis Tiridate,
Ce jour éclatera le bonheur qui vous flâte ;
Ou si je n'obtiens rien, je vous donne ma foi
Que vous serez encor moins à plaindre que moi.

Fin du second Acte.

ACTE III.

SCENE I.

TALESTRIS, MITRANE, BARSINE.

TALESTRIS.

JE vois Mitrane. Allons, satisfaisons
    mon ame,
Aquittons-nous des soins que je dois à
    ma flâme.
Ecoutez-moi, grands Dieux ; dissipez mon effroi,
Et recevez des vœux qui ne sont pas pour moi.
Accablez Talestris, conservez Tiridate ;
Faites qu'en sa faveur vôtre puissance éclate :
Mais il est tems de voir ce Prince infortuné.

MITRANE.

Aux maux les plus cruels il est abandonné :
Madame, épargnez-lui la contrainte nouvelle
De cacher à vos yeux leur atteinte mortelle.

TALESTRIS.

Quoi, donc ? Prétendez-vous, loin de le soula-
    ger,
Que ma vûë & mes soins servent à l'affliger ?
Avez-vous remarqué qu'il craigne ma presence ?

MITRANE.

Quand il vous voit, Madame, il se fait violence.

Il retient les soûpirs, il devore les pleurs,
Que libre, & sans témoins, il donne à ses dou-
  leurs ;
M'en croirez-vous ? Laissez à son inquietude
La flateuse douceur d'un peu de solitude ;
Laissez-le en liberté, se plaindre & soûpirer.

TALESTRIS.

Dieux ! quel nouveau malheur m'osez-vous de-
  clarer ?
Lorsque le Roi m'apprend que mon Hymen s'ap-
  prête,
Quand il vient à mes yeux d'en ordonner la Fête,
Quand les vœux de l'Asie, & les miens sont rem-
  plis,
Je vois tous mes projets renversez par son Fils.

MITRANE.

Madame....

TALESTRIS.

   Ce n'est point une illusion vaine.
D'un noir pressentiment la puissance m'entraîne ;
Il rappelle à mon cœur tout ce qui s'est passé,
Il lui fait voir le coup dont il est menacé.
Oüi, le Ciel met enfin le comble à ma disgrace.
De mes plus tendres soins Tiridate se lasse,
Il évite ma vûë, il fuit mon entretien ;
Quel Demon de nos cœurs a brisé le lien ?
Dans quel abîme, hélas ! ma tendresse me guide,
S'il est vrai que mes pleurs coulent pour un Per-
  fide !

MITRANE.

Le soupçonneriez-vous d'une infidelité ?

TALESTRIS.

Que puis-je donc penser dans cette extrêmité ?
Vous-même diriez-vous ce que vous m'osez dire,
Si vous pouviez douter qu'il voulût y souscrire ?
C'est lui qui vous engage à me parler ainsi,
Et par son ordre exprès vous m'arrêtez ici.

Eh , pourquoi , s'il m'aimoit , craindroit-il ma
    prefence ?
Dans ces vaines terreurs je voi fon inconftance ;
Tout me l'apprend ; fon trouble , & fes regards
    confus ,
Sa fuite , vos difcours , fes plaintes , vos refus.
Mon ame , malgré moi , de foupçons occupée ,
Eft trop tendre en effet pour n'être pas trompée.
           M I T R A N E.
Madame , fongez-vous ....
         T A L E S T R I S.
                Qu'on ne m'en parle plus ;
Je n'entens qu'à regrett des difcours fuperflus.
Laiffe-moi , de mes maux Interprete finiftre ,
D'un infidelle Amant trop fidelle Miniftre.
Va lui conter mon trouble , & ton barbare foin ;
Ma douleur fe trouble à t'avoir pour témoin.
Mon dépit , mes tranfports contre un Ingrat que
    j'aime ,
Ne me permettent pas .... Mais le voici lui-même.

SCENE II.

TALESTRIS , TIRIDATE, BARSINE , MITRANE.

T A L E S T R I S.

SEigneur , ne feignez plus ; mes yeux fe font
    ouverts :
Je voi que vôtre cœur s'eft laffé de mes fers ,
Et que l'indifference , ou quelque ardeur nouvelle ,
Ont détruit un Amour que je croyois fidelle.

T I R I D A T E.

Que dites-vous , Madame ? En l'état où je fuis ,
Faut-il que vôtre plainte irrite mes ennuis ?

TALESTRIS.

Au prix de tout mon sang , j'aimerois à vous
   rendre
Le calme , & le bonheur que vous deviez attendre.
Mais, Seigneur, vôtre sort ne dépend plus de moi,
Avoüez-le. Saisi de remords , & d'effroi ,
Vôtre sincerité ne se trahit qu'à peine ,
Et montre malgré vous , que la feinte vous gêne.
J'ai toûjours démêlé vos secrets sentimens ;
Mes yeux sur vôtre front lissent vos mouvemens.
Je vous ai trop aimé, pour ne pas vous connoître.

TIRIDATE.

Qu'osez-vous soupçonner ?

TALESTRIS.

          Vous attendez peut-être,
Que désormais livrée à des transports jaloux,
En reproches sanglans j'éclate contre vous ;
Que pour vous ramener par de justes allarmes,
Je presente à vos yeux toute l'Asie en armes ;
Tous ses Rois déja prêts à vanger mes appas ;
Tous ses Peuples unis ; vous ne le craignez pas.
Vous ne joüirez point , Ingrat de ma foiblesse.
Tranquille en apparence, & de mes sens maîtresse;
Je dévore des pleurs cruels à retenir ,
Et remets à l'Amour le soin de vous punir ;
Bien que vous m'exposiez, sans égard, sans justice,
A toutes les horreurs d'un éternel suplice.
Et qu'un poison par vous répandu sur mon sort ,
Me couvre d'infamie , & me livre à la mort.

TIRIDATE.

Non , vous ne mourrez pas. Ce sera moi , Ma-
   dame ;
Et mes derniers soûpirs justifieront ma flâme,
Vous connoîtrez alors....

TALESTRIS.

          Prince , tous ces discours,
Pour guérir mes soupçons , sont d'un foible secours.

Que dis-je ? En ce moment vos yeux, vôtre con-
　　trainte,
M'en donnent de nouveaux, & confirment ma
　　crainte ;
Mais il me reste encore assez de liberté,
Pour prendre sur mon sort conseil de ma fierté.

SCENE III.

TIRIDATE, MITRANE.

MITRANE.

QUe je crains ses soupçons, sa flâme, & sa
　　colere ?
Ses yeux perceroient-ils le funeste mystere,
Que jusqu'à ce moment vous leur avez caché ?
Mais, Seigneur, de son sort, n'êtes-vous point
　　touché,
Ne vous rendrez-vous point à ses soins, à ses lar-
　　mes ?

TIRIDATE.

Ah ! ses pleurs pourroient-ils ce que n'ont pû ses
　　charmes ?
Mais du moins, si l'Amour me force à l'outrager,
Le trépas qui m'attend, suffit pour le venger.
Penses-tu qu'au moment que ma raison bannie,
De mes sens revoltez permet la tyrannie ;
Que prêt à succomber la noire fureur,
Dont le nom seul inspire une invincible horreur,
Mon cœur presque entraîné par ce penchant ra-
　　pide
Craigne encore les noms d'Ingrat, & de Perfide !
Non, non, détrompe-toi : Grace au courroux des
　　Dieux,
Il faut pour m'étonner, des noms plus odieux.
Rien ne me touche plus que ma honte, & ma
　　flâme ;

Toutes deux tour à tour tyrannisent mon ame.
Que j'ai tantôt souffert ! Que de trouble, & d'é-
    froi,
M'a causé l'entretien de mon Frere, & du Roi !
Non, jamais ma raison, de tant d'horreurs saisie;
Ne se défendit moins contre ma jalousie.

MITRANE.

Vous ne songez donc plus, qu'un opprobre éter-
    nel
Suivra dans l'avenir cet Amour criminel ?

TIRIDATE.

Irrevocable Arrêt dont la rigueur me tuë,
Pourquoi viens-tu t'offrir à mon ame abattuë ?
Du Trône qui m'attend tranquille Possesseur,
Il m'est donc défendu de couronner ma Sœur ?
Et je puis élever un Esclave à l'Empire,
Sans qu'une Loi barbare ose me contredire.

MITRANE.

Qu'entens-je ? Vos transports à l'excès parvenus,
D'aucun frein désormais ne sont-ils retenus ?
Ne travaillez-vous plus du moins à les contrain-
    dre ?

TIRIDATE.

Je ne voi que la mort qui puisse les éteindre.

MITRANE.

Mourez donc, & cachez dans l'éternelle nuit.
Vos vœux incestueux, la honte qui les suit.
N'attendez point de moi de lâche compliasance :
Je vous vois à regret vivre sans innocence :
Content qu'un prompt trépas vienne vous dérober
A l'abîme effroyable où vous allez tomber,
Je ne sçaurois souffrir que vous viviez sans gloire,
Des droits les plus sacrez vous perdez la me-
    moire;
Vôtre cœur se nourrit dans l'horreur de son choix,
Par le mépris des Dieux, des hommes, & des
    loix.
Rougissez des excès où sa flâme l'emporte.

TIRIDATE.

Que veux-tu ? Chaque jour elle devient plus forte,
A la furmonter même il ne faut plus fonger :
Mais la fuite , & le tems , pourront me foulager,
Je ne puis vivre ici fans y voir la Princeffe ,
Et fes moindres regards irritent ma tendreffe ,
Comme ceux d'Abradate irritent mon courroux ,
Sous un Ciel étranger mon fort fera plus doux.
Allons enfevelir , dans le fond de l'Afie ,
Mes crimes , mes remords, mes feux, ma jaloufie,
Partons , & choififfons des Climats écartez ,
Où mes foûpirs au moins ne foient point écoutez.

MITRANE.

Etes-vous refolu ?

TIRIDATE.

Je meurs fi je differe.
Cachons à Taleftris ce départ neceffaire.
Quand je ferai parti , je confens que le Roi
Recompenfe Abradate , en couronnant fa Foi.
Qu'ai-je dit ? Et mon cœur pourra-t-il y fouf-
crire ?
N'importe , je le veux , en vain il en foûpire.
Va , cours tout préparer ; ménage les inftans:
Un jour plus tard , peut-être , il ne feroit plus
tems.

SCENE IV.

TIRIDATE *feul*.

CE départ m'affranchit d'un fardeau qui me
pefe.
Je te rends grace , ô Ciel ! ta colere s'appaife,
Puifque je viens enfin d'obtenir de mon cœur ,
Qu'il évite un Objet de ma raifon vainqueur.
J'ofe même efperer qu'à jamais étouffée ,
Ma flâme à ma vertu fervira de trophée,

Et qu'un juste sujet d'un triomphe éternel,
Naîtra des feux éteints d'un Amour criminel.
Je ne te verrai plus, ô Sœur fatale, & chere !
Les Mers entre nous deux vont servir de barriere.
Je ne te verrai plus ; & toutes tes Beautez
N'agiront que de loin sur mes sens enchantez.
Désormais je pourrai. . . . Mais je la vois encore ;
Sa presence rallume un feu qui me dévore.
Je ne me connois plus. Impitoyables Dieux !
Quel tems choisissez - vous pour l'offrir à mes
yeux ?

SCENE V.

TIRIDATE, ERINICE, ORASIE.

ERINICE.

Que je crains le projet où mon Amour m'en-
gage,
Orasie !
            Est-il tems de manquer de courage ?
Songez que vôtre sort ne dépend que de vous,
Parlez ; & Tiridate attendri. . . .

ERINICE.

Laissez-nous.

SCENE VI.

TIRIDATE, ERINICE.

ERINICE.

Dans l'excès où le Ciel a mis vôtre infortune,
Mon Frere, je craindrois de vous être importune,

Si par mès sentimens je n'avois merité
Que vous me regardiez avec plus de bonté.
Que je souffre à vous voir dans cet état funeste!
J'implore chaque jour la Justice céleste ;
Pour vous sur les Autels je prodigue l'encens ,
Cependant tous mes vœux demeurent impuissans

TIRIDATE.

Ah , ma Sœur , est-il vrai, que mon malheur vous
    touche !
Que cet aveu me plaît , sortant de vôtre bouche :
Que j'en suis soulagé ! Dieux ! quel puissant se-
    cours
Recevrois-je à vous voir , à vous parler toûjours
Mais quoique vous disiez pour flâter vôtre Frere
L'interêt de mon sort ne vous occupe guere.
D'autres soins , d'autres lieux arrêtent vos desirs.
La Cour à vôtre cœur offre mille plaisirs ,
Et leur appas flâteur vous y retirent sans cesse.

ERINICE.

Hélas ! que ce reproche offense ma tendresse !
Prince , vous le sçavez , dès mes plus jeunes ans
Je suis unie à vous par des nœuds si puissans ,
Que dans quelque disgrace où le destin vous
    mene ,
Je....

TIRIDATE.

Non , vôtre Amitié n'égale point la mienne
Vous me la dépaignez avec trop de froideur ;
Un zèle impétueux parle avec plus d'ardeur.
Ah ! que vous êtes loin de celle qui m'enflâme !
Que vous imitez mal les transports de mon ame
Vous ignorez encor les plaisirs infinis
Répandus sur deux cœurs parfaitement unis ,
Lors qu'ils sont parvenus à lier leur fortune ,
A se rendre la joye , ou la douleur commune ,
A se chercher sans cesse , à ne se cacher rien.

ERINICE.

Ah ! quel cœur connoît mieux ces plaisirs que le
    mien ?

Et pour vous en donner une preuve sincere,
Je viens vous reveler le plus secret myftere....

TIRIDATE.
Quoi.... que veut-elle dire?

ERINICE.
Ah ! je n'ofe, je crains,
Le trouble de vos yeux confond tous mes deffeins;
Encor plus que jamais, quoi que je me propofe,
Vôtre injufte chagrin à mes defirs s'oppofe.
Je le vois; toutefois il faut vous découvrir
Le fort...

TIRIDATE.
Quelle penfée à mes yeux vient s'offrir?

ERINICE.
Mais c'eft trop balancer, toute ma crainte eft
  vaine.
Eclatez mouvemens dont la force m'entraîne.
J'aime; mon cœur tenté par de charmans attraits,
N'a pû vaincre l'Amour, & parer tous fes traits.
Abradate... A ce nom je rougis, je foûpire;
Ne pénétrez-vous pas ce que j'ai peine à dire?
Seul vous vous oppofez aux volontez du Roi.

TIRIDATE.
Dieux ! quel funefte coup vient de tomber fur
  moi !

ERINICE.
Je vous ouvre mon cœur, je vous montre ma
  flâme;
Songez qu'elle peut tout fur mes fens, fur mon
  ame.
J'ai fenti tous les maux qu'Abradate a foufferts,
Mes yeux comme les fiens, aux larmes font ou-
  verts;
Et même en cet inftant un interêt fi tendre,
Mes craintes, mes tranfports, me forcent d'en
  répandre.
Hélas ! par un refus vous me defefperez.
Que ne peut ma douleur....

TIRIDATE.

Quoi, ma Sœur, vous pleurez?

ERINICE.

En êtes-vous surpris ? Ce n'est que par des larmes
Qu'un Amour violent exprime ses allarmes.
Le mien l'est cent fois plus qu'on ne le peut pen-
ser.

TIRIDATE.

Ciel ! de combien de traits mon cœur se sent percer !

ERINICE.

Un seul mot préviendra les maux que je redoute.
Assûrez mon bonheur. Qu'est-ce qu'il vous en
coûte ?
Mon Frere, au nom des Dieux. . . .

TIRIDATE.

Ah ! c'est trop combattu :
Contre tant de malheur, je manque de vertu ;
Laissez-moi.

ERINICE.

Quels regards ! quelle sombre tristesse !
Mon Frere, qu'avez-vous ?

TIRIDATE.

Je cede à ma foiblesse.
Je me meurs.

ERINICE.

Ah ! rentrons ; je conduirai vos pas.
Venez. . . .

TIRIDATE.

Si vous m'aimez, ne me secourez pas.

Fin du troisiéme Acte.

ACTE

ACTE IV.

SCENE I.

TIRIDATE, MITRANE.

TIRIDATE.

OUi, je croi qu'à la fin ne pouvant plus me
  taire,
Ma bouche eût de mes feux declaré le mystere.
Mais lorsque de mes sens l'usage suspendu
Donnoit presque la mort à mon cœur éperdu,
Erinice est sortie ; & sa prompte retraite
Rend malgré mes transport ma victoire parfaite.
Quels combats ! quels efforts ! Mitrane, conçois-tu
A quelle horrible épreuve elle a mis ma vertu !
Pour son heureux Amant j'ai vû couler ses larmes.
Hélas ! que sa douleur ajoûtoit à ses charmes !
Qu'elle aime tendrement ! Qu'elle est belle,
  Grands Dieux !
Que sa beauté flatoit & mon cœur, & mes yeux !
Mais puisque de mes feux ménageant le mystere,
Je n'en ai fait encor que toi dépositaire ;
Ils ne paroîtront point : Partons. As-tu songé
Aux apprêts du départ dont je t'avois chargé ?

MITRANE.

Oüi, Seigneur ; & bien-tôt, au gré de vôtre
  envie,

Tome II.   K

Vous quitterez un Lieu funeste à vôtre vie.
Choisissez le moment où vous voulez partir.

TIRIDATE.

Donne le dernier ordre, & revien m'avertir.

SCENE II.

TIRIDATE *seul*

OU me vois-je réduit par le Ciel en colere ?
Près de regner, je sors du Palais de mon
    Pere :
J'abandonne une Cour dont je fais tout l'espoir ;
Mais telle est désormais la loi de mon devoir ;
Il faut ou m'éloigner, ou devenir coupable.
Garderai-je toûjours un secret qui m'accable ?
Puis-je m'en asûrer ? Si jusques à ce jour
La Raison plus puissante a fait taire l'Amour ;
Si j'ai pû voir ma Sœur me découvrir sa flàme,
Sans lui montrer les feux qui dévorent mon ame
Si de cet Entretien je suis sorti vainqueur,
Dans un autre l'Amour entraînera mon cœur.
Se garantira-t-il d'un moment de foiblesse ?
Si je te revoyois, redoutable Princesse,
J'aurois peut-être en vain jusqu'alors combattu ;
Il est, comme à la vie, un terme à la Vertu.
Que de mes mouvemens la contrainte me gêne !
Que je pense à regret !.... Mais que veut Tima-
    gene ?

SCENE III.

TIMAGENE, TIRIDATE.

TIMAGENE.

Abradate, Seigneur, demande à vous parler.

TIRIDATE.

Abradate ! Ah ! ce nom suffit pour me troubler.
M'osez-vous de sa part porter cette priere ?

TIMAGENE.

Lui refuserez-vous une grace derniere ?
Seigneur, il la demande avec tant de transport,
Que j'ai crû. . . .

TIRIDATE.

Me ferai-je encor cet effort ?
Mais qu'attent-il de moi ? C'est en vain qu'il
espere
Que je puisse à ses vœux devenir moins contraire;
Sa presence, sa plainte aigrira mon courroux.

TIMAGENE.

Non, Seigneur, il ne veut qu'embrasser vos ge-
noux ;
Cette foible douceur borne son esperance.
Irai-je l'avertir ?

TIRIDATE.

Importune présence !
Soûtiendrai-je sa vûë, & d'un cœur affermi
Opprimerai-je un Prince autrefois mon Ami ?
Digne par cent vertus de l'Hymen d'Erinice,
Et qui n'est malheureux que par mon injustice ?
Que malgré mes fureurs je souffre en l'accablant!
Son approche a rendu mon courage tremblant.
Qu'il vienne ; je l'attens.

SCENE IV.

TIRIDATE seul.

PRêt à dompter mon ame,
Voyons-le sans courroux, & couronnons sa flame.
Commençons à me vaincre en faveur d'un Rival;
Il n'a que trop gémi d'un caprice fatal.
Qu'un cœur, né vertueux, se trahit avec peine!
Non, le mien ne sent plus une barbare haine.
Dieux! elle se redouble au moment que je voi
L'Objet qui la nourrit, paroître devant moi.

SCENE V.

TIRIDATE, ABRADATE.

ABRADATE.

JE viens de vos bontez implorer une grace.
Mes malheurs, mes transports excusent mon
    audace.
Me sera-t-il permis, Seigneur....

TIRIDATE.

Non, arrêtez.

ABRADATE.

Mes soins respectueux seroient-ils rebutez?
Ne pourrais-je à vos pieds...

TIRIDATE.

Levez-vous, je l'ordonne.
Plus que tous mes malheurs vôtre respect m'é-
    tonne.
Je le crains; il m'offense, & je n'exige plus
Des devoirs entre nous désormais superflus.

ABRADATE.

Quel funeste projet ! Je ne puis donc prétendre
Que vous vous contraignez jusqu'à vouloir m'entendre ?
De quoi suis-je coupable ? Expliquez-vous, Seigneur.
Car lorsque je vous voi détruire mon bonheur,
Je n'en accuse point un bizarre caprice.
Quand vous me haïssez, vous me rendez justice ;
Je le croi : Mais je jure à la face des Dieux,
Que le sujet encor n'a point frappé mes yeux.
Je ne le connois point ; ce déplorable crime,
Par qui j'ai perdu tout, en perdant vôtre estime.

TIRIDATE.

Elle n'est point perduë.

ABRADATE.

Ah ! puis-je m'en flâter ?

TIRIDATE.

Lorsque je le confesse, en devez-vous douter ?

ABRADATE.

Dieux ! que de sentimens opposez l'un à l'autre !
Terminez à la fois & mon trouble, & le vôtre.
Ils durent trop long-tems ; parlez, Seigneur, parlez,
Pourquoi m'estimez-vous, lorsque vous m'immolez ?
Ou pourquoi croyez-vous ma perte legitime,
Lorsque je parois digne de vôtre estime ?

TIRIDATE.

Que ce discours m'accable ! hélas !

ABRADATE.

Pour quels malheurs
Vos yeux en ce moment répandent-ils des pleurs ?
Ah ! j'ose me flâter que malgré vôtre haine,
Malgré les mouvemens dont l'ardeur vous entraîne,
Malgré mes soins trahis, mes respects méprisez,
Vous déplorez l'état où vous me reduisez.

K 5

Vôtre ame aux cruautez n'est point accoûtumée
C'est pour d'autres projets que les Dieux l'ont
     formée.
Elle reçut du Ciel un penchant généreux,
Qui ne lui permet pas de voir dés malheureux.
Que dis-je ? Je suis seul , entre un Peuple innom-
     brable ,
Qui ne l'éprouve point facile & pitoyable ;
Je suis seul à m'en plaindre : Enfin dans les Cli-
     mats
Où la Gloire a conduit vos desseins & vos pas,
Tout sentit vos bienfaits après vôtre clemence ;
Un plein bonheur par tout suivit vôtre présence ;
De vos moindres vertus les Peuples enchantez ,
Au devant de vos Loix couroient de tous côtez.
Rappellez. . . .

TIRIDATE.

Vos discours n'entraînent point mon ame.

ABRADATE.

C'en est donc fait ? Suivons la fureur qui m'en
     flâme ;
Mon Amour désormais réduit au desespoir,
Ne balancera plus à faire son devoir :
Au destin qui m'attend toute ma vertu cede ,
Et pour le prévenir je ne voi qu'un remede ;
C'est la mort, & j'y cours.

TIRIDATE.

Non , vivez.

ABRADATE.

Eh , comment
Vivrai-je pour sentir un éternel moment ?
Je ne puis. . . .

TIRIDATE.

Je le veux : Armez-vous de courage
Prince , dispensez-moi d'en dire davantage.
Vos malheurs sont du Sort d'inévitables coups ;
Peut-être voudra-t-il suspendre son courroux.
Cependant , loin de moi portez vôtre infortune ;

Vôtre plainte m'aigrit, vôtre aspect m'importune;
Vivez, je vous l'ordonne ; & sur tout, désormais
Gardez-vous devant moi de paroître jamais.

ABRADATE.

J'obéïrai, Seigneur : Mais quel affreux supplice !
Il le faut toutefois. Ciel ! je vois Erinice.
Que sa vûë à mon cœur cause un trouble puissant !

TIRIDATE.

Dieux ! vous ne voulez pas que je meure innocent.

SCENE VI.

TIRIDATE, ABRADATE,
ERINICE.

ABRADATE.

MAdame, ma douleur ne peut plus se con-
traindre :
Si vous la partagez, c'est à vous de vous plaindre.
Faites qu'à vôtre sort mes jours puissent s'unir,
Ou souffrez que j'évite un funeste avenir.
Adieu. Puissent vos pleurs attendris vôtre Frere !
Seigneur, si rien ne peut fléchir vôtre colere,
Mon exil, ou ma mort rempliront vôtre espoir,
Et vous épargneront la douleur de me voir.

SCENE VII.

TIRIDATE, ERINICE.

ERINICE.

C'Est donc là le succès qu'ont obtenu mes lar-
    mes ?
A nous priver du jour trouvez-vous tant de char-
    mes ?
Car malgré vôtre haine, il faut le declarer,
Mon cœur d'avec le sien ne se peut separer :
L'Amour les a serrez d'une si forte chaîne,
Que leur désunion porte une mort certaine ;
Mes jours sont attachez à des liens si doux.

TIRIDATE.

Eh ! ne mourrai-je point s'il devient vôtre Epou

ERINICE.

Vous, mon Frere ?

TIRIDATE.

    Ah ! laissez ce nom qui m'importune ;
Ce nom qui fait lui seul toute mon infortune ;
Ce nom par qui mes vœux sont toûjours trave
    sez ;
Ce nom qui me confond quand vous le prono
    cez.

ERINICE.

Ah Ciel !

TIRIDATE.

    Hélas ! pourquoi le sort impitoyable
Forma-t-il entre nous ce lien qui m'accable ?
Pourquoi d'un même sang, & dans les mêm
    lieux,
Nous fit-il recevoir la lumiere des Cieux ?
Et pourquoi dans le sein d'une terre étrangere,
Inconnuë à l'Asie, inconnuë à mon Pere,

Où vos divins appas auroient pû se cacher,
Me permit-il pas de vous aller chercher?
Que par ce prix alors ma valeur animée,
Auroit de mes exploits chargé la Renommée!

ERINICE.

Que pense en ce moment vôtre esprit agité?
Est-ce une veine erreur? Est-ce une verité?
Quel crime, quelle horreur me faites-vous enten-
    dre?
Qu'ai-je fait, malheureux! n'ai-je pû me défen-
    dre...

TIRIDATE.

C'est ma Sœur qui me parle: Ah grands Dieux!
    qu'ai-je dit?
Je rappelle en tremblant mes sens & mon esprit.
Je regarde... je songe... & tout me desespere.
Ma Sœur... Que ce silence exprime de colere!
Il m'est donc échappé ce secret odieux.
Mais sçachez par quel sort il éclate à vos yeux:
Je partois triomphant de vos premieres larmes;
La fuite me sauvoit du pouvoir de vos charmes;
En proye à mes tourmens, sans espoir d'en guérir,
Je courois dans l'exil les pleurer, & mourir.
Les Dieux n'ont pas voulu qu'achevant ma vic-
    toire
Je finisse ma course avec toute ma gloire;
Ils m'ont encor rendu témoin de vos douleurs;
Et je n'ai pû deux fois resister à vos pleurs.

ERINICE.

Je frémis.

TIRIDATE.

        Vous voyez d'où partoient mes caprices;
Ainsi, justifiez toutes mes injustices;
Et croyez que, contraint à pousser des soupirs,
Je meurs sans esperance, & même sans desirs.
Je vous atteste, ô Dieux! Vôtre puissance entiere
N'a pû de ma raison éteindre la lumiere.
Si je n'ai pas vaincu dans ce combat fatal,

J'ai confervé toûjours un avantage égal.
Si mon cœur fut faifi d'une indigne furprife,
Du moins ma volonté n'y fut jamais foûmife.
Mais ce n'eft point affez pour me juftifier ;
La furprife eft un crime, il le faut expier.
Ma gloire, vos terreurs, mes craintes, le dema
dent ;
Je dois me dérober aux remords qui m'attenden
Par un affreux exemple il faut épouvanter
Les cœurs infortunez qui pourrôient m'imiter.
De vos yeux indignez la colere m'anime,
Je crains, en les voyant, de faire un nouvea
crime :
Mais je ne craindrai plus de les voir déformais
Puifque les miens enfin fe ferment pour jamais
Voyez couler mon fang au gré de vôtre envie.

ERINICE.

Ah ! je vous aime affez pour vous fauver la vie.
Arrêtez, malheureux ; ne me condamnez pas,
Pour comble d'infortune, à voir vôtre trépas.

TIRIDATE.

A ce jufte deffein devez-vous mettre obftacle.

SCENE VIII.

TIRIDATE, ERINICE, ARTABAN.

ARTABAN.

QUe vois-je ? Dieux puiffans ! quel étran
fpectacle !

ERINICE.

Ah ! mon Frere ! eft - ce vous que je vois en c
lieux ?
Prenez foin de ce Prince.

SCENE IX.

TIRIDATE, ARTABAN.

ARTABAN.

EN croirai-je mes yeux ?
Quels transports, quels projets la douleur vous
    suggere !
Que dois-je soupçonner ?

TIRIDATE.

        Ah ! par pitié, mon Frere ;
Ne me regardez pas, je vous fuis.

ARTABAN.

          Quelle horreur !
Souvons-le toutefois ? Prévenons sa fureur.

Fin du quatriéme Acte.

ACTE V.

SCENE I.
ERINICE *seule.*

JE tiens dans ce Palais une route incer-
    taine ;
En cent lieux differens mon defefpoir
    m'entraîne ;
Où puis-je m'enfermer ? Quel exil, quels defert
Dérobent ma honte aux yeux de l'Univers ?
Qu'ai-je oüi ? Quels tranfports, quels defirs,
    quelle flâme,
Malheureux Tiridate, ont embrafé ton ame ?
Mon Frere eft mon Amant ! il me l'a dit ; Hélas
A quoi deftinois-tu, Ciel, mes triftes appas ?
Et toi Divinité que l'Orient révere,
A de pareils forfaits prêtes-tu ta lumiere ?
Execrable projet d'un Prince criminel !
Mais fuis-je moins coupable ? Ah ! fouvenir cruel
Seule, entre deux Amis je fais naître la haine ;
Je porte le poignard dans le cœur d'une Reine ;
Je détruis les Vertus, j'efface les Exploits
D'un Héros jufqu'ici le modele des Rois ;
Je remplis cette Cour de tumulte & d'allarmes :
Dieux ! faut-il à ce prix acheter quelques char-
    mes ?

SCEN

SCENE II.

ARTABAN, ERINICE.

ARTABAN.

MA Sœur, je viens peut-être augmentez vos
    douleurs!
Mais ne nous flâtons plus de cacher nos mal-
    heurs;
Leur bruit déja par tout commence à se répandre.
La fiere Talestris, qui vient de les apprendre,
Semble se preparer à s'éloigner de nous:
Que n'entreprendra point son Amour en cour-
    roux?
Elle ira publier la honte de mon Frere:
Quels seront ses transports, & que dira mon Pere?

ERINICE.

Je le voi. Je crains trop de m'offrir à ses yeux;
Précipitons mes pas, pour sortir de ces lieux.
Qu'il ignore ma peine, & ma crainte mortelle.

SCENE III.

ARSACE, ERINICE, ARTABAN.

ARSACE.

MA Fille, où courez-vous? Mais en vain je
    l'appelle.
Quel desordre en ces lieux fait mépriser mes loix?
Artaban, demeurez; reconnoissez ma voix.
Quel malheur inconnu, quelle horreur imprévûë?
Quel trouble, quel effroi frappé par tout ma vûë?
De ma rencontre ici vous-même épouvanté,

Mon Fils , de quelle crainte êtes-vous agité ?
Les yeux noyez de pleurs j'ai vû fuir Erinice ;
Elle a vû Tiridate ; auroit-il l'injuſtice,
Haïſſant ſon Amant , de la haïr auſſi ?
Vous le ſçavez , parlez , j'en veux être éclairci.

ARTABAN.

Eh , plût au Ciel , Seigneur , qu'il haït Erinice !
Mais s'il faut qu'à vos yeux ſon deſſein s'éclair-
 ciſſe ,
Cherchez d'autres que moi pour vous en infor-
 mer ;
C'eſt à moi de le plaindre , & non de l'opprimer.

ARSACE.

Que s'eſt-il donc paſſé, que vous n'oſiez me dire ?
D'où vient que de ma Cour Taleſtris ſe retire ?
Le Prince l'a trahie , il n'en faut point douter ;
Tout aide à m'en convaincre ; & rien à me flâter.
Mais , Dieux ! à ſon Amour quel autre Objet l'en-
 leve ?
Une ſoudaine horreur dans mon ame s'éleve.
De ce Prince inquiet les mortelles douleurs ;
Son étude à cacher ſon trouble & ſes malheurs ;
Pour l'Amant de ſa Sœur ſa haine inexorable ;
Sa langueur , tout fait naître un ſoupçon qui
 m'accable.
Mon aveuglement cede à de triſtes clartez.
Que je crains d'entrevoir d'horribles veritez !
Plût au Ciel , dites-vous , qu'il haït Erinice ?

ARTABAN.

Ne cherchez point vous-même à vous faire un
 ſupplice ,
En voulant pénétrer , Seigneur , dans des ſecrets
Qui ne vous offriront que d'odieux objets.
La crainte d'attirer vôtre juſte colere ,
Au termes du devoir ramenera mon Frere ;
Laiſſez agir ſur lui la raiſon & le tems.

ARSACE.

Ah ! vous m'en dites trop , mon Fils , je vous
 entens.

Ainſi d'un crime affreux Tiridate eſt coupable!
D'un opprobre éternel Tiridate m'accable!
Mais de tout mon pouvoir j'aimerai mon cour-
    roux,
Pour effacer l'affront dont il nous charge tous.
Bien-tôt.... Taleſtris vient. Qu'on cherche auſſi
    ma Fille,
Que ma juſtice éclate aux yeux de ma Famille.

SCENE IV.

ARSACE, ARTABAN, TALESTRIS,
BARSINE.

ARSACE.

MAdame, venez-vous d'un Pere malheureux,
Ou plaindre, ou rendre encor le ſort plus
    rigoureux?
Venez-vous contre un Fils me demander ven-
    geante?
J'en atteste le Ciel, & les Dieux qu'il offence;
Vous l'obtiendrez, Heureux, ſi je puis en effet
Rendre la peine égale à l'horreur du forfait!
Je ne ſuis plus ſon Pere.

TALESTRIS.
            Et moi, deſeſperée,
De ſes malheurs, des miens, des vôtres pénétrée,
Je ſuis toûjours pour lui ce que je fus jadis,
Quand mes vœux ſe bornoient à l'Hymen de ce
    Fils.
Je le trouve toûjours, Seigneur, malgré ſon cri-
    me,
Digne de ma pitié, digne de mon eſtime:
Je ne l'accuſe point d'avoir trahi ſa Foi,
D'avoir feint un Amour qu'il n'eût jamais pour
    moi:

Un trop noir afcendant tyrannifoit mon ame ;
Il brûloit malgré lui d'une funefte flâme ;
Que les Dieux irritez allumoient dans fon cœur
Et dont malgré leur haine, il fut long-tems vain-
    queur.
Souffrez que je le voye ; & s'il faut que je periffe,
Qu'il connoiffe du moins que je lui rends juftice,
Que fans lui reprocher les pleurs que je répans,
Contre un Pere irrité feule je le deffends,
Et m'apprête à mourir, fidelle à fa memoire,
Si tout mon fang verfé peut lui rendre fa gloire.
     A R S A C E.
Ah ! que tant de vertus me font encor haïr
Le malheureux, l'ingrat, qui vous a pû trahir !
Madame, vos bontez fi mal recompenfées
Jamais de mon efprit ne feront effacées.

SCENE V.

ARSACE, ARTABAN, TALESTRIS,
ERINICE, BARSINE, ORASIE.

     E R I N I C E.

VOs ordres abfolus m'appellent en ces lieux ;
   J'obéïs. Mais plûtôt chaffez - moi de vos
    yeux,
Seigneur, & que les miens de tant de maux cou-
    pable,
Ne rencontrent jamais vos regards redoutables ;
Un éternel exil eft tout ce que j'attens.
     A R S A C E.
Ah ! loin de vous bannir, ma Fille, je prétens
Couronner vos vertus aux yeux de Tiridate ;
Je veux qu'il foit témoin du bonheur d'Abradate.
Mitrane....

SCENE VI.

ARSACE, ARTABAN, TALESTRIS,
MITRANE, BARSINE, ORASIE.

ARSACE.

MAis ces pleurs dont vos yeux sont remplis,
Ne doivent point couler pour un indigne Fils.

MITRANE.

Vous-même ne pourriez refuser de se plaindre,
Si vous sçaviez, Seigneur, tout ce qu'il nous fait
craindre ;
Si de son repentir vous voyez les transports,
Et le terrible état où l'ont mis ses remords.

ARSACE.

Que voulez-vous me dire, & que fait Tiridate ?

MITRANE.

Je l'ai laissé, Seigneur, gardé par Abradate,
Qui lui rend tous les soins d'une tendre Amitié.
Soit grandeur d'ame en lui, soit devoir, soit pitié,
Plus que vous, à sa vûë accablé de tristesse,
Ce Prince généreux dans son Sort s'interesse.

ARTABAN.

Ah, Frere infortuné !

TALESTRIS.

Que fait-il ? Justes Dieux !

MITRANE.

Je l'ai suivi tantôt, au sortir de ces lieux.
D'abord s'enfermant seul, il se cache à ma vûë.
J'approche malgré lui : Ta presence me tuë,
Laisse-moi, m'a-t-il dit ; pourquoi me venir voir ?
J'ai brulé, j'ai parlé, j'ai trahi mon devoir ;
J'ai sacrifié tout à ma honteuse flâme,

L 3

Aux noirs égaremens , aux transports de mon
  ame ;
Ma Sœur les a connus : Quels criminels jamais
Ont signalé leur nom par de plus grands forfaits ?
Ah ! pour renouveller les fureurs de Cambise,
Je n'avois qu'à pousser ma funeste entreprise ;
Après avoir tenté de seduire ma Sœur ,
Il ne me restoit plus qu'à lui percer le cœur.
A ces mots n'osant plus soûtenir la lumiere ,
Il détourne les yeux , & ferme la paupiere ;
Des reproches secrets que lui fait sa vertu,
Son esprit accablé , son corps même abatu,
Il demeure immobile , il frémit , il s'égare ;
Une aveugle fureur de son ame s'empare.
Défiguré , saisi d'un morne desespoir,
Il revele sur moi ses regards sans me voir ;
Il parle , & ne tient plus que des discours sans
  suite ;
Malgré ma resistance il veut prendre la fuite ;
Cherchant sans le trouver le chemin de ces lieux ;
La terreur & la mort sont peintes dans ses yeux ;
J'ignore quels objets lui presente son ame :
Mais il nomme Erinice : & vous aussi , Madame.
Tout pleure , tout observe un silence profond ;
A ces cris redoublez ce Palais seul répond ;
Enfin il sent les coups d'un destin trop contraire,
Pour ne pas meriter la pitié de son Pere.

ARSACE.

Je voulois le punir , vous en êtes témoins ;
Le Ciel n'a pas daigné s'en remettre à mes soins ;
Je le vois : toutefois si le crime est horrible,
Que la punition , justes Dieux , est terrible !
Mais il vient. Sa fureur semble l'avoir quitté.

SCENE DERNIERE.

ARSACE, TIRIDATE, ABRADATE,
ARTABAN, ERINICE, TALESTRIS,
MITRANE, TIMAGENE, Gardes.

TIRIDATE.

OU suis-je ? Quel spectacle-ici m'est presenté,
Artaban, Talestris, Erinice, men Pere !
Que leur dirai-je ? O Ciel ! je ne puis que me
taire.

TALESTRIS.

Que cet Objet m'afflige, & m'inspire d'effroi !
Dans quel état, Seigneur, vous montrez-vous au
Roi ?

TIRIDATE.

Eh, Madame, quel soin prenez-vous d'un coupable ?
Seigneur, je n'attens point qu'un regard favorable.
Tombe encor par pitié sur un indigne Fils.
Mes crimes ont été trop long-tems impunis ;
Vangez-vous.

ARSACE.

Ah, mon Fils !

TIRIDATE.

Hélas ! je suis encore ?
Mon amour, ma fureur, mon nom vous des-honore.

ARSACE.

Mon Fils, ton repentir vient de me rendre à toi.
Mais il ne détruit pas l'horreur que j'ai pour moi.
O souvenir fatal !

TALESTRIS.

Eloignez en l'image.

TIRIDATE.

Ses traits toûjours prefens, accablent mon cou-
rage.
Mes forfaits, mes malheurs, mes noirs égare-
mens,
Tout fe montre à mes yeux dans ces affreux mo-
mens.
Je perds tout en un jour, Dieux, par vôtre co-
lere,
L'eftime des Mortels, l'amitié de mon Pere,
Ma gloire, ma raifon, & même ma fureur,
Qui de mon fort cruel me déroboit l'honneur.

ARTABAN.

Oubliez vos malheurs, & vos erreurs paffées,
Que déja vos remords n'ont que trop effacées.

TIRIDATE.

Ah, mon Frere! la mort les effacera mieux:
Je la fens qui s'approche, & j'en rends grace aux
Dieux.

TALESTRIS.

Non, vivez pour regner.

ARSACE.

C'eft moi qui t'en convie
Mon Fils.

TIRIDATE.

Je n'ai, Seigneur, plus de part à la vie
MITRANE.

Quoi donc....

TIRIDATE.

Dans les momens que j'ai paffé fans toi
Par un heureux poifon j'ai difpofé de moi;
Il agit maintenant.

TALESTRIS.

Ah, Seigneur!

ARTABAN.

O mon Frere

Hélas! qu'avez-vous fait?

TIRIDATE.

     Ce que je devois faire.
Perdu, defefperé, honteux de mes fureurs,
La Mort feule pouvoit me fecourir ; je meurs.
Indigne de vos vœux dans mon deftin funefte,
Madame, de mes jours j'ai dû trancher le refte.
Mon Frere plus heureux, & plus digne de vous,
En afûrant la Paix, deviendra vôtre Epoux.
Oüi, Prince, c'eft à vous de confoler mon Pere ;
Mes crimes lui rendront ma perte moins amere.
Regnez. De vos exploits les Parthes amoureux,
Recevront avec joye un Roi fi généreux.
Seul digne Fils d'Arface, il faut que fon Empire
Soit le prix des vertus que fon Sang vous infpire.
   Ma Sœur ; car étant prêt d'aller devant les
    Dieux,
J'ofe vous regarder, & ne crains plus vos yeux ;
Ne prononcez jamais le nom de Tiridate ;
Oubliez-moi. Pour vous, généreux Abradate,
Joüiffez d'un bonheur par ma mort affermi ;
Enfin, fouvenez-vous que je meurs vôtre Ami.

    A B R A D A T E.

Ah, Seigneur ! je voudrois par tout mon fang....

    T I R I D A T E.

        Ce zèle
Fait rougir un Ami qui vous fut infidelle.
Je ne merite pas des foins fi généreux.
Je meurs ; par mon trépas, vous vivrez tous heu-
  reux.
Confervez feulement une indigne memoire
D'un Prince infortuné, qui s'immole à fa gloire.
Je n'exige plus rien. Cher Mitrane, aidez-moi ;
Dans mes derniers momens, je ne veux voir que
  toi.
    A R S A C E.
Ah Dieux !

ARTABAN.

Que je le plains !

TALESTRIS.

Que sa perte m'accable ?

ABRADATE.

Quel bonheur à ce prix peut nous être agreable ?

FIN.

LE
JALOUX
DÉSABUSÉ,

COMEDIE.

ACTEURS.

DORANTE, Mari de Celie.

CELIE, Femme de Dorante.

JULIE, Sœur de Dorante.

CLITANDRE, Cousin de Celie, &
Amante de Julie.

ERASTE, Ami de Dorante & de Clitandre.

DUBOIS, Secretaire de Dorante.

JUSTINE, Suivante de Celie.

BABET, Suivante de Julie.

CHAMPAGNE, Valet de Clitandre.

La Scene est à Paris, dans la maison d'
Dorante.

LE
JALOUX
DÉSABUSÉ,
COMEDIE.

ACTE PREMIER.

SCENE PREMIERE.

JUSTINE, BABET.

JUSTINE.

Ous voilà donc venuë ? Approchez ; il
est tems ,
Que vous preniez de moi des avis importans.

BABET.

Vraiment , c'est une grace , où je n'osois prétendre.

JUSTINE.

Fort bien : Mais avant tout commencez pour m'a-
 prendre
Vôtre âge & vôtre nom.

BABET.

Volontiers, j'y confens.
L'on m'appelle Babet. J'aurai bien tôt vingt-ans.

JUSTINE.

Ah quel âge charmant ! Quel Païs eft le vôtre ?

BABET.

Paris : & vous & moi n'en connoiffons point d'autre.
Par un heureux deftin je viens fervir ici.

JUSTINE.

Connoiffez-vous le train de cette maifon-ci ?
De quel air on y vit, & quel homme eft Dorante ?

BABET.

Je fçai qu'il a du moins vingt mille écus de rente,
Qu'il eft Homme de Robe.

JUSTINE.

Et fur ce fondement
Peut-être penfez-vous qu'il vit obfcurément ?
Et que de fes pareils l'auftere œconomie,
Exerce inceffamment toute fa prud'hommie,
Qu'il excelle dans l'art de vivre à peu de frais,
Qu'avec le jour naiffant il s'enferme au Palais,
Qu'à ce trifte devoir fon ame eft affervie,
Et qu'à l'amour du bien, il immole la vie ?
Point du tout. C'eft un homme amoureux du
 plaifir,
Ennemi du travail, toûjours plein de loifir,
Méprifant fes égaux, & depuis fon enfance,
Nourri dans le repos, dans la magnificence,
Cherchant les Courtifans & les Gens du bel air,
Imitant leur exemple, & les traitant du pair.
Il chaffe, il court le Cerf, eft homme de Cam-
 pagne,
Aime le jeu, la table & le vin de Champagne ;

Décide & parle haut parmi les Beaux Esprits,
Impose, plaît, commande aux Belles de Paris,
D'habits tout galonnez remplir sa Garderobe,
Et n'a rien en un mot du métier que la Robe.

BABET.

Qu'il porte rarement.

JUSTINE.

On ne le peut pas moins.
Pour sa Femme Celie, à qui je rends mes soins...

BABET.

Eh bien ?

JUSTINE.

Ses ennemis disent qu'elle est coquette,
Que toûjours ses regards tentent quelque défaite.
Cependant ils ont tort : Mais elle ne hait pas
La loüange & l'encens qu'on donne à ses appas ;
Elle s'en applaudit dans le fond de son ame ;
Elle a de la vertu, mais elle est belle & Femme ;
Elle aime à plaisanter, à sourire en passant ;
Elle a l'accueil flateur, le coup d'œil caressant,
Et croit, lorsque le cœur est en effet fidelle,
Qu'un souris, qu'un regard n'est qu'une bagatelle.

BABET.

Une Femme ainsi faite est un terrible écueil.

JUSTINE.

Ah ! que souvent Celie a confondu l'orgueil
De ces Héros d'Amour remplis de confiance !
J'en ai vû qui, flattez d'une ferme esperance
De trouver ce moment qui couronne l'Amour,
Furent après six mois comme le premier jour.

BABET.

J'en suis persuadée : Et la Sœur de Dorante,
Julie, à qui le sort me donne pour Suivante,
Quel est son caractere ?

JUSTINE.

Elle a de la douceur,
Des appas.

M 2

BABET.

Croyez-vous qu'elle ait donné ſon cœur?
Qu'elle aime?

JUSTINE.

En arrivant c'eſt vouloir trop apprendre,
Dame!

BABET.

Beauconp de gens m'ont parlé de Clitandre.

JUSTINE.

Qu'eſt-ce qu'on vous a dit?

BABET.

Qu'il frequenteoit ceans,
Et que Julie & lui s'aimoient depuis dix ans.

JUSTINE.

Mes yeux n'ont point encor découvert ce myſtere.

BABET.

Ne vous deffendez pas, & ſoyez plus ſincere.
Prétendez-vous cacher leur Amour à ma foi?
Dès ce jour l'un & l'autre auront beſoin de moi.

JUSTINE.

Ah! vous n'en êtes pas à vôtre apprentiſſage.

BABET.

J'eſpere par vos ſoins d'en ſçavoir davantage.

JUSTINE.

Vous n'en ſçavez que trop: mais croyez nean-
moins
Que Clitandre en effet eſt digne de vos ſoins,
Qu'il eſt doux, obligeant, genereux, magnifique.

BABET.

J'entens. Eloquemment vôtre éloge s'explique.

JUSTINE.

Eraſte ſon Ami, qui ſuit toûjours ſes pas,
Merite auſſi qu'on l'aime & qu'on en faſſe cas.
Quand vous les aurez vûs, ils vous plairont ſans
doute:
Mais voici le grand point. Vous rêvez?

BABET.

Non. J'écoute.

JUSTINE.

Si Dorante jamais va vous interroger,
Si de gré, si par force il veut vous engager
A lui déveloper les secrets de Madame,
A veiller sur les pas de sa Sœur, de sa Femme,
Gardez-vous bien sur-tout...

BABET.

Veine précaution !
Le mensonge est vertu dans cette occasion.
Qui ne sçait quel parti doit prendre une Suivante,
Dont le premier devoir est d'être confidente ?
Ce seroit dans Paris un monstre à faire peur,
Qu'une qui trahiroit Madame pour Monsieur.

JUSTINE.

Pardonnez si j'ai fait un discours inutile ;
A vous voir j'ai bien crû que vous étiez habile :
Mais je ne pensois pas que ce fût à ce point ;
Vous répondez à tout, & ne balancez point ;
Mais il est tard : Allez trouver vôtre Maîtresse,
Et pour la bien coëffer, redoublez vôtre adresse.

BABET.

J'y vais.

SCENE II.

JUSTINE seule.

Quelle rusée ! ô siecle ! ô tems ! ô
mœurs !
Tremblez Hommes, tremblez, j'approuve vos
terreurs ;
La Femme la plus simple a l'art de vous surprendre,
Et toûjours... Mais voici le Valet de Clitandre.

M 3

SCENE III.

JUSTINE, CHAMPAGNE.

CHAMPAGNE.

Bon jour, Justine.

JUSTINE.

Eh bien, Champagne, que dit-on ?
Ton Maître est-il content de nôtre invention ?
Et attend-il l'effet que j'ose m'en promettre ?

CHAMPAGNE.

Je ne sçai. Tu pourras l'apprendre par la Lettre
Qu'il écrit à Julie. Est-il jour là-dedans ?

JUSTINE.

Non.

CHAMPAGNE *lui donnant la Lettre.*

Tiens, tu la rendras quand il en sera tems.
A ne te point mentir cet Amour de mon Maître,
Tous ses soins empressez...

JUSTINE.

Te fatiguent peut-être

CHAMPAGNE.

Tu l'as dit. Est-il rien de plus triste en effet ?
Toûjours sans aucun fruit filer l'Amour parfait.

JUSTINE.

Julie aime Clitandre, & d'un ardeur fidelle.

CHAMPAGNE.

Eh morbleu, s'il est vrai, que ne l'épouse-t-elle

JUSTINE.

Tu parles comme un sot.

CHAMPAGNE.

Grand merci. Mais pourquoi
Le fait-elle languir sans lui donner sa foi ?

JUSTINE.

Ignores-tu qu'il faut que son Frere y consente ?

CHAMPAGNE.

Elle ne fera rien fans l'avis de Dorante ;
Je la garantis Fille encore à foixante ans.

JUSTINE.

D'où vient ?

CHAMPAGNE.

Donnera-t-il quatre cens mille francs ?
On garde avec plaifir une pareille fomme.
S'en dépoüillera-t-il en faveur d'un autre Homme?
S'il en eft, comme on dit ; le jufte poffeffeur
Jufqu'au jour où l'Hymen engagera fa Sœur.

JUSTINE.

Telle fut à la mort la volonté du Pere.

CHAMPAGNE.

Ce Pere en fentimens ne fe connoiffoit guere,
S'il crut que l'interêt cedant à l'amitié,
Dorante de fes Biens quitteroit la moitié.

JUSTINE.

Sans doute à l'y forcer nous aurons de la peine.
Mais ai-je encor formé quelque entreprife vaine ?
Grace au Ciel, mes projets ont toûjours réüffi ;
Et j'aime le plaifir d'achever celui-ci.
Oüi, j'ai juré d'unir Clitandre avec Julie ;
J'ai le fecours d'Erafte, & celui de Celie.
Je tiendrai ma parole, ou bien bien je perirai.

SCENE IV.

JUSTINE, CHAMPAGNE, DUBOIS.

DUBOIS *dans fa Couliffe.*

QUand Monfieur fera prêt je vous avertirai :
Voilà pour vous fervir tout ce que je puis
faire.

CHAMPAGNE.

Avec qui parlez-vous, Monfieur le Secretaire ?

DUBOIS.

Avec un bon Narmand qu'on met au defefpoir.
Il pourfuit un Arrêt qu'il ne fçauroit avoir.
J'ai honte en verité de le voir tant remettre.

JUSTINE *à Champagne bas.*

Songe à l'entretenir. Je vais rendre ta Lettre,
Et chercher la réponfe.

SCENE V.

DUBOIS, CHAMPAGNE.

DUBOIS.

A Ce qui me paroît,
Tu t'introduis ceans par un fort bon endroit.
Franc Meffager d'Amour, tu prétends....

CHAMPAGNE.

Qu'eft-ce à dire ?

DUBOIS.

Les gens de ton mêtier craignent peu la fatire :
Ils vantent leur talens au lieu de les cacher.
Va, ne te fâche point.

CHAMPAGNE.

Eh pourquoi me fâcher ?
Ma foi, Monfieur Dubois, mon mêtier vaut le
vôtre.

DUBOIS.

Téméraire, ofe-tu comparer l'un à l'autre ?

CHAMPAGNE.

Je gagne plus que vous, j'en fuis sûr.

DUBOIS.

Je le crois.

Un Manœuvre à préfent dois gagner plus que
   moi.

CHAMPAGNE.

D'où vient ?

DUBOIS.

Nôtre Patron, morbleu ! ne veut rien faire.
J'attends depuis un an qu'il rapporte mon affaire.
Je ne puis l'obtenir.

CHAMPAGNE.

      Le travail lui fait peur ?

DUBOIS.

Non, non, je l'ai gueri de la commune erreur.
Je lui dis chaque jour : Si vous voulez me croire,
Que vous auriez, Monfieur, & de biens & de
     gloire !
Sans peine, fans travail, fans incommodité,
Que vous feriez bien-tôt un Juge redouté !
Perdez vôtre Air de Cour, quittez ces Cotteries,
Où l'on ne penfe rien que des badineries.
Un air plus ferieux convient à vôtre état,
La mine fait fouvent le quart d'un Magiftrat.
Reformez vôtre habit, rendez-le plus modefte ;
Soyez fier, grave, dur, & je réponds du refte.
De la main du Greffier je prendrai les Procez ;
Je m'en inftruirai feul, j'en ferai les extraits.
J'aurai le foin fur tout de vous les bien écrire ;
Et vous ne prendrez, vous, que celui de les lire ;
Je ne vous trompe point. Regardez Arifton,
On l'eftime par tout comme un autre Caton.
La Province le craint ; la Cour le confidere ;
Cependant fon merite eft dans fon Secretaire.

CHAMPAGNE.

Que dit-il à cela ?

DUBOIS.

     Rien. Il a trop de tort.

CHAMPAGNE.

Me foi vous êtes mal, & je plains vôtre fort.

DUBOIS.

Ah ! si Monsieur son Pere , hélas ! vivoit encore,
Il l'accoûtumeroit au travail qu'il abhorre.
Que Dieu donne à son ame une éternelle paix !

CHAMPAGNE.

C'étoit donc un maître homme ?

DUBOIS.

         Il ne dormoit jamais,
Soigneux , entreprenant , avide , infatigable.
Je doute que le Ciel en redonne un semblable.
Le Palais retentit encor de ses exploits :
Il regagna le prix de sa Charge en six mois.

CHAMPAGNE.

Diantre !

DUBOIS.

    Aussi laissa-t-il des richesses immenses ;
Et son Fils les consume en de foles dépenses.
Hélas ! si le bon homme eût prévû ce malheur ,
Sur l'heure il seroit mort de rage & de douleur :
Mais ainsi va le monde.

CHAMPAGNE.

      Un jour viendra peut-être
Où vous verrez son Fils. . . .

SCENE VI.

JUSTINE , DUBOIS, CHAMPANGE.

JUSTINE *donnant un Billet à Champagne.*

A Dieu , dis à ton Maître,
Qu'on n'a de tous ces Vers vanté que le Sonnet ,
Et qu'on seroit ravi de sçavoir qui l'a fait.

CHAMPAGNE.

Serviteur.

SCENE VII.

JUSTINE, DUBOIS.

DUBOIS.

LE détour merite qu'on le loüe.
J'en attendois de vous un meilleur, je l'avoüe.
C'étoit donc là des Vers ? Vous moquez-vous de
    moi ?
Il faut ou plus d'esprit, ou plus de bonne foi.

JUSTINE *à part.*

Je voudrois bien gagner ce maudit Secretaire.

DUBOIS.

Que marmotez-vous là, la Belle ?

JUSTINE *à part.*

                   Comment faire ?
Secretaire, Greffier, Procureur, ni Sergent,
N'ont jamais pû, dit-on, tenir contre l'argent ;
Seroit-il le premier ?

DUBOIS *à part.*

                Fidelle à sa Maîtresse ;
Elle a crû m'abuser avec ce tour d'adresse.

JUSTINE *à part.*

Que rumine-t-il là ?

DUBOIS *à part.*

              Ne pourrai-jamais
Obtenir d'être admis dans leurs conseils secrets ?
Que lui dire ?

JUSTINE *à part.*

Je veux faire un coup de ma tête.

DUBOIS *à part.*

Je sens je ne sçai quoi qui m'étonne & m'arrête.

JUSTINE *à part.*

Tout coup vaille : parlons, je ne puis reculer.

DUBOIS *à part.*

Avançons : un grand cœur ne doit jamais trembler. *

JUSTINE.

Hai ! pardon.

DUBOIS.

De quel trouble êtes-vous donc pressée ?

JUSTINE.

Mais vous , sur quel objet portiez-vous la pensée ?
Vous êtiez en secret puissamment agité ;
De grace contentez ma curiosité.

DUBOIS.

Je ne pensois qu'à vous.

JUSTINE.

A moi ?

DUBOIS.

Je vous le jure.

JUSTINE.

Je ne pensois qu'à vous aussi , je vous assûre.

DUBOIS.

Quelle rencontre !

JUSTINE.

Après quelque reflexion
Sur le malheur du monde & sa confusion :
Car vous devez sçavoir que j'excelle en Morale.
Par quel ordre cruel , par quelle Loi fatale ,
Me disois-je à moi-même , est-il donc arrêté
Qu'on ne trouve par tout que contrarieté ?
Pourquoi des gens sensez que le destin assemble ,
Ne s'accordent-ils pas pour vivre heureux ensemble ?

DUBOIS.

Je pensois justement ce que vous avez dit.

JUSTINE.

Par exemple ; Dubois, disois-je, a de l'esprit ;
Tous le monde connoît ses talens , sa prudence.

* *Chacun s'avance de son côté. Ils se rencontrent
nez à nez.*

S'il

Il vouloit avec nous être d'intelligence ;
On ne troubleroit plus nos innocens plaisirs,
Et l'on voudroit en vain contraindre nos desirs :
Cependant comme il est l'espion de Dorante,
Que nous craignons ses yeux, & sa langue pi-
  quante,
On'à nous garder de lui nous travaillons toû-
  jours,
Il empoisonne seul le bonheur de nos jours.

D U B O I S.

Et moi, je me disois : se peut-il que Justine ;
Que l'on vante par tout, & que l'on croit si fine,
Juge assez mal des gens pour ne pas présumer,
Qu'un homme tel que moi ne doit point l'allar-
  mer ?
Que mes soins, mes emplois, ma longue expe-
  rience
M'ont aquis dans le monde assez de connoissance,
Pour m'avoir convaincu qu'il faut fermer les
  yeux,
Et tirer le rideau sur ce qu'on voit le mieux ;
Sur tout, lors qu'il s'agit de la paix d'un ménage
Qu'on trouble sans retour par le plus foible om-
  brage ? J U S T I N E.
Il faut que je lui parle à ce Monsieur Dubois,
Et que je sache au moins s'il entend le François,
Ai-je dit. Il se plaint qu'il demeure inutile,
Qu'il meurt dans le loisir d'une Charge sterile.
L'Emploi de Secretaire est mince chez Monsieur ;
Ne tiendra qu'à lui d'en avoir un meilleur.
Je l'en revêtirai ; j'en répons sur mon ame ;
Il gagnera bien plus à l'être de Madame.

D U B O I S.

C'en est trop, ai-je dit. Changeons nôtre destin ;
Allons trouver Justine ; Expliquons-nous enfin.
Faisons-lui concevoir qu'un homme de ma sorte
Sent toûjours vers le bien une ardeur qui l'em-
  porte :

Que pour en aquerir , & pour le contenter ,
Il n'eſt aucun emploi qu'il ne veüille accepter :
Qu'en me formant le Ciel m'inſpira cette envie,
Qui ne peut de mon cœur ſortir qu'avec la vie.

J U S T I N E.

Ainſi ſans le ſçavoir nous nous entretenions.

D U B O I S.

Et voyez cependant comment nous raiſonnions.

J U S T I N E.

On ne peut pas plus juſte , & nôtre intelligence
Me donne déſormais une entiere eſperance.
Parle , car entre nous il n'eſt plus de façons :
Monſieur ſoupçonne-t-il ce que nous lui braſſons
Eſt-il content de moi , de ſa Sœur , de ſa Femme
Car tu n'ignores rien des ſecrets de ſon ame.

D U B O I S.

Oüi , toûjours avec moi ſon cœur s'eſt épanché
Sur cet article ſeul il s'eſt encor caché;
Je ne ſçai rien.

J U S T I N E.

Bon , bon.

D U B O I S.

Non. La peſte me tuë
De quelques ſoins pourtant ſon ame eſt combat
tuë :
Car depuis quelques jours il fait de grands ſou
pirs ,
Et ſemble avoir perdu ſon goût pour les plaiſir
Mais ſi le mal qu'il redouble ſes atteintes ,
Il me viendra bien-tôt faire entendre ſes plainte
Je n'en ſçaurois douter.

J U S T I N E.

C'eſt là que je l'attens :
Et pour t'inſtruire à fonds de ce que je prétend
Il faut que dès l'inſtant ſans aucun artifice ,
De tout vôtre entretien , ton rapport m'éclai
ciſſe ;
Que ce qu'il t'aura dit , je l'apprenne de toi.

DUBOIS.

Mais ne sçaurai-je pas pourquoi cela ?

JUSTINE.

Pourquoi ?
Pour choisir là-dessus la route qu'il faut prendre,
Dans le dessein d'unir Julie avec Clitandre,
Et d'obtenir l'aveu de Dorante.

DUBOIS.

Vraiment
Si tu crois les unir par son consentement,
Tu t'abuses : jamais il n'y voudra souscrire.

JUSTINE.

Promets-moi seulement de te laisser conduire :
Le reste me regarde. Adieu. Mais à propos
Il est bon de te dire encore quatre mots.
Clitandre au poids de l'or veut payer tes paroles,
Et les taxe, dit-il, à quatre cens pistoles.

DUBOIS.

C'est parler comme il faut.

JUSTINE.

Sur ce pied-là je croi
Que sans trop me flâter, je puis compter sur toi.
Touche-là : Jure-moi que tu seras fidelle.

DUBOIS.

Oüi, ma foi. Tu peux tout attendre de mon zèle...

JUSTINE.

Va donc. De ton secours puissions nous profiter !
Toutefois sans frayeur je ne puis te quitter :
Je croi voir sur ton front, quand je le considere,
D'un hardi scelerat le parfait caractere :
Doit-on croire aux sermens d'un homme de Palais ?

DUBOIS.

Oüi, quand ce qu'il promet flâte ses interêts.

Fin du premier Acte.

N 2

ACTE II.

SCENE I.
DUBOIS *seul.*

'E s t affez, ce me femble, eftimer mes pa-
     roles,
Que d'en fixer le prix à quatre cens piftoles.
Quel métier que celui de fervir un Amant !
On a fort peu de peine & beaucoup d'agrément.
Que ne l'ai-je fuivi dès ma tendre jeuneffe ?
Je renonce au Palais, qui m'occupoit fans ceffe
Je ne veux de mes jours voir Greffe ni Procès.
Mais nos foins feront-ils fuivis d'un bon fuccès ?
Le chagrin de Monfieur à toute heure s'augmente,
Peut-être....

SCENE II.
DORANTE, DUBOIS.

DORANTE *entre en rêvant profondément.*

Quel effort faudra-t-il que je tente ?
DUBOIS *à part.*
Je l'entens. Qu'a-t-il dit ? Qu'il paroît agité !

DORANTE *à part*.

Déplorable embarras ! fatale extrêmité !
Ciel ! daigne me montrer ce qu'il faut que je
    fasse.
Hélas !

DUBOIS *à part*.

Qu'il vient de faire une étrange grimace !
Que l'état de son cœur est bien peint dans ses
    yeux !
Il ne voit rien ; Il croit être seul en ces lieux.

DORANTE.

Il l'apperçoit.
Mais.... ah ! c'est toi, Dubois.

DUBOIS.

Oüi, Monsieur, c'est moi-même
Qui sens, je vous le jure, une douleur extrême,
Quand je vous vois en proye à ces mortels ennuis.

DORANTE *à part*.

Dois-je lui confier le desordre où je suis ?

DUBOIS.

Je n'ose pénétrer quel en est le mystere.

DORANTE *à part*.

Oüi, parlons : mon tourment se redouble à le
    taire :
Il est prudent, discret, ferme en mes interêts.

A Dubois.
Tu me crois donc en proye à des chagrins secrets ?

DUBOIS.

Voudriez-vous, Monsieur dissimuler encore ?

DORANTE.

Non : Et c'est dans mes maux tes conseils que
    j'implore.
Mon Pere fit long-tems l'épreuve de ta foi ?
Et pour me consoler je ne sçache que toi.

DUBOIS *à part*.

Que diable est tout ceci ?

DORANTE.

Tu vois que ma tristesse

N 3

A changé mon humeur , & m'accable sans cesse
Rien de ce que j'aimois ne flâte mes desirs ;
Et le sort m'a donné , pour finir mes plaisirs ,
Un bourreau de mes jours, un tyran de mon ame.

DUBOIS.

Quel est-il ce tyran , ou ce bourreau ?

DORANTE.

Ma Femme.

DUBOIS.

Vôtre Femme , Monsieur ?

DORANTE.

Tu n'en dois plus douter.
Elle me cause un mal que je ne puis dompter.
Je suis desesperé.

DUBOES.

Vous est-elle odieuse ?

DORANTE.

Ah plût au Ciel ! Ma vie en seroit plus heureuse
Mon cœur pour mon malheur s'en est laissé char-
mer ;
Et je ne souffre , hélas ! que pour la trop aimer.

DUBOIS.

En étiez-vous jaloux ?

DORANTE.

Jusqu'à la frenesie.

DUBOIS.

Vous , Monsieur ? Vous frappé de cette fantaisie
Vous , contre les Jaloux declaré hautement ?

DORANTE.

Et c'est de-là que vient mon plus cruel tourment
Quand j'entrai dans le monde , une pente fatale
M'entraîna dans le cours de la grande cabale ;
Ceux qui la composoient m'instruisant tous les
jours ,
J'eus bien-tôt attrapé leurs airs & leurs discours
J'occupai mon esprit de leurs veines pensées ;
Et blâmant du vieux tems les maximes sensées ,
J'en plaisantois sans cesse, & traitois de Bourgeois

Ceux qui suivoient encor les anciennes Loix.
Quel est l'homme, disois-je, en faisant l'agreable,
Qui garde pour sa Femme un Amour veritable ?
C'est aux petites gens à nourrir de tels feux.
Ah ! si l'Hymen jamais m'enchaîne de ses nœuds,
Loin que l'on me reproche une pareille flamme,
Que je voudrai de bien aux Amans de ma Femme !
Que ne croirai-je point devoir à leur Amour,
S'il peuvent loin de moi l'amuser tout le jour ?

DUBOIS.

Et pourquoi teniez-vous cet impudent langage ?

DORANTE.

Morbleu, pour imiter les gens du haut étage,
De qui les sentimens ou faux ou trop outrez
De la droite raison sont toûjours égarez.
Connu sur ce pied là, pour plaire à ma Famille,
Je m'engage ; j'épouse une petite Fille,
De qui l'art enfantin, & l'ingenuité
Ne prenoient sur mon cœur aucune autorité :
Je crus la voir toûjours avec indifference :
Malheureux ! de ses traits j'ignorois la puissance,
Sa beauté s'est accruë ; & sa possession,
Loin de me dégoûter a fait ma passion.

DUBOIS.

Vous y voilà pris ?

DORANTE.

Je n'ai connu ma flamme,
Qu'aux mouvemens jaloux qui déchirent mon
    ame :
De ce trouble secret je me suis allarmé ;
Et j'ai douté long-tems que mon cœur tût char-
    mé ;
Mais enfin j'ai senti toute mon infortune.
Je crains tous mes Amis ; leur aspect m'impor-
    tune.
Je n'aspirois jadis qu'à les avoir chez-moi ;
Leur presence aujourd'hui m'y donne de l'effroi.
Pourquoi faut-il aussi qu'un ridicule usage,

Souffre des Etrangers au milieu d'un Ménage :
Sages Italiens, que vous avez raison !
Vingts Faineans fans ceffe affiegent ma maifon
Ils content devant moi des douceurs à Celie.
L'un dit qu'elle a bon air, l'autre qu'elle eft polie
Celui-ci, que fes yeux font faits pour tout char-
 mer ;
Que fa grace jamais ne fe peut exprimer ;
Celui-là de fes dents vante l'ordre agréable.
Et la fin d'un difcours qui me perce le cœur,
Et toûjours employée à loüer mon bonheur.

D U B O I S.

Il eft vrai. C'eft ainfi que la chofe fe paffe.

D O R A N T E.

Ils portent bien plus loin leur indifcrete audace ;
Ils viennent la chercher au fortir de fon lit ;
Chacun fait là briller fes foins & fon efprit :
Ce ne font que bons mots, que jeux, que raille-
 ries,
Que fignes, que coups d'œil, & que minanderies.
Ma Femme reçoit tout d'un efprit fort humain,
Et je voi quelquefois qu'on lui baife la main.

D ü B O I S.

On a tort.

D O R A N T E.

 Cependant il faut que je l'endure,
Et le Public rira fi ma bouche en murmure ;
Si je montre l'ennui que mon cœur en reçoit,
Les enfans de Paris me montreront au doigt ;
Et traité de bizarre & d'Epoux indocille,
Je ferai le fujet d'un heureux Vaudeville.
Ah ! François, qu'à bon droit les autres Nations
Regardent en pitié toutes vos actions ;
Et blâmant vôtre efprit de Mode & de Cabale,
Condamnent juftement vôtre fauffe Morale !

D U B O I S.

Belle reflexion !

DORANTE.

Ce n'est pas encor tous ;
Et l'on mettra bien-tôt ma patience à bout,
Si je ne vois cesser les manieres d'Eraste.
Il Cajole Celie, & le fait avec faste :
Il veut que je le voye ; il paroît l'affecter :
Elle flâte ses vœux, loin de les rejetter.
Ils m'en ont convaincu. Dis-moi, que dois-je
 taire ?
Parlerai-je à ma Femme ? Ou faudra-t-il me taire ?
Quand je veux avec elle entâmer ce discours,
La honte que je sens m'en empêche toujours.
Je crains de lui montrer jusqu'où va ma foiblesse ;
J'en rougis.

DUBOIS.

Vous pensez avec délicatesse,
Et vous êtes, Monsieur, dans un étrange cas.

DORANTE.

Elle ira son chemin si je ne parle pas.

DUBOIS.

C'est sans difficulté.

DORANTE.

Si je parle au contraire,
Et que comme un Mari ne persuade guere,
Mes leçons dans son cœur ne fassent aucun fruit,
A quelle extrêmité serai-je alors reduit ?
De souffrir un mépris si cruel pour ma flâme ?
Ou bien de maltraiter, ou de quitter ma Femme ?

DUBOIS.

Je trouve, comme vous, un embarras égal.
Comment donc gouverner un semblable animal ?
N'importe. Expliquez-vous, Monsieur, avec
 Celie.
La vertu dans son ame est si bien établie,
Je dis sans vouloir vous faire un compliment,
Que vous n'en recevrez que du contentement.
On obtient quelquefois plus qu'on n'ose préten-
 dre ;

Et pour gagner ſa cauſe, il faut la faire entendre

DORANTE.

Oüi. Je veux m'éclaircir avec elle aujourd'hui
C'eſt cacher trop long-tems ma peine & mon en-
　　nui.
C'eſt ici qu'elle vient ſortant de ſa toilette.
Donne à nôtre entrétien la fin que je ſouhaite.
O Ciel ! J'entends du bruit ; je la vois ; laiſſe
　　nous.

SCENE III.

DORANTE, CELIE.

DORANTE *à part*.

QUi ne ſeroit trompé par ce maintien ſi doux
Croiroit-on à la voir avec cet air modeſte
Qu'un repos de mes jours elle fût ſi funeſte ?
Cependant Dieu le ſçait : mais par où commen-
　　cer ?
Je tremble....

CELIE *à part*.
　　　Mon abord ſemble l'embarraſſe

DORANTE *à part*.
Qu'on épouſe de ſoins lors qu'on prend une Femme !

à Celie.
Pourſuivons tourefois. Allons ; Bon jour, Madame

CELIE.
Bon jour, Monſieur.

DORANTE *à part*.
　　　　Il faut lui cacher mon chagrin

à Celie.
Vous vous êtes levée aujourd'hui bien matin.

CELIE.
Un moment après vous je me ſuis éveillée ;

dans le même tems je me suis habillée.
DORANTE.
lliez-vous fortir?
CELIE.
Non.
DORANTE.
Voudrez-vous donc fouffrir
ue mon cœur à vos yeux ofe fe découvrir :
ue tous mes fentimens puiffent ici paroître :
CELIE.
n pouvez-vous douter? N'êtes-vous pas le Maî-
tre?
DORANTE.
Pendant nôtre entretien fouvenez-vous du moins,
Que vous êtes l'objet de mes plus tendres foins ;
Que fans ceffe pour vous, je foûpire & je brûle.
CELIE à part.
Quelle fera la fin d'un pareil préambule?
DORANTE.
Non, il n'eft point d'Epoux que jufques à ce jour,
Ait fenti pour fa Femme un fi parfait Amour.
CELIE.
Je le crois. Je vous fuis tout-à-fait obligée.
DORANTE.
Mais plus dans cet Amour mon ame eft engagée,
Plus elle eft exppfée à de troubles fecrets.
Quelquefois on fe livre à d'éternels regrets,
Lors qu'alterant la paix d'un heureux Mariage ;
à part.
permet... Que je joüe un trifte perfonnage !
CELIE.
eritité, Monfieur, je ne vous entends point.
DORANTE.
gens les plus fenfez s'abufent fur ce point :
laiffe à la fin féduire à l'apparence,
ues à condamner la plus pure innocence.
lors qu'une Femme a foin de fon honneur,
t peu que fa vertu réponde de fon cœur ;

Elle agit au dehors avec tant de sagesse, (
Qu'elle n'y montre rien dont le Public se blesse,
Et toûjours attentive à ces soins importans,
Brave la calomnie, & les discours du tems.

CELIE.

Avec tous ces détours que voulez-vous me dire?

DORANTE.

Ce qu'un ardent Amour me découvre & m'inspire.
Vous êtes fort aimable, & je vois chaque jour
Mille gens empressez à vous faire la cour;
Ils ne vous quitte point; & leur galanterie,
Puis qu'il faut m'expliquer, passe la raillerie;
Toutes les libertez qu'ils prennent avec vous
Marquent....

CELIE riant.

Qu'il vous sied mal de faire le jaloux!

DORANTE.

Comment?

CELIE riant.

Vous n'avez pas de grace à le paroître.

DORANTE au desespoir.

Quoi, vons ne croyez pat?...

CELIE riant.

Non, cela ne peut être.

DORANTE.

Mais je vous dis pourtant la pure verité.

CELIE riant toûjours.

Vous avez trop de sens; j'ai trop peu de beauté.

DORANTE.

Je ne m'attendois pas à la plaisanterie.
Morbleu! c'en est asséz pour me mettre en furie.
Madame, on ne rit point sur un pareil sujet.

CELIE avec fierté & en colere.

Ah! c'est donc tout de bon. Cependant qu'ai-je
    fait?
Qui cause, je vous prie, un soupçon qui m'of-
    fense?
Voyons?

DORANTE.

DORANTE.

Ne sçauriez-vous parler sans violence ?
Car enfin mon dessein n'est pas de vous fâcher.

CELIE.

Mais encor qu'est-ce donc qu'on me peut reprocher ?

DNRANTE.

Les assiduitez d'Eraste, de Clitandre.
De Cleon....

CELIE.

A vous seul vous devez vous en prendre.
Des trois les deux m'étoient tout-à-fait inconnus.
Et conduits par vous-même ils sont ici venus.

DORANTE.

Il est vrai.

CELIE.

Pour Clitandre, il en veut à Julie ;
Et le sang ; dont le nœud l'un & l'autre nous lie
Fait que dès le berceau nous nous aimons tous
deux.

DORANTE.

Le Cousin le plus proche est le plus dangereux.
En un mot leurs discours, leurs soins & leurs ma-
nieres
Depuis un certain tems ne me conviennent gue-
res.
Ils sont toûjours ceans, vont vous voir dans le
lit ;
Est-ce entre nous, Madame, ainsi qu'on se con-
duit ?
Pouvriez-vous souffrir de semblables visites ?

CELIE.

Mais vous, pensez-vous bien à ce que vous me
dites ?
Vous souvient-il plus avec quelle chaleur
D'autres sentimens vous disposiez mon cœur ?
Quand dans les premiers jours de nôtre Mariage,
J'osois regarder vos Amis au visage,

Et que pour éviter leur vûë & leurs difcours,
Seule en mon Cabinet je m'enfermois toûjours ?
Madame, diffiez-vous, vivez d'autre maniere :
Vous êtes trop farouche, & trop particuliere :
Recevez autrement tous les gens que je voi,
Et n'effarouchez point ceux qui viennent chez
    moi ;
Rendez à mes Amis ma Maifon agreable,
Ou le féjour pour moi n'en eft plus fupportable.
En me parlant ainfi vous me les ameniez,
Jufqu'en mon Cabinet vous les introduifiez.
Meffieurs, ajoûtez-vous ; divertiffez Madame :
Je fors ; excufez-moi. Je vous laiffe ma Femme.
Sur cette confiance ils font venus me voir.
J'ai fais ce que j'ai pû pour les bien recevoir ;
Et pour vous obéïr j'ai fuivi vos maximes.
Si vous vous en plaignez, Monfieur, ce font vos
    crimes.

DORANTE à part.

Avec quelle froideur elle voit mon chagrin !

A Celie.

Madame, j'avois tort ; je le fçai ; mais enfin
En faut-il moins calmer la douleur qui me preffe
Ecartez ces Objets de qui l'afpect me bleffe.

CELIE.

Mariez vôtre Sœur : c'en eft un fûr moyen :
Clitandre l'aime ; il a du merite & du bien.
Preffez leur Union. Bien-tôt cet Hymenée
Difperfera les gens, dont vôtre ame eft gênée.
Julie eft riche & belle ; ils veulent l'époufer.
Croyez-moi.

DORANTE.

Ce moyen fe peut-il propofer ?
Et ne voyez-vous pas par l'Hymen de Julie
D'un fort gros revenu ma maifon affoiblie ?
Differons ce malheur ; gagnons encor du tems
Que je vous doive enfin le repos que j'attens :
Chaffez ces étourdis qui….

CELIE.

Chassez-les vous-même.

DORANTE.

Moi ?

CELIE.

Sans doute. D'où vient cette surprise extrême ?

DORANTE.

Moi ? Je leur montrerois qu'ils m'ont rendu jaloux ?

CELIE.

Eh bien donc. J'aurai soin de leur parler pour
vous.

DORANTE.

Je ne puis que loüer un si prompt sacrifice.

CELIE.

Eh quoi, ne faut-il pas que je vous obéïsse ?

DORANTE.

Oüi. Mais on ne fait pas toûjours ce que l'on doit.
Rien ne vaut le plaisir que mon ame reçoit.

CELIE.

Non, non. Ne doutez point, que je ne vous dé-
livre
De tous ces importuns attachez à me suivre.

DORANTE.

Bon.

CELIE.

Je les instruirai de vos intentions.

DORANTE.

Comment ?

CELIE.

Ils apprendront vos resolutions.
Je leur declarerai quel est vôtre scrupule.

DORANTE.

Vous voulez me charger d'un pareil ridicule ?
C'est tout ce que je crains.

CELIE.

Comment faire autrement ?

O 2

DORANTE.

Prendre sur vous l'éclat de leur bannissement,
Les fuïr les dégoûter enfin sans me commettre.

CELIE.

Pour cela, c'est un point que je ne puis promettre.

DORANTE.

D'où vient ?

CELIE.

Je ne veux pas qu'on reproche à mon cœur
L'impertinent défaut d'une bizarre humeur:
Je ne veux point passer pour une extravagante:
J'estime ces Messieurs ; & j'en suis fort contente.
Leur entretien me plaît ; je les ai bien reçûs ;
Je ne me sçaurois pas démentir là-dessus.

DORANTE.

Vous ne le ferez point ?

CELIE.

Je vous le proteste.

DORANTE.

Madame....

CELIE.

Eh bien Monsieur ?

DORANTE.

Voyez....

CELIE.

Je vois de reste.

Qu'est-ce ?

DORANTE.

Ah ! j'ai mal connu vôtre perfide cœur
Morbleu !

CELIE.

C'est donc ainsi qu'on m'outrage, Monsieur,
Allez. Loin de me faire une pareille offence,
Ne devriez-vous pas loüer ma complaisance ?
Mais malgré tout cela je ferai mon devoir:
Comptez que ces Messieurs ne viendront plus me
voir.
Les voici. Je leur vais expliquer ce mystere.

Leur dire que vous seul. . . .

CELIE.

DORANTE.
O Ciel ! qu'allez-vous faire ?
Madame , gardez-vous de leur parler de moi.

CELIE.
Non, ne m'arrêtez point : je le veux, je le doi.

DORANTE.
De mon ressentiment vous avez tout à craindre ,
Si vous parlez.

CELIE *le regardant avec tendresse.*
Eh bien, il faut donc me contraindre.
Pour vous plaire, Monsieur, que ne ferois-je pas ?

DORANTE *à part.*
La traîtresse !

SCENE IV.

DORANTE, CELIE, ERASTE,
CLITANDRE, JUSTINE.

ERASTE *Embrassant Dorante.*

CHez-toi nous courons à grands pas.
Nôtre Ami, l'on ne peut, en quelque part qu'on
aille,
Trouver pour le commerce un homme qui te
vaille.
Clitandre te dira qu'hier en vingt endroits,
Il loüa ta maison d'une commune voix.
Ce n'est qu'ici qu'on goûte un plaisir veritable.

CLITANDRE.
Il n'est point dans Paris de lieu plus agreable.

CELIE.
Vous nous flâtez, Messieurs.

CLITANDRE.
Non , Madame.

O 3

ERASTE.

Pour moi ,
Quand je vous parle ainſi, c'eſt de fort bonne foi.

DORANTE.

Je vous ſuis obligé.

ERASTE *frapant ſur l'épaule de Dorante.*

Nôtre Ami , tu ſçais vivre.
Dans le monde tu ſçais le parti qu'il faut ſuivre.
Je viens de chez Damon.

CLITANDRE.

L'impertinent jaloux !

ERASTE.

J'ai manqué , je l'avoüe , à me mettre en courroux :
Il ne ſçauroit ſouffrir qu'on regarde ſa Femme :
Tous les ſoins qu'on lui rend , le percent juſqu'à
l'ame.

JUSTINE.

Le fat !

ERASTE.

J'ai pris plaiſir à le faire enrager.

JUSTINE.

Que c'eſt bien fait !

CELIE *regardant tendrement Dorante.*

Pourquoi ne le pas ménager ?
Il faut avoir pitié du mal qui le devore.

ERASTE.

Il faut , quand on le peut , le redoubler encore.
Je gage que Dorante eſt de mon ſentiment.

Le tirant par le bras

Parle. Ne doit-on pas le faire ?

DORANTE.

Aſſûrement...

A part.
Ciel !

CLITANDRE.

Un Mari jaloux eſt une ſotte bête.

DORANTE,

J'enrage !

ERASTE *riant.*

Lors qu'il a ses visions en tête,
Et que l'on est témoin des chagrins qu'il ressent,
C'est de tous les Objets le plus divertissant.

DORANTE *à part.*

Je creve.

CELIE *riant.*

Il est certain qu'il donne bien à rire.

DORANTE *à part.*

La coquine ! elle pense à mon secret martyre,
Et rit de tous les maux qu'elle me fait souffrir.

CELIE.

Mais, Eraste, un jaloux ne se peut-il guerir ?

ERASTE.

Oh non ; la jalousie est un mal incurable.
Et sans doute de tous les plus insupportable.

JUSTINE.

Que vous le peignez bien !

DORANTE *à part.*

Je n'y puis plus tenir.

Serviteur.

ERASTE.

Quoi tu sors ?

DORANTE.

Non. Je vais revenir.

SCENE V.

CELIE, ERASTE, CLITANDRE, JUSTINE.

ERASTE.

OU court-il ? Que penfer de cette prompti-
tude ?

CLITANDRE.

Il m'a paru frappé de quelque inquietude.

JUSTINE.

Madame, vous riez ?

CLITANDRE.

De grace expliquez-vous.

CELIE.

Enfin nous le tenons.

ERASTE.

Comment ?

CELIE.

Il eft jaloux.
Bien loin de pénétrer nos fecrets artifices,
Il croit que tous vos foins font de vrais facrifices,
Qu'Erafte, que Cleon m'aime de bonne foi :
Tout ce qu'il voit enfin lui donne de l'effroi.
Il vient de me montrer les tranfports de fon ame,
Ses foupçons, fes terreurs, fon trouble...

JUSTINE.

Eh bien, Madame ?
Mes confeils font-ils bons ? En doit-on faire cas ?

CELIE.

Afsûrement.

JUSTINE.

Allons. Ne nous relâchons pas.
Travaillons. Redoublons la foupçonneufe crainte
Dont Monfieur vôtre Epoux a déja l'ame atteinte.

Qu'Eraste sur vos pas attaché chaque jour,
Lui fasse voir pour vous un violent Amour.
Paroissez avec lui toûjours d'intelligence :
Employez de vos yeux l'éloquente science.
Soutenez que tous ceux dont Dorante est jaloux
Viennent chercher ici sa Sœur, & non pas vous ;
Qu'elle seule est l'Objet de leur galanterie ;
Et que pour les chasser, il faut qu'il la marie.
Je garantis dans peu Clitandre satisfait.

CLITANDRE.

Oüi sans doute ; nos soins auront un prompt effet :
Madame, que j'aurai de graces à vous rendre !
Mon sort est en vos mains, mon bonheur...

CELIE.

Mais Clitandre,

L'Amitié que le sang a formée entre nous
Me fait bien hazarder pour Julie & pour vous.
Car, sans être perfide enfin ni criminelle,
Je cause à mon Epoux une peine mortelle.
Me pardonnera-t-il son trouble, sa douleur ?

JUSTINE.

N'est-il pas trop heureux de n'avoir que la peur ?
Ah ! combien de Maris de la plus haute classe,
Pour les mêmes terreurs voudroient être en sa
place !
Quelle sera sa joye au moment qu'il sera
Hautement détrompé sur les soupçons qu'il a ?
Enfin ne doit-on pas punir son avarice,
Et de son procedé corriger l'injustice ?
Quand, pour joüir d'un bien qui revient à sa
Sœur,
Il empêche un Hymen qui seroit son bonheur ?

CELIE.

C'est trop.

CLITANDRE.

Trahirez-vous le beau feu qui me brûle ?
Et d'où peut aujourd'hui vous venir ce scrupule ?
Vôtre Mere, & Damis l'Oncle de vôtre Epoux,

Dans ce juſte deſſein ſont d'accord avec nous.
Tout parle en ma faveur, & tout contre Dorantei

CELIE.

Je crains de l'offenſer ; mon devoir m'épouvante.
Je tremble à tout moment.

CLITANDRE.

Vous me deſeſperez :
Prenez pitié des maux qui me ſont preparez ;
Madame, je mourrai ſi vôtre bonté ceſſe.

CELIE.

Et bien juſqu'à la fin ſervons vôtre tendreſſe.
Allons trouver Julie, & lui faire ſçavoir
Que tout ſemble aujourd'hui répondre à nôtre
     eſpoir.

Fin du ſecond Acte.

ACTE III.

SCENE I.

CLITANDRE, JULIE, BABET.

CLITANDRE.

ENFIN , belle Julie , un deſtin favorable
Se prepare à finir le tourment qui m'acca-
  ble.
Pour calmer ſes ſoupçons , pour nous écarter tous,
Dorante permettra que je ſois vôtre Epoux.
Quels tranſports dans mon cœur l'eſperance fait
  naître !
Je ne puis les regler.

JULIE.

    Vous vous flâtez peut-être.
L'interêt pour mon Frere eſt un motif puiſſant.

CLITANDRE.

Le ſoin de ſon répos eſt encor plus preſſant.
Il ne ſoûtiendra point une ſi rude atteinte ;
Madame , eſperons tout.

JULIE.

    L'Amour cauſe ma crainte.
Pardonnez-la , Clitandre , à mon cœur agité :
J'aime trop pour ſentir quelque tranquillité.

CLITANDRE.

Que ne vous dois-je point après ce témoignage ?

A quels foins deformais ce doux aveu m'engage?

J U L I E.

Soyez tendre & conftant : vous ne devrez rien ;
La Conftance & l'Amour vous aquitteront bien.

B A B E T.

J'entens quelqu'un venir !

J U L I E.

Seroit-ce point mon Frere?

B A B E T.

Je ne fçai.

J U L I E.

Voyez donc.

B A B E T.

Non. C'eft fon Secretaire.

SCENE II.

JULIE, CLITANDRE, BABET, DUBOIS.

DUBOIS *à Clitandre.*

ELoignez-vous d'ici ; Monfieur vous furpren-
droit.
Il me fuit, & viendra fans doute en cet endroit.
Il n'eft pas à propos qu'il vous rencontre enfem-
ble.

J U L I E.

Allez donc.

SCENE

SCÈNE III.

JULIE, BABET, DUBOIS.

DUBOIS.

JE commente assez bien ce me semble,
Et pour être apprentif au métier que je fais,
J'y suis Grec, & rompu quasi comme au Palais.

JULIE.

Vous nous servez fort bien.

DUBOIS.

Quand je vous rends service,
Je défends l'innocence, & soûtiens la justice ;
Car enfin n'est-ce pas un énorme attentat,
De vous faire observer un triste Celibat ?

JULIE.

Vous êtes fou, je croi.

DUBOIS.

Je suis sage au contraire,
De vouloir vous venger de vôtre injuste Frere.
Nous en aurons raison dans peu de tems, je croi.

JULIE.

Tout de bon ?

DUBOIS.

J'en suis sûr : mais on vient. Laissez-moi.

SCÈNE IV.

DORANTE, DUBOIS.

DORANTE.

JE n'en puis plus. Je souffre une peine effroyable.

Dubois.

DUBOIS.

D'où venez-vous, Monsieur ?

DORANTE.

Je sors de table,
Je viens de la quitter sans avoir rien mangé.

DUBOIS.

Vous trouveriez-vous mal ?

DORANTE.

Je suis pis qu'enragé.
Ma Femme m'assassine, & met tout en usage,
Pour me faire crever de dépit & de rage.

DUBOIS.

Commment ?

DORANTE.

Je n'ai rien pû gagner sur son esprit;
Elle m'a chicané sur tout ce que j'ai dit ;
Et s'armant d'artifice, ou de plaisanterie,
N'a traité mes chagrins que de bizarrerie.

DUBOIS.

Diantre !

DORANTE.

Nôtre entretien a très-mal réüssi.

DUBOIS.

Tant pis. Mais cependant que faire à tout ceci ?

DORANTE.

Que sçai-je ? Ma raison ne me sert plus de guide.
Non. Je ne vis jamais une ame plus perfide.
Pendant tout le dîner que n'a-t-elle point fait !
Jamais de faire éclat, je n'eus tant de sujet.

DUBOIS.

A part.   *A Dorante.*

Tant mieux. La perfidie est donc considerable ?

DORANTE.

Job se seroit donné cinquante fois au Diable.
A moins que de le voir je n'aurois jamais cru,
Ni même imaginé ce qui m'en a paru.
Et c'est un de ces faits, dont la raison troublée

Pour en pouvoir douter ; voudroit être aveuglée :
Tout ce qu'une Coquette a jamais pratiqué,
Lors qu'elle veut surprendre un cœur qu'elle a
      manqué,
Soins de plaire affectez, souris, agasseries,
Discours flatteurs, regards, gestes & lorgneries,
Ma Femme devant moi vient de le repeter,
Pour engager Eraste, ou bien pour le flater.

DUBOIS.

Devant vous ?

DORANTE.

A'ma barbe, avec une impudence
A lasser d'un martyr toute la patience :
Moins timide qu'Eraste : elle l'embarrassoit ;
Et je l'ai vû rougir quand elle le pressoir.

DUBOIS.

Mais vous ? Que faisiez-vous pendant ce badi-
      nage ?

DORANTE.

Je murmurois tout bas en devorant ma rage.
Enfin puis qu'avec toi je puis trancher le mot,
Je faisois justement la figure d'un Sot.

DUBOIS.

Cela n'est pas plaisant.

DORANTE.

      J'en suis inconsolable.
J'ai manqué trente fois à renverser la table,
Pour punir l'infidéle, & pour me contenter.
S'il m'eût été permis de la bien souffleter,
Quelle a été ma joye ?

DUBOIS.

      Ah ! c'en est trop.

DORANTE.

      Ma bile
M'inspiroit cet éclat flateur autant qu'utile,
Les mains me démangeoient : mais j'ai craint les
      broüards,
Qu'on m'auroit aussitôt jetté de toutes parts.

Que vous êtes heureux ! vous , en qui la nature
Agit sans aucun art & regne toute pure !
Qui bravant le Public , & le qu'endira-t-on ,
Expliquez vos chagrins , à bons coups de bâton ,
Et que l'usage enfin , sans crainte d'aucun blâme,
Autorisa toûjours à battre vôtre Femme !
Gent du Peuple , Artisans , Portefaix & Vilains,
Vous , de qui la vengeance, est toûjours dans vos
    mains !

D U B O I S.

Parlez-vous tout de bon ?

D O R A N T E.

        Oüi , le Diable m'emporte :
On se soulage au moins en usant de la sorte.

D U B O I S.

Vous vous moquez , je pense, avec de tels propos.

D O R A N T E.

Que ne puis-je à ce prix assûrer mon repos !
Mais que dois-je, resoudre en cet état funeste ?
Prenons sans balancer le parti qui me reste.
Courons chez mon Beaupere ; allons me plaindre
    à lui.

D U B O I S.

Et croyez-vous par-là soulager vôtre ennui ?
Ah ! gardez-vous sur-tout de vous plaindre à son
    Pere
Des chagrins que vous cause une Femme legere.
Il vous condamnera s'il est Homme d'esprit ;
Et vous n'emporterez que honte & que dépit.
Que gagne Licidas en suivant cette route ?
Il soupire ; il se plaint ; personne ne l'écoute.
Il entend publier son Histoire en cent lieux.
Que d'exemples enfin sont presens à vos yeux !
Acaste hautement dit sa Femme infidelle ;
Après ce grand éclat , il demeure avec elle :
Arcas fait le desordre , & passant plus avant ,
Il menace la sienne & l'enferme au Couvent ;
Mais bien-tôt à l'insçû de toute sa Famille,

Il va pour la ravoir fangloter à la grille ;
D'abord elle refifte, & feint d'être en courroux ;
Elle fe rend enfin aux pleurs de fon Epoux,
Et rapporte chez-lui, pour vanger fon abfence,
L'orgueil, la tyrannie, & l'extrême licence :
Valere, par la fienne offenfé chaque jour,
Differe à la punir par un excès d'Amour ;
Et lors qu'il ne peut plus foutenir fa conduite,
La rend à fes Parens, & la reprend enfuite.
A ces pieges honteux il faut vous dérober ;
Le plus fage s'aveugle, & s'y laiffe tomber.
Il n'eft pour s'en parer qu'un moyen falutaire.

DORANTE.

Quel eft-il ce moyen ?

DUBOIS.

Endurer & vous taire.

DORANTE.

Quoi ? Ma Femme aura droit de me faire enrager ?
Et je n'oferai, moi, parler, ni me venger ?

DUBOIS.

De fon Sexe, Monfieur, c'eft le grand Privilege.

DORANTE.

Je le caffe, morbleu. Sans cela que ferai-je ?
Entre ma Femme & moi les droits feront égaux.

SCENE V.

CELIE, DORANTE, DUBOIS.

CELIE *d'un ton agreable.*

VOulez-vous bien, Monfieur, me prêter vos
    chevaux ?
On vient de m'avertir qu'un des miens eft ma-
    lade,
Et je ne voudrois pas perdre la promenade :
On nous donne à Surêne un excellent foupé.

DUBOIS *à part.*

Ceci fera plaifant, ou je fuis fort trompé...

CELIE.

Vous ne me dites rien?

DORANTE.

Que pourrois-je vous dire
Dans la rage où je fuis, perfide?

CELIE.

Eft-ce pour rire?

DORANTE.

Non. C'eft du meilleur fens dont je parlai jamais.
Je ne vous flate point. Craignez-moi deformais.
Vous perdez fans retour toute ma confiance.

CELIE.

Comment!

DORANTE.

N'attendez plus aucune complaifance.
Comme vous me forcez à vous mes-eftimer,
Je ferai mes efforts pour ne vous plus aimer.

CELIE.

At-t-il perdu l'efprit?

DORANTE.

Je le perdis, Madame,
Lorfque je m'avifai de vous prendre pour Femme;
Lorfque je vous aimai.

CELIE.

Quels tranfports! quel courroux!
Quels noms injurieux!

DORANTE.

Ils font encor trop doux.
Plus mon Amour pour vous avoit de violence,
Plus cet Amour trahi m'excite à la vengeance.
Rendez grace aux égards qui peuvent m'arrêter
Quand mon reffentiment eft tout prêt d'éclater.
Sans cela,...

CELIE.

Ciel! qu'entens-je?

DORANTE.

Alléz, Coquette infigne.
Ce que je viens de voir vous a rendu indigne
De l'eftime & du cœur d'un Mari tel que moi.
Vous aimez donc Erafte, & me manquez de foi?

CELIE.

Je l'aime, moi?

DORANTE.

Comment voulez-vous que j'en doute?
J'ai vû les foins honteux que cette ardeur vous
coûte,
Ventrebleu! que ne puis-je?

CELIE.

Ah! quel emportement!
Qu'on me donne un fauteuil; Dubois, & prompte-
ment.
Je me meurs?

DUBOIS.

Moderez le trouble de vôtre ame.
Reprenez donc vos fens. M'entendez-vous, Ma-
dame?
Helas? que vôtre état m'infpire de frayeur!
Elle ne répond point. Vous avez tort, Monfieur.
à part.
Fort bien. L'on ne peut mieux joüer fon perfon-
nage.
Madame n'en peut plus, & voilà vôtre ouvrage.

DORANTE.

Il eft vrai, je l'avoüe, & vous en ce moment
Les funeftes effets de mon emportement :
Et quand je la regarde : Ah, Dubois, qu'elle eft
belle!
Je fens que malgré moi mon cœur vole vers elle.
Madame, ouvrez les yeux, & voyez vôtre Epoux
Soûmis & repentant embraffer vos genoux.

CELIE *ouvrant les yeux, & les refermant*
auffi-tôt qu'elle voit Dorante.

Ah quel Objet! faut-il revenir à la vie

Pour revoir l'Ennemi qui me l'avoit ravie !

DORANTE *avec tendreſſe.*

Je ſuis vôtre Ennemi ?

CELIE *avec dedain.*

De grace , laiſſez-moi.

DORANTE.

Ah ! ne m'impoſez pas cette barbare loi.
Je n'y puis obéïr.

CELIE.

Que je ſuis malheureuſe !
Qu'aux cœurs tels que le mien la honte eſt dou-
loureuſe !

DORANTE.

Madame , au nom du Ciel, moderez ce courroux :
Voyez mon deſeſpoir.

SCENE VI.

DORANTE , CELIE , DUBOIS , JUSTINE.

JUSTINE.

EH bien. Partirons-nous,
Madame ? Profitez de la belle journée.
On vous attend. Mais, Ciel ! que je ſuis étonnée !
Que dois-je préſumer de ce ſilence affreux ?
Monſieur eſt interdit , & vous pleurez tous deux.

CELIE.

Juſtine ?

JUSTINE.

Eh bien, Madame ?

CELIE.

Ah ! que ne ſuis-je morte,
Avant que de me voir outrager de la ſorte !

JUSTINE.

Qu'avez-vous fait. Monſieur, vous aurez tout gâté.

DORANTE.

... un excès d'Amour je me suis emporté.

JUSTINE.

Vous ?

DORANTE.

Je ne sçaurois plus te cacher ma foiblesse.
Je suis plein de soupçons de crainte , & de ten-
dresse.
J'ai pris dans ce desordre un violent parti.

JUSTINE.

Ah ; Dubois !

DUBOIS.

Il est vrai Monsieur s'est démenti :

CELIE.

Me menacer ! montrer une fureur extrême !
Contre moi , la douceur & l'innocence même !

JUSTINE *à part.*

Gagnons sa confiance ; excusons ses transports.
Vous devez pardonner , Madame , à ses remords.
Il vous aime , une fois.

DORANTE.

Je l'adore.

JUSTINE.

Sa flâme
A produit contre vous ces troubles dans son ame.
Loin d'être injurieux , ils ne sont qu'obligeans.

CELIE.

En use-t-on ainsi quand on aime les gens ?

JUSTINE.

Oui. L'Amour le plus tendre a souvent du caprice.

CELIE.

Le veritable Amour abhorre l'injustice.

JUSTINE.

Il faut plus d'indulgence entre gens mariez ,
Madame , ou chaque jour vous vous étrangleriez.
C'est la premiere Loi que le Contrat impose ,
De sçavoir tour à tour se passer quelque chose.

DUBOIS.

C'est connoître le monde , & Justine a raison.

JUSTINE.

Ce n'est qu'ainsi qu'on met la paix dans la maison.

Autrement la Discorde y regne en souveraine.

On vient. Gardez tous deux que l'on ne vous surprenne.

SCENE VII.

DORANTE, CELIE, ERASTE, JUSTINE, DUBOIS.

ERASTE.

MAdame, tout est prêt.

CELIE.

Je ne veux plus sortir.

ERASTE.

Vous plaisantez sans doute.

DORANTE.

Allez-vous divertir, Madame.

CELIE.

Vous sçavez que je suis trop malade.

DORANTE.

C'est un remede sûr qu'un tour de promenade.

CELIE.

Je n'en ai pas la force.

JUSTINE.

Elle vous reviendra.

A Dorante.

Elle fera, Monsieur, tout ce qu'il vous plaira ; J'en réponds.

CELIE.

Allons donc ; il faut vous satisfaire.

ERASTE.

Veux-tu venir ?

DORANTE.

Moi ? Non.

ERASTE.

As-tu quelqu'autre affaire ?

DORANTE *affectant un air gai.*

Peut-être.

CELIE.

Il trouve ailleurs des plaisirs plus touchans,

Il nous méprise.

DORANTE.

à part, *montre à Celie.*

O Ciel ! Chacun cherche ses gens,

Madame. Vous allez où vous serez contente.

Et moi de même.

CELIE.

Adieu, Monsieur.

ERASTE.

Adieu, Dorante.

DORANTE.

Adieu.

****

SCENE VIII.

DORANTE, JUSTINE, DUBOIS.

DORANTE *à part.*

QUe de contrainte & d'affectation !
Qu'il est dur de forcer son inclination !
Je feins de plaisanter quand j'enrage dans l'ame,
Je crains de déplaire à l'Amant de ma Femme :
C'en est trop, & s'il faut livrer tant de combats,
Je sens bien que mon cœur n'y resistera pas.

DUBOIS.

Vous suivrai-je, Monsieur ?

DORANTE.

Non.

SCENE IX.

DUBOIS, JUSTINE.

JUSTINE *regardant Dorante qui fait.*

JE ne ſçai que dire.
Eſt-ce ce bon eſprit que tout le monde admire ?
Ce tranquille Mari ? Ce plaiſant dangereux ?
Qu'un galant homme eſt ſot quand il eſt amou-
    reux !
Comme nous le menons !

DUBOIS.

Il n'en peut plus, je gage.

JUSTINE.

N'as-tu pas vû ſon trouble écrit ſur ſon viſage ?
Sa raiſon va ceder à ſon premier tranſport.
Encore un nouveau trait, & le bon-homme eſt
    mort.

DUBOIS.

Je lui veux, comme on dit, donner le coup de
    grace.

JUSTINE.

Donne. Par quelque main que la choſe ſe faſſe,
Il n'importe. Achevons de lui percer le cœur,
Et nous le contraindrons à marier ſa Sœur.

Fin du troiſiéme Acte.

ACT

ACTE IV.

SCENE I.

DORANTE *seul.*

E fens ; quoique je faffe , une peine fe-
    crete.
Malgré tous mes efforts , mon ame eft
    inquiete.
mes triftes foupçons fans relâche agité ,
voudrois de mon fort fçavoir la verité.
la cherche , & la crains. Cependant il n'im-
    porte ;
ardeur de m'éclaircir eft toûjours la plus forte.
attens ici Babet , à qui je veux parler.
lle me paroît propre à me tout reveler :
le eft jeune , fans art , & fans experience.
elle j'apprendrai... La voici qui s'avance.

SCENE II.

DORANTE , BABET.

BABET *à part.*

vais le regaler d'un plat de mon métier ,
omme un eonemi le traiter fans quartier.

Il se repentira de l'essai qu'il veut faire.

DORANTE *à part.*

Ne vaudroit-il pas mieux ignorer ce mystere ?
Non. Cela ne se peut.

BABET.

Que vous plaît-il, Monsieur ?

DORANTE.

Babet, je suis ravi que vous serviez ma Sœur.
J'ai toûjours protegé toute vôtre Famille,
Et vous êtes, dit-on, une fort bonne Fille,
Sage, de bonnes mœurs, & d'un esprit fort doux
Aussi je veux bien-tôt faire beaucoup pour vous
Et sans vous laisser perdre un jour d'un si bel âge,
Fixer vôtre bonheur par un bon Mariage.

BABET.

Vous vous moquez, Monsieur. Cela n'est pas
pressé.

DORANTE.

Un pareil jour jamais ne fut trop avancé.

BABET.

Vous pouvez de ce soin vous épargner la peine.

DORANTE.

Suffit. D'où venez-vous de souper ?

BABET.

De Surêne.

DORANTE.

S'est-on bien diverti ?

BABET.

Fort bien assurément.

DORANTE.

Et l'on s'est promené long-tems apparemment ?

BABET.

Oüi, fort long-tems.

DORANTE.

Clitandre entretenoit Julie ?

BABET.

Toûjours. Tandis qu'Eraste étoit avec Celie.

DORANTE *à part.*

Hai !

BABET.

Nous les avons vûs marcher de tous côtez,
Ensuite dans les Bois ils se sont écartez.
Nous n'avons point oüi ce qu'ils pouvoient se
dire,
Mais presqu'à tous momens nous les entendions
rire.

DORANTE *à part.*

J'enrage ; je l'avoüe.

BABET.

Enfin on a servi.
Chacun pour se placer s'empressoit à l'envi.
Tous vouloient être assis à côté de Madame.

DORANTE.

C'étoit beaucoup d'honneur qu'ils faisoient à ma
Femme.

BABET.

Elle, sans s'émouvoir, suivant toûjours son train,
A pris obligeamment Eraste par la main,
Et l'a mis auprès d'elle.

DORANTE *à part.*

Ah quelle circonstance !
Ce tout après, sans doute, est allé d'importance ?

BABET.

Jamais on n'a soupé plus agreablement.
Eraste en verité sçait agir galamment,
Il le faut avoüer ; & les Fêtes qu'il donne,
Ont un air de bon goût, que n'attrape personne.

DORANTE.

Oüi. C'est un connoisseur.

BABET.

Tout étoit délicat :
L'on s'est recrié vingt-fois sur chaque plat.
Le fruit délicieux. Pour comble de surprise,
Il a joint à la chere une Musique exquise.
La fleur de l'Opera.

Q 2

DORANTE.

Vous ne m'étonne pas.

BABET.

On a fort plaisanté pendant tout le repas.

DORANTE.

Sur quoi ?

BABET.

Sur les Maris , sur tous leurs ridicules.
On a parlé des bons , des fâcheux , des credules,
Des jaloux. Tous enfin ont été sur les rangs:
Et Madame en a fait cent contes differens.

DORANTE.

Fort bien.

BABET.

L'on a passé trois heures de la forte

DORANTE *à part.*

Je creve : & ma douleur ne fut jamais si forte.
Ensuite ?

BABET.

Il a fallu revenir à Paris.

DORANTE *à part.*

Je me passerois bien d'en avoir tant appris.

BABET.

Mais qu'avez-vous , Monsieur ? Seriez-vous e
colere ?
Ce que je vous ai dit pourroit-il vous déplaire.

DORANTE.

Non.

BABET.

Seriez-vous aussi comme certains Epoux.
Qu'un mot trouble , qu'un rien met d'abord e
courroux ?
Qui des moindres plaisirs perpetuels critiques ,
Sont toûjours dévorez de chagrins domestiques

DORANTE.

Au contraire. Je n'ai jamais tant de plaisir,
Que de voir profiter d'un honnête loisir ;
J'en fais ma seule étude , & j'y porte les autres

BABET.

urs divertiſſemens alterent bien les vôtres :
ne feignez plus, Monſieur ; je le vois clairement.
Je vous ai chagriné ; mais c'eſt innocemment,
Pardonnez donc ma faute à mon peu de lumiere ;
Ma langue une autre fois ſera plus reguliere.

DORANTE.

ous me connoiſſez mal. Allez ne craignez rien,

à part.

Eh ! que n'ai-je évité ce funeſte entretien !

BABET.

Eloignez-vous, Monſieur, ou bien je ſuis perduë :
uſtine, que je vois, peut m'avoir entenduë.
n me ſoupçonnera : précipitez vos pas ;
uyez. Qu'attendez-vous ?

DORANTE.
                        Je me retire ; hélas !

❋❋❋❋❋❋❋❋❋❋❋❋❋❋❋❋❋❋❋❋

SCENE III.

BABET *ſeule.*

E ſuis pour cette fois contente de moi-même.
Mon récit a rendu ſa jalouſie extrême.
il y revient encor, je le traiterai mieux.

❋❋❋❋❋❋❋❋❋❋❋❋❋❋❋❋❋❋❋❋

SCENE IV.

JUSTINE, BABET.

BAAET.

A foi tout à propos vous venez en ces lieux.
Peſte ſoir des jaloux , & de la jalouſie.

JUSTINE.
hommes ſont ſujets à cette fantaiſie.

Q 3

Ils ont beau la cacher dans le fond de leur cœur
Ce mal les tient toûjours. Par exemple Monſieur,
Mais, qu'en avez-vour fait ?

B A B E T.

Ce que j'en devois faire:
Et ſes ſoins curieux ont reçu leur ſalaire.
Allez. Je l'ai mené par un fort bon chemin,
Et s'il n'eſt pas content, je l'attends à demain.

J U S T I N E.

Mais aux intereſſez il ſeroit tems d'apprendre
Par quels moyens Monſieur a voulu vous ſurpren-
    dre.
Allez leur raconter vôtre entretien.

B A B E T.

J'y cours.

SCENE V.

J U S T I N E ſeule.

Ette Fille & ſes ſoins nous ſont d'un grand
    ſecours.
Nos Amans ont beau jeu ; j'en réponds ſur ma
    tête :
Bien-tôt de leur Hymen nous allons voir la Fête
Puiſque Monſieur chancele, il le faut accabler.
Mais Eraſte eſt un ſot, à qui je veux parler.
Ils ſuffit de lui ſeul pour gâter nôtre affaire:
Le voici.

SCENE VI.
ERASTE, JUSTINE.

JUSTINE.

Dites-moi ; quel est donc ce mystere ?
Ne travaillez-vous plus à servir vôtre Ami ?
Et pour lui vôtre zele est-il tout endormi ?

ERASTE.

Pourrois-tu le penser ! Ma plus pressante envie
Est de le rendre heureux aux dépens de ma vie.

JUSTINE.

D'où vient donc la froideur, ou la timidité,
Qui détruit le projet entre nous concerté ?
Pourquoi, loin d'augmenter les frayeurs de Do-
    rante,
Ne lui montrez-vous plus qu'une ardeur languis-
    sante ?
Celie en vain vous lorgne, & vous parle cent fois:
Vous ne groüillez non plus qu'une piece de bois.
Pendant tout le dîné, que bravant la colere
D'un Mari, qu'un coup d'œil irrite & desespere,
Elle vous regardoit d'un air particulier,
Vous étiez justement comme un jeune Ecolier.
Que je vous ai maudit !

ERASTE.
Ah, ma chere Justine !

JUSTINE.
Rien n'est à mon avis si trompeur que la mine.
Ne devroit-on pas croire, à voir cet air de Cour,
Que ce seroit un Maître en matiere d'Amour ?
Mais à le voir agir c'est un franc imbecile.
Eh, morbleu ! ce métier est-il si difficile ?
De nos jeunes gens l'exemple & le fracas,

A tout heure, en tous lieux, ne vous inftruit-il pas?
Ne fauriez-vous enfin, pour montrer vôtre flâme,
Dans les Regles de l'Art affieger une Femme ?

ERASTE.

Hélas !

JUSTINE.

Que cet hélas eft froid & mal placé!
Franchement je vous haïs de ce qui s'eft paffé.
Que vous eût-il coûté , pour allarmer Dorante ,
D'affecter pour Celie une ardeur plus preffante?
Il falloit feulement , pour fervir nos deffeins ,
Lui palér à l'oreille & lui prendre les mains ,
La loüer , l'admirer , foupirer , lui foûrire ,
Et marquer les tranfports que la tendreffe infpire.

ERASTE.

C'eft trop long-tems me taire; il faut enfin parler.

JUSTINE.

Quel important fecret m'allez-vous reveler ?

ERASTE.

Apprends que pour montrer la plus ardente flâme,
Je n'ai qu'à laiffer voir celle que fent mon ame.
En feignant un Amour que je ne fentois pas ,
J'ai trop fuivi Celie , & trop vû fes appas.

JUSTINE.

Comment !

ERASTE.

De fes beautez le charme inévitable,
M'a fait fentir pour elle un Amour veritable....
Ses trompeufes faveurs , fes regards m'ont feduit

JUSTINE.

Certes , je plains l'état où vous êtes reduit.

ERASTE.

Je n'ai pû refifter à la douce efperance ,
D'obtenir un bonheur dont j'avois l'apparence :
Mais plus je m'enflâmois, plus j'étois circonfpect
Et l'Amour a produit la crainte & le refpect.
Ne t'étonne donc plus , fi tu me vois confondre
Par ces fauffes bontez , où je n'ofe répondre ,

ces regards flateurs qui ne font pas pour moi,
me percent le cœur lorfque je les reçois.
eux-tu qu'à badiner un malheureux s'applique ?

JUSTINE.

Ma foi je n'en fuis plus. Ceci devient tragique.

ERASTE.

ftine ? C'eft à toi d'avoir foin de mon fort.

JUSTINE.

moi, Monfieur ?

ERASTE.

Tu peux, par un heureux effort,
oulager mes tourmens, prévenir ta Maîtreffe,
me faire fentir l'effet de ton adreffe.

JUSTINE.

ous nous connoiffez mal,& ma Maîtreffe & moi.
ne puis auprès d'elle accepter cet emploi.
ous êtes étonné de voir qu'une Suivante,
Refufe un gain certain que le Sort lui prefente,
puiffe refifter à la tentation ?
ais je fuis un Phenix dans ma Profeffion :
utre que, me chargeant d'une telle Ambaffade,
pourrois m'attirer quelque brufque incartade.
elie eft un dragon quand elle eft en courroux.
ne vous trompez point, Monfieur ; m'en croirez-vous ?
pargnez-vous les foins d'une pourfuite vaine,
oderez les tranfports dont l'ardeur vous entraîne,
chez-les à Celie. Ou fi, fans m'écouter,
us êtes refolu de les faire éclater,
ns employer perfonne, expliquez-vous vous-
même.
n'eft-il befoin d'un tiers pour declarer qu'on
aime ?
ur ne dire qu'un mot, faut-il tant de façons ?
us êtes affez grand pour conter vos raifons.
cœur bien enflâmé l'éloquence eft touchante.
ois Celie. Adieu. Je fuis vôtre fervante.

SCENE VII.

CELIE, ERASTE.

ERASTE *à part.*

ELle me laiffe ; O Ciel ! que vais-je devenir ?
CELIE.
Vous vous êtes laffé de nos entretenir :
Toute la Compagnie en eft fcandalifée,
Et ne s'attendoit pas de fe voir méprifée.
Vous vouliez être feul ; mais on vient vous trou-
    ver.
ERASTE.
Lors qu'on eft amoureux , on fe plaît à rêver.
CELIE.
Peut-on fçavoir l'objet , dont vôtre ame eft char-
    mée ?
ERASTE.
Vous fçavez que c'eft vous qui l'avez enflâmée ;
Je vous l'ai dit cent fois , faut-il le repeter ?

CELIE.
Fort bien. Si mon Mari pouvoit nous écouter ,
Par ce difcours peut-être on le pourroit furpren-
    dre ;
Mais comme apparemment il ne peut nous enten-
    dre ,
Ne vous en fervez plus.
ERASTE.
           Eh quoi, m'enviez-vous
Le bien de vous jurer que je meurs de vos coups ?
Rien n'eft plus vrai , Madame.
CELIE.
           Encor. Quittez ce ftile ;
Et ne prodiguez point un ferment inutile.

ERASTE.

à le bien garder que je mets mon bonheur.

CELIE.

on, bon.

ERASTE.

N'en doutez point. Je vous ouvre mon cœur,
ime. Je vous adore, je ne puis vivre
cablé des tourmens, où cet Amour me livre.

CELIE.

us m'aimez donc Eraste? Et vous me le jurez.
nels fruits de cet Amour avez-vous esperez?

ERASTE.

honneur de vous servir; le bonheur de vous
plaire.

CELIE.

ne sont que des mots; l'Amour veut un salaire,
, puisque vous m'aimez, vous en attendez un;
us êtes en cela du sentiment commun.
is ne songez-vous pas à quoi ma foi m'engage?
combien vôtre espoir me déplaît, & m'outrage?

ERASTE.

adame...

CELIE.

J'avoüerai que l'exemple est pour vous,
qu'on a peu d'égards pour les droits des Epoux:
pendant, par malheur, je ne suis point la mode,
rois devoir garder toute une autre méthode.

ERASTE.

oi, vous pouvez penser?...

CELIE.

Je ne m'étonne pas,
des Femmes du monde on fasse peu de cas.
conduite est peu propre à s'attirer l'estime:
épris, au contraire est son prix legitime.
il en est beaucoup & sur tout dans Paris,
l'on juge en effet dignes de ce mépris;

Soyez perſuadé qu'il eſt auſſi des Femmes,
Qui des folles ardeurs ſçavent garder leurs ames,
Poſſeder la vertu telle qu'on doit l'avoir,
Et vivre dans le monde en faiſant leur devoir.

ERASTE.

Mais, permettez du moins...

CELIE.

              Que pouvez-vous me dire ?
Je rougis des tranſports que l'Amour vous inſpire.
C'eſt ma faute d'avoir, pour ſervir deux Amans,
Sans doute autoriſé de pareils ſentimens.
Et je ne traite plus ce jeu de bagatelle ;
S'il duroit plus long-tems je ſerois criminelle.
J'agirai deſormais avec précaution.
Je vous parle en Amie, & ſans émotion.
Je vous ſouhaite ailleurs des fortunes heureuſes.
De plus belles que moi ſeront moins ſcrupuleuſes.
Un homme tel que vous n'eſt pas à negliger ;
On briguera par tout l'honneur de l'engager.
Adieu.

ERASTE.

     Quelle froideur ! & quelle raillerie !
C'en eſt trop.

SCENE VIII.

DORANTE, ERASTE.

DORANTE.

QUel Objet ! il me met en furie.
Je ne ſçai...

ERASTE.

     C'eſt Dorante. Evitons de le voir.
Sa vûë en ce moment comble mon deſeſpoir.

SCENE

SCENE IX.

DORANTE seul.

C'En est fait. Pour le coup ma disgrace est
    certaine,
Elle fuit, l'infidéle! Et la honte l'entraîne.
Et lui-même confus de me voir en ces lieux,
Quitte la place & craint de paroître à mes yeux.
Laisser la Compagnie & venir tête à tête!
Se voir & se parler! Non, non, rien ne m'arrête.
Je ne balance plus, & je cours me vanger.
Outrageons hardiment qui nous ose outrager.
Je n'ai que trop suivi ma fausse politique;
Mais aussi donnerai-je une scene publique!
Et tombant dans le cas de tant d'autres Maris,
Deviendrai-je comme eux la fable de Paris?
Ciel! dans cet embarras! daigne éclairer mon
    ame!
J'aurois plûtôt reglé tout l'Etat que ma Femme.

Fin du quatrième Acte.

ACTE V.

SCENE I.

DORANTE *seul.*

JE marche, & je ne sçais où s'adresse
    mes pas.
Dans ma propre maison je ne me con-
    nois pas.
Je cours de tous côtez, & d'étage en étage,
Sans pouvoir rencontrer l'ingrate qui m'outrage.
Je méconnois sa chambre & son appartement.
L'excès de ma fureur m'ôte le jugement.
Mes sens à leurs erreurs asserviffent mon ame.
Ciel ! as-tu de fleau plus cruel qu'une Femme !
Infensé que je suis de m'être marié !
Mais encore, avec qui me suis-je apparié ?
Prendre une belle Femme, ah ! c'est mon info-
    tune.
Il est tant de guenons ; que n'en ai-je pris une
Fût-elle en vrai magot tout le corps fagoté ;
N'importe. Sa laideur feroit ma sûreté.
Comment ai-je oublié qu'une Femme fort belle
Du plus sensé Mari dérangea la cervelle ?
Que quand par un miracle, avec tous leurs appas
Les soins de mille Amans ne la toucheroient pas,
Que sa vertu seroit au-deffus de ses charmes ;

Son Epoux n'est jamais à couvert des allarmes,
Ne peut éviter dans ce siècle malin,
De paroître au public, ridicule, ou chagrin ?

✻✻✻✻✻✻✻✻✻✻✻✻✻✻✻✻✻✻✻✻✻

SCENE II.

DORANTE, CHAMPAGNE,

DORANTE.

Que viens-tu faire ici ?

CHAMPAGNE.

Qui moi, Monsieur ?

DORANTE.

Toi-même.

CHAMPAGNE.

Comment donc ?

DORANTE.

D'où te vient cette insolence extrême ?

CHAMPAGNE.

Il paroît en fureur, & je ne sçai pourquoi.

DORANTE.

Ne me connois-tu pas ?

CHAMPAGNE.

Si je vous connois, moi ?
Je vous vois tous les jours, puis-je vous mécon-
noître ?

DORANTE.

Réponds donc. Que fais-tu céans ?

CHAMPAGNE.

J'attends mon Maître.

DORANTE.

Est-il encore ici ?

CHAMPAGNE.

Pouvez-vous en douter ?

Nous sommes loin de l'heure où le Coq doit
    chanter.
On songea peut-être alors à la retraite ;
Supposé que du jeu la reprise soit faite ,
Et que quelqu'un piqué n'aille pas s'aviser ,
D'en demander une autre , & de la proposer ;
Ou bien que de concert la Compagnie entiere ,
Ne veüille pas à fonds traiter quelque matiere ;
Ou que de conte en conte égayant leurs propos ,
Répetant des chansons , des vers & de bons mots,
Et lançant à l'envi les traits de la satire ,
Ils ne se livrent pas au plaisir de médire.
Enfin depuis deux ans que , sans manquer un
    jour ,
Nous venons tous les soirs faire ici nôtre cour ,
Je n'ai pas une fois vû décamper mon Maître ,
Sans voir en même-tems le point du jour paroi-
    tre.

DORANTE.

Ah ! quelle étrange vie !

CHAMPAGNE.

    Aussi c'est trop souffrir :
A force de veiller je suis prêt à mourir.
Mon Maître dort le jour ; & moi je cours la
    Ville ,
Pour sommeiller un peu je cherchois un azile.
Quand je vous ai trouvé , Monsieur , dans ce sa-
    lon ,
Le bruit qu'on fait là-bas ébranle la maison.
Loin de tout ce fracas , dans une bonne chaise ,
Je venois en ces lieux dormir tout à mon aise.
Pardonnez-moi , Monsieur , de vous avoir trou-
    blé.

DORANTE.

Je ne puis plus tenir. Je suis trop accablé.
Pour sortir d'embarras , démêlons quelque route ;
Et calmons-nous enfin , quelque prix qu'il en
    coûte.

L'on ne refiste point à des tourmens pareils,
Allons chercher Dubois & suivons ses conseils.
Risquons tout pour trouver une fin à ma peine.

※※※※※※※※※※※※※※※※※※※※※※※

SCENE III.

CHAMPAGNE *seul.*

OU va-t-il ? Et pourquoi cette fuite soudai-
ne ?
Pourquoi dès qu'il m'a vû s'est-il mis en fureur ?
Mon visage est-il fait pour inspirer l'horreur ?
C'est homme est enragé. Le diable le tourmente.
Mais Babet vient. Ma foi je la trouve charmante.

※※※※※※※※※※※※※※※※※※※※※※※

SCENE IV.

BABET, CHAMPANGE.

CHAMPAGNE.

TU me charmes, Babet, je le dis franche-
ment.
Je t'aime. Tu m'as plû d'abord infiniment.
BABET.
C'est parler sans façon.
CHAMPAGNE.
Faut-il tant de mystere ?
Je ne voi pour tous deux rien de meilleur à faire.
Clitandre aime Julie ; ils se vont épouser.
Pour ton Epoux aussi je me viens proposer ;
Aime-moi ; nous ferons un double Mariage.
Songes-y.

BABET.
Dans quel tems me tiens-tu ce langage ?

R 3

N'y penfons plus.

CHAMPAGNE.

Comment !

BABET.

                 Un fcrupule fatal
Renverfe nos projets , & nous fait bien du mal.
Celie a réfolu d'éventer l'artifice.
On ne fçait tout d'un coup d'où lui vient ce ca-
      price :
Mais elle ne veut plus cacher à fon Epoux ,
La feinte & le deffein que nous conduifions tous
Près d'en voir le fuccès répondre à nôtre attente
Elle va , malgré nous , tout conter à Dorante.
Je fuis au defefpoir.

CHAMPAGNE.

              J'enrage comme toi.

BABET.

Tout le monde eft faifi de trifteffe & d'effroi :
Clitandre veut mourir ; j'ai vû pleurer Julie :
Tout gemit. Cependant rien n'ébranle Celie.

CHAMPAGNE.

Une Femme d'efprit peut-elle ainfi penfer ?
Ah ! c'eft pour contredire , & pour embarraffer
On a beau la loüer. Mais je me donne au Diable
Elle eft Femme. Il fuffit. Elle eft déraifonnable.
Elle vient.

BABET.

Nos Amans la fuivent pas à pas.

SCENE V.

CELIE, JULIE, CLITANDRE,
JUSTINE, BABET,
CHAMPAGNE.

CLITANDRE.

QUoi, Madame, à la fin ne vous rendrez-
vous pas ?
Détruirez-vous ainsi toute nôtre esperance ?
Ciel !

CELIE.

Je ne puis garder plus long-tems le silence.
Je partage vos maux, & voudrois de bon cœur,
En vous donnant mon sang, faire vôtre bonheur :
Mais cette feinte auroit des suites si terribles,
Que j'ai pour la finir des raisons invincibles.
Je prévoi des malheurs que je dois prévenir.
Eraste viendra-t-il ?

JUSTINE.
Madame, il va venir.

JULIE.

Hélas !

CLITANDRE.
Je suis perdu.

JUSTINE.
Je n'en puis plus. Je creve,
Et contre son projet tout mon cœur se souleve.

BABET.
Etrange contretems !

CELIE.
Vous me maudisse tous,
Je vous l'ai déja dit : Je souffre autant que vous.
Mais mon repos, l'honneur, la bienseance même,
S'opposent tous ensemble à nôtre stratagême,
Dorante est furieux, mais enfin le voici.

SCENE VI.

DORANTE, CELIE, JULIE, CLITANDRE, DUBOIS, JUSTINE, BABET, CHAMPAGNE.

DORANTE *à Dubois.*

ALlons. Fort à propos je les rencontre ici.
Ils ne s'attendent pas que je viens leur ap-
    prendre . . . .

CELIE.

Monfieur, je vous cherchois . . . .

DORANTE.

        Commencez par m'entendre,
Madame, s'il vous plaît ; après vous parlerez.
Ma Sœur, Monfieur vous aime, & vous l'épou-
    ferez.
J'y confens de bon cœur, & pour cet Hymenée,
Prenons fans differer, cette même journée.
Le plûtôt vaut le mieux.

CLITANDRE.

        Que ne vous dois-je pas ?

DORANTE.

Laiffons des complimens l'inutile embarras.
Que l'Hymen, s'il fe peut, redouble vôtre flâme :
               à Celie.
Je fais des vœux au Ciel pour cela. Vous, Ma-
    dame,
Vous ne me direz plus que tous ces jeunes gens,
Ces Meffieus du bel air, que je voyois ceans,
Y viennent pour ma Sœur, & non pour vôtre
    compte.
J'en ai beaucoup fouffert. Je l'avoüe à ma honte.
J'ai balancé long-tems fans me déterminer ;

Je craignois les brocards qu'on pourroit me don-
  ner ;
Mais je me rends enfin ; quoi qu'on puisse dire ,
Je deeffnd desormais .... Qu'avez-vous donc à
  rire ?
En verité ce ris est rare & singulier.
Cependant nous vivrons d'un air plus regulier.
Je renonce à Paris , & vais à la campagne ;
Choisissez seulement la Brie ou la Champagne.
J'ai là deux bons Châteaux; c'est à vous de choisir;
Vous y vivre tranquille , & pourrez , à loisir ,
Perdre le train maudit d'une façon de vivre ,
Qu'à des gens vertueux l'on n'a jamais vû suivre.
Mais quoi, je vous voi rire encore ?

CELIE.

Oüi , Monsieur;
Et même j'avoûrai que je ris de bon cœur.

DORANTE.

Mais , tout le monde rit. Suis-je si ridicule ?
On se moque de moi sans crainte & sans scrupule;
Nous verrons à la fin si l'on aura raison.

CELIE.

Nous vous avons , Monsieur , fait une trahison;
Contre vous tout le monde étoit d'intelligence.
Daignez me pardonner cette legere offense.
Ma Mere est du projet : Vôtre Oncle, contre vous,
M'a seul déterminée & s'est joint avec nous.
Nous voulions vous resoudre à marier Julie :
Aujourd'hui vôtre choix à Clitandre là lie.
C'étoit nôtre dessein. Nos soins ont réüssi.
Calmez donc vôtre esprit ; vous êtes éclairci.
J'approuve le parti que vous me faites prendre;
Eraste va venir ; & vous allez entendre
Quels sont mes sentimens.

DORANTE.

Je ne sçais où j'en suis.

JUSTINE.

Eh bien , de mes conseils reconnoissez les fruits.

CLITANDRE.

Nous te devons beaucoup.

BABET.

Pour mon apprentissage,
Je n'ai pas mal tantôt joüé mon personnage.

JULIE.

Assûrément.

DORANTE,

Dubois, que dire à tout ceci?

DUBOIS.

Pardonnez-moi, Monsieur, car j'en étois aussi.

DORANTE.

Quoi, toi-même ès entré dans un tel artifice?

DUBOIS.

Oüi, sans doute; & j'ai crû vous rendre un grand
service?
Dans la reflexion vous-même en conviendrez,
Et j'espere qu'un jour vous m'en remercierez.

CELIE.

Hélas! si vous sçaviez, pour soûtenir ma feinte,
Ce qu'il m'en a coûté de peine & de contrainte.
Ah! dans le moment même, où vous venez d'en-
trer,
Je courois vous chercher pour vous tout declarer.
Non. Je n'écoutois plus vôtre Sœur ni Clitandre,
Mon cœur trop inquiet ne pouvoit plus attendre,
Je sacrifiois tout à vôtre seul repos.
Mais Eraste paroît. Il vient fort à propos.

SCENE DERNIERE.

DORANTE, CELIE, JULIE, ERASTE, CLITANDRE, JUSTINE, BABET, DUBOIS, CHAMPAGNE.

CELIE.

ERaste, de Clitandre enfin l'Hymen s'apprête,
Et Julie aujourd'hui doit être sa conquête.
Vous sçavez pour cela ce que nous avons fait.
Prenez part au bonheur d'un Ami si parfait.
Mais dans le même tems évitez ma presence.
Ne me voyez jamais.

ERASTE.

O Ciel ! Quelle deffence ?

CELIE.

J'ai de fortes raisons pour vous le demander ?
Vous me connoissez trop pour ne pas l'accorder.
Achevons leur Hymen , & partons.

DORANTE.

Non , Madame,
Je me sens pénétré jusques au fond de l'ame.
J'admire la vertu que vous me faites voir ,
Je croirois faire un crime osant m'en prévaloir.
Demeurez à Paris ; vivez à l'ordinaire.

CELIE.

Je mourrois mille fois avant que de le faire.
Je rends graces au Ciel de m'avoir , en ce jour ,
Montré par vos transports jusqu'où va vôtre
Amour.
Cet Amour fait lui seul le bonheur où j'aspire.
Je veux le ménager , quoi que vous puissiez dire ;
Et me cachant au monde , au moins pour quelque
tems ;

Vous prouver qu'avec vous tous mes vœux font
    contens.
Puis qu'aujourd'hui j'aurai Clitandre pour Beau-
    frere,
Je partirai demain. Rien ne m'en peut diftraire.
Mon devoir m'en prefcrit l'indifpenfable loi ;
Et puifque vous m'aimez , vous viendrez avec
    moi.

JUSTINE.

Elle eft jeune , elle eft belle & fage. Ah quelle
    femme !
Quel fens , quelle droiture , & quelle grandeur
    d'ame !
Exemple dans ce fiecle & bien rare & bien beau!
Elle va s'enfermer dans le fond d'un Château.
Si vous voulez favoir quelle eft vôtre Compagne,
Meffieurs , propofez-lui de vivre à la Campagne.

F I N.

L'AMANT

L'AMANTE
AMANT,
COMEDIE.

ACTEURS.

DORIMENE, Mere de Lucinde.

LUCINDE, Fille de Dorimene.

TIMANDRE, Amant de Lucinde.

LICIDAS, Amant de Lucinde, &
autrefois d'Angelique.

ANGELIQUE, Amante de Licidas.

JUSTINE, Femme de Chambre de
Dorimene.

LISE, Suivante d'Angelique.

L'ESPERANCE, Valet de Timandre.

JASMIN, Valet de Licidas.

LA VIOLETTE, Laquais de Dorimene.

La Scene est à Paris.

L'AMANTE
AMANT,
COMEDIE.

ACTE PREMIER.

SCENE PREMIERE.

TIMANDRE, L'ESPERANCE.

L'ESPERANCE.

AVEZ-vous donc le Diable au corps, Monſieur ? Vous venez de courir quanrante Poſtes ſans vous arrêter. Vous n'avez mis que trente-ſix heures à venir de l'extrémité de Flandres à Paris ; & à peine vous ai-je debotté, que, ſans me donner le tems d'avoir des ſouliers, car vous ſçavez que j'ai perdu les miens en courant, vous marchez par la Ville comme un poſſedé. Pour moi, je n'en puis plus, je vous l'avoüe. Je ſuis ſur les dents. Eſſoufflé , roüé , écorché en plus d'un endroit … hai … hai … je ne fçaurois remuer ni pié ni patte. Je meurs de faim , d'envie de dormir, & de laffitude. Comment pouvez-vous faire pour refifter à tant de fatigue ? Et fe peut-il qu'un Homme de Quali-té ne fuccombe à ces efforts violens ?

TIMANDRE.

Les Gens de Guerre font accoûtumez à tout L'honneur & l'ambition adouciffent les plus rudes peines où nôtre mêtier nous expofe. Pour moi je fuis formé au travail, j'y ai été élevé dès mon jeune âge. Et que m'auroit fervi d'avoir été Page d'un Duc des moins accommodez , enfuite Mouf-quetaire , Lieutenant d'Infanterie , & enfin Capi-taine ?

L'ESPERANCE.

Il eft vrai que tous ces états font des Ecoles admirables pour la fouffrance. Ah ! que je devrois bien être endurci à la peine , moi, qui ai eu l'honneur de vous fuivre par tout, qui , fidéle Compagnon de vôtre fortune , ai toûjours été vôtre digne Valet. Et que n'ai-je point fait pour vous ? Quand j'y fonge , franchement vous m'êtes bien obligé. J'ai refufé cent bonnes conditions pour vous fervir ; mais je ne m'en repens pas. Je vous aime, vous êtes bon , & fi …

TIMANDRE.

Comment ? Et que pouvois-tu faire de mieux N'es-tu pas bien-heureux d'avoir un Maître com-me moi ?

L'ESPERANCE.

Oüi, j'en fuis d'accord. Pour vous il n'y a rien à dire. Vous êtes Homme de Qualité, Cadet d'une des meilleurs Maifons de la Baffe-Normandie, bien-fait , eftimé par tout ; mais dequoi eft-ce que tout cela me fert ? Vous êtes gueux comme un rat ; & voilà ce qui m'apporte.

TIMANDRE.

Hé ! de quelle maniere de parler te sers-tu là ?

L'ESPERANCE.

Je me sers de l'expression la plus juste ; & je
suis certain, que je n'en sçaurois trouver d'assez
energiques sur ce sujet. Ne vous fâchez pas. Laissez-moi parler ; vous sçavez que vous me l'avez
toûjours permis. Depuis douze ans que vous qui-
tâtes le Château de vôtre Pere & qu'on vous don-
na un bidet, vingt pistoles & moi pour Valet,
combien avez-vous reçû de Lettres de Change ?
Hem ! répondez.

TIMANDRE.

Tai toi. Ne renouvelle point mes chagrins. Je
ne sens que trop le triste état de ma fortune ;
mais j'espere qu'elle changera. Je n'ai pas laissé
vivre jusqu'ici avec assez d'éclat, du moins en
apparence, de m'avancer même dans le parti que
j'ai pris ; & personne enfin ne me croit aussi malheureux que je suis.

L'ESPERANCE.

La peste ! pour vivre d'esprit vous êtes admira-
ble. Nul ne l'entend mieux que vous. Je sçai
que c'est une Science & une Prérogative annexée
aux gens de vôtre Païs ; mais, il faut l'avoüer à
vôtre gloire, vous les passez tous de bien loin ;
& il n'y a pas de Manceau, si hupé qu'il puisse
être, à qui vous ne donniez aisément quinze &
bisque. Doux, insinuant, cajolant bien, jurant
mieux, prenant de grands airs, amusant vos
créanciers par de belles paroles, vous payant
d'un côté, empruntant de l'autre ; enfin mentant
parfaitement : Mais, sur tout, je ne puis assez
cette vertu secrette & ce talent incompara-
ble dont vous êtes doüé : Aucune de vos Hôtesses
vous échape ; par tout où vous logez, vous
d'abord le Patron. Ma foi, la Fortune n'est
pas si aveugle que l'on pense ; elle fait assez bien

S 3

toutes chofes , & donne à chacun , comme l'on dir , la robe felon le froid. Qu'aurions-nous fait fans cela ? Nous aurions fouvent mal paffé nôtre-tems , & fait bien des repas par cœur. Qu'en dites-vous ? Mais, à propos, comment faifiez-vous avec Madame Barbe cette groffe Flamande ? Comment pouviez-vous vous refoudre à lui dire des douceurs, vous qui êtes fi mignon, toûjours poudré , frifé , mufqué par tous les endroits de vôtre corps ? Elle étoit fi mal propre , fi faloupe , fi dégoûtante...

TIMANDRE.

Que veux-tu ? On ne fait pas toûjours tout ce qu'on veut.

L'E·SPERANCE.

Voyez ; qu'on a de la peine à gagner fa vie ! Mais quoi ; ne fortirons-nous jamais de ces embarras ?

TIMANDRE.

Je puis me flâter de quelque forte de reputation ; &, avec d'auffi bons Patrons que les miens, je n'ai pas lieu de me defefperer tout-à-fait.

L'ESPERANCE.

Zefte ! Tous ces Patrons promettent beaucoup & tiennent peu , & donnent fouvent le loifir de mener une trifte vie : Mais vôtre Mariage avec Lucinde nous mettra à nôtre aife. Elle eft riche , vous lui plaifez , & ne déplaifez pas à Madame Dorimene fa Mere ; vous êtes même un peu fon Allié ; & le deffein , où elle étoit, de vous donner fa Fille , eft croyez-moi , nôtre reffource la plus fûre. Hâtez-vous donc d'achever ce Mariage, Ah ! que je vai m'en donner à vos Nôces !

TIMANDRE.

Hélas , mon pauvre l'Efperance ! Je tremble de peur de ne pas réüffir dans cette entreprife.

L'ESPERANCE.

Pourquoi ? Lucinde vous aime : Que craignez-vous ?

TIMANDRE.

Elle me le difoit du moins avant mon départ :
Mais elle ne voyoit que moi en ce tems-là. J'ai
été abfent dix-huit mois ; il n'en faut pas tant
pour faire une infidelle. Je veux m'en éclaircir.
Je ne viens ici que pour cela. Je t'avoüerai que je
doute de fa fidelité. Il y a déja quelque-tems que
je n'ai reçû aucune de fes Lettres. Je crains que
quelque Rival n'ait avancé fes affaires pendant
mon abfence.

L'ESPERANCE.

Un Rival, dites-vous ? Oh, parbleu ! c'eft ce
qu'il faut bien empêcher. Lucinde en épouferoit
un autre ? Diable ! On nous l'enleveroit ? Non
non, cela ne fe peut point ; & je la compte déja
pour nôtre. Mais à propos ; quand j'y fonge,
j'apprehende pour moi le même malheur. La fri-
ponne de Juftine ne m'a pas écrit en dernier lieu
auffi tendrement qu'elle avoit accoûtumé de faire.
J'en enrage. Ventre-bleu ! Un homme comme
moi feroit-il trahi ? Peut-être auffi eft-ce la faute
du Secretaire dont elle s'eft fervie. Enfin, fachons
la verité ; nous avons tous deux le même interêt.
Voilà leur maifon. Frapons à la porte, & voyons
ce qui en eft : Mais non ; ne vaudroit-il pas mieux
que je fondaffe un peu le gué avec Juftine, avant
que vous vous expofaffiez vous-même ?

TIMANDRE.

Oüi. Je croi plus à propos que tu parles à Jufti-
avant que je voye Lucinde. Je prendrai des
mefures plus juftes fur ce que tu me diras. Adieu.
Je te laiffe. On ouvre la porte. Je ne veux pas encore être vû. Informe-toi au plûtôt de ce qui fe
paffe ; & revien finir mon inquietude.

SCENE II.

JUSTINE, L'ESPERANCE.

L'ESPERANCE.

C'Eſt Juſtine qui ſort. Ah ! que je l'aime ! Je
le ſens bien en ce moment. Le ſang me tri-
boüille par tout. Mais retirons-nous un peu à l'é-
cart , & obſervons ſes diſcours pour avoir le plaiſir de la ſurprendre.

JUSTINE.

Ah ! Amour, traître Amour, qu'on eſt malheureux de ſuivre tes loix ! Que tu ès cruel ! & que
c'eſt un deſtin bien funeſte que celui d'aimer !

L'ESPERANCE.

Ah ! morbleu , qu'elle eſt toûjours aimable !

JUSTINE.

C'en eſt fait : mon repos eſt allé à vau-l'eau.
Je ne dors plus & je ſéche ſur mes piés depuis que
je ne vois plus le digne Objet de mes deſirs. Ah
L'Eſperance , mon cher l'Eſperance ! Où ès-
maintenant ?

L'ESPERANCE.

Hélas, la pauvre Enfant ! Elle parle de moi.

JUSTINE.

Que ne peux-tu voir toutes les larmes que je
verſe , & entendre tous les ſoupirs qui ſortent de
mon eſtomac ? Tu connoîtrois bien que je ne
ſçaurois vivre ſans toi.

L'ESPERANCE.

Ouf ! je me ſens attendrir à ces douces parole
Elle me fend le cœur. Je ſoupire moi-même
l'entendre , & je ſuis prêt à pleurer.

JUSTINE.

Malheureuſe que je ſuis d'aimer ! Etoit-ce

moi de prendre tant d'amour ? Paſſe encor pour
les Femmes de Qualité ; elles n'ont autre choſe à
faire : mais une malheureuſe comme moi a bien
d'autres occupations. Hélas ! je n'en puis plus ; je
me meurs ! Et pour qui ? Ah ! quand j'y penſe,
cela me met au deſeſpoir ; pour un débauché, pour
un yvrogne, un ſac à vin.

L'ESPERANCE.

Je vous remercie des loüanges dont vous m'honorez.   JUSTINE.

Qui depuis qu'il m'a quittée n'a peut-être fait
que boire ſans penſer à moi.

L'ESPERANCE.

Oüi ; cela m'eſt arrivé quelquefois.

JUSTINE.

Et qui dans le tems que je me tourmente, ſe
conſole de mon abſence, & prodigue peut-être ſes
careſſes à quelque infame Vivandiere, ou à quelque Vendeuſe de Brandevin.

L'ESPERANCE.

Oh ! non ; cela n'eſt pas vrai. Depuis que je
ſuis parti j'ai été auſſi ſage qu'un Enfant d'un an.

JUSTINE,

Ah ! ſi je le ſçavois !

L'ESPERANCE.

Eh bien ?

JUSTINE,

Je me vangerois ſur l'heure. Oüi ; ſans differer
moment....

L'ESPERANCE.

Hola, hola ! la peſte ! Garde-toi bien de faire
ſottiſe.

JUSTINE,

Mais non ; ſoyons fidelle juſques à ſon retour ;
faiſons nôtre devoir ; aimons-le toûjours tendrement.

L'ESPERANCE.

Ah ! voilà qui me plaît ; c'eſt parler raiſonna-
ment, cela.

JUSTINE.

Oüi ; quoique je souffre pour lui , je ne dois
point m'en plaindre ; je suis trop heureuse d'avoir
un Amant tel que lui.

L'ESPERANCE.

Sans doute.

JUSTINE.

Il est bienfait.

L'ESPERANCE.

Cela se voit.

JUSTINE.

Il a du courage.

L'ESPERANCE.

Comme un Diable.

JUSTINE.

Enfin , c'est un homme qui merite d'être aimé.
Hélas : Sera-t-il encore long-tems absent ? L'Esperance , mon pauvre l'Esperance , quand est-ce que
je te reverrai ? Quand pourrai-je....

L'ESPERANCE.

Tout à l'heure ; & me voilà , Dieu merci.

JUSTINE.

Hai !

L'ESPERANCE.

Qu'est-ce donc ?

JUSTINE.

Misericorde ! Ah ! je n'en puis plus , je me pâ-
me !

L'ESPERANCE.

Qu'est-ce qui t'épouvante ? Morbleu ! qu'elle
est lourde ! Elle est plus pesante que de fer. Ras-
sûre-toi ; je suis ton cher , ton fidelle l'Esperance.

JUSTINE.

Toi ?

L'ESPERANCE.

Oüi.

JUSTINE.

Non ; je croi que c'est un fantôme qui me tient.

L'ESPERANCE.

C'est moi-même, te dis-je. Tâte plûtôt.

JUSTINE.

Tout de bon ?

L'ESPERANCE.

Oüi, ma foi.

JUSTINE.

Falloit-il me faire tant de peur, & me surprendre aussi mal à propos ? Qui t'auroit divine là ?
Mais se peut-il que ce soit l'Esperance ?

L'ESPERANCE.

Quoi, ne me connois-tu pas ?

JUSTINE.

Eh, eh.

L'ESPERANCE.

Voyez ; elle ne peut me reconnoître. Va ; je ne
m'en étonne pas. Les fatigues de cette Campagne
ont fait un terrible effet sur mon visage. Ma foi,
la Flandre change bien les gens ; n'est-il pas vrai ?
Je ne suis pas aussi beau que j'étois ; mais il ne
faut pas que cela t'allarme ; tout reviendra, s'il
plaît à Dieu ; & un mois de séjour à Paris racom-
modera tout ce que la Guerre a gâté.

JUSTINE.

Tu en as bon besoin.

L'ESPERANCE.

Maintenant que tu ne doutes plus que je ne
sois moi-même, je vai me servir de mon ancien
privilege & te saluer avec ceremonie, comme un
homme qui revient de loin.

JUSTINE.

Bon Dieu ! comme te voilà fait !

L'ESPERANCE.

Tu me vois un peu en desordre. J'ai laissé mon
Equipage derriere ; nous sommes venus en Poste,
mon Maître & moi ; & j'ai déja vû arriver plus
d'un Prince, aussi halé & aussi deguenillé que
moi.

JUSTINE.

Vous avez donc bien fatigué ?

L'ESPERANCE.

Fatigué ? Morgué ! cela est incroyable. Sans le Brandevin, que j'ai bû, je n'aurois jamais resisté. Ces Rodomons d'Espagnols ont paru vouloir faire les mauvais ; mais ils ont trouvé à qui parler, & nous leur avons montré leur bec jaune. Cependant qu'avez-vous fait ici ? Comment tout s'est-il passé ? Venons au fait. Mon Maître est dans une grande impatience d'en être instruit.

JUSTINE.

Ma foi, il y a bien du changement.

L'ESPERANCE.

Comment donc ? Qu'est-ce à dire ?

JUSTINE.

C'est-à-dire, que Lucinde a un autre Amant qui lui rend bien des soins. Dorimene prend grand plaisir à le voir, & le reçoit fort bien. Il est riche, galant & bienfait.

L'ESPERANCE.

Tant pis ; cela ne vaut pas le Diable. De quel païs est-il, ce nouvel Amant ?

JUSTINE.

Il est de Paris.

L'ESPERANCE.

Tant mieux. Un Parisien n'est qu'une dupe en comparaison d'un Bas-Normand, & mon Maître l'attrapera.

JUSTINE.

Son nom est Licidas. Franchement c'est un dangereux Garçon ; & Lucinde à la fin, voyant Timandre absent, auroit bien pû s'en accommoder : mais elle aime ton Maître ; & puis qu'il est revenu tout ira bien, & il n'y a plus rien à craindre.

L'ESPERANCE.

Apparemment il a quelque faquin de Valet qu

e fait les yeux doux. Hem ! parle. Je le gagerois
à ta mine.

L'ESPERANCE.

JUSTINE.
Oüi ; il y en a un qui s'en est voulu mêler ;
mais il n'y a guere trouvé son compte jusques ici.
Je suis trop fidelle.

L'ESPERANCE.
Ventre-bleu, suffit... Il faut que je l'assomme.
Quelle est la Profession du Maître & du Valet ?
sont-ce des Gens de Guerre ?

JUSTINE.
Non.

L'ESPERANCE.
Quoi ? Ce ne sont pas des Gens de Guerre, &
ils osent être nos Rivaux ? Ils ont perdu l'esprit.

JUSTINE.
Dame, la chose est pourtant comme je le dis.
Le Maître est un jeune homme, qui n'a que les
plaisirs pour objet ; qui ne cherche qu'à se divertir.

L'ESPERANCE.
J'enténs ; c'est un jeune Damoiseau, un petit
Mignon de couchette ; un Coquet bannal qui n'a
vû que Ruël, Vincennes & le Bois de Boulogne,
& peut-être est-ce sur le tout le fils d'un Fermier.
Ah ! que j'en serois aise ! Adieu ; il faut que je te
quitte ; je me suis déja arrêté ici trop long-tems.
Mon Maître m'attend. Je suis sûr qu'il jure, à
l'heure qu'il est, de mon peu de diligence ; & je
vai lui rendre compte de toute nôtre conversation. Mais, qui est cet homme-là ?

━━━━━━━━━━━━━━━━━━━━━━━━━━━━

SCENE III.

JUSTINE, L'ESPERANCE, JASMIN.

JUSTINE.

C'Est juſtement le Valet de Licidas, de l'A-mant de Lucinde.

L'ESPERANCE.

Quoi ! C'eſt-là mon Rival ! Ah, ah, qu'il eſt plaiſant !

JASMIN.

Parle donc, Juſtine. Quel eſt ce Goujat ? Je croi, Dieu me pardonne, qu'il ſe gauſſe de moi.

L'ESPERANCE.

Tu l'as deviné. Mais, laiſſons-là la raillerie, & parlons ſerieuſement. L'Ami, on m'a dit que vous vous mêliez de venir cajoler ma Maîtreſſe que voilà. Je veux bien vous avertir, de peur d'incongruité, que vous ne lui parliez plus ; au-trement, touchez-là, je vous couperai les oreil-les. Adieu.

━━━━━━━━━━━━━━━━━━━━━━━━━━━━

SCENE IV.

JUSTINE, JASMIN.

JASMIN.

A Qui en a-t-il donc, cet avaleur de charretes ? Oüi, oüi, tu n'as qu'à venir ; tu trouveras à qui parler. Parbleu, j'ai été ſi ſot que je ne lui ai rien répondu, tant ſon compliment m'a ſur-pris ; mais à la premiere rencontre je lui ferai voir qui je ſuis.

JUSTINE.

Ne te frotes pas à lui. C'est un méchant Garçon. Gare les oreilles.

JASMIN.

Qu'il prenne garde à son nez, lui ; Je pourrois
bien le lui rogner d'un quartier. C'est donc là ce
Guerrier si redoutable, dont tu m'as si souvent
parlé ?

JUSTINE.

Lui-même.

JASMIN.

Par ma foi, c'est un laid matin ; & il faut que
tu sois bien aveuglée, pour me le preferer.

JUSTINE.

Que veux-tu ? Je l'aime tel qu'il est.

JASMIN.

Tan pis pour toi. Timandre son Maître est-il
aussi revenu ?

JUSTINE.

Sans doute.

JASMIN.

Je prévoi ici un grand broüillamini. Il y aura
bien du sang répandu ; mais mon Maître pourra-
t-il voir Lucinde ce matin ?

JUSTINE.

Non ; elle est un peu indisposée. Qu'il attende
tantôt. Adieu ; je rentre. Il faut que j'aille apprendre à ma Maîtresse le retour de Timandre.

SCENE V.

JASMIN *seul.*

Voilà pourtant de terribles affaires. Cruelle
disgrace pour nos Amours ! Mon Maître ne
pourra jamais … Mais le voici.

SCENE VI.

LICIDAS, JASMIN.

LICIDAS.

EH bien, Jafmin ; as-tu de bonnes nouvelles à me donner ?

JASMIN.

Oüi, de très-bonnes.

LICIDAS.

Quoi ? Que veux-tu dire ?

JASMIN.

Je veux dire que.... Mais, attendez que je voye auparavant, fi vous avez vos deux oreilles.

LICIDAS.

Je croi qu'il eft devenu fou.

JASMIN.

Les voilà toutes deux bien entieres. C'eft dommage ; dans huit jours vous n'en aurez plus.

LICIDAS.

Je penfe qu'il extravague. Qu'eft-ce que cela fignifie ?

JASMIN.

Cela fignifie que, fi Timandre eft auffi méchant & auffi brutal que font Valet, nous ferons tous deux courtaudez.

LICIDAS.

Il eft donc revenu, ce Monfieur Timandre.

JASMIN.

Oüi, de par tous les Diables, il eft revenu, & fon Valet auffi, Monfieur l'Efperance. Je l'ai rencontré ici avec Juftine. Bon Dieu ! quelle mine ! quel fierabràs ! Il m'a d'abord interdit la vûë de la Femme de Chambre, fous peine de me les couper toutes deux, en cas de défobéiffance. Ti-

...andre vous deffendra , sans doute , de voir sa
Maîtresse sous la même peine. M'en croirez-vous,
Monsieur ? Tirons nos chausses de bonne heure ;
cedons à la force; faisons les choses de bonne grace ; allons à Lion revoir la belle Angelique, cette
jeune Veuve si aimable. Elle vous aime toûjours,
j'en suis sûr ; cependant vous l'abandonnez cruellement. Il y a trois ans qu'elle attend vôtre retour ; allons , vous dis-je ; elle vous recevra à
bras ouverts.

LICIDAS.

Ah ! ne m'en parle plus. Je suis confus de mon
ingratitude ; mais l'absence & les yeux de Lucinde ont été plus forts que toutes mes reflexions.
Je croi même qu'Angelique ne pense plus à moi.
Elle ne m'écrit plus, & je ne reçois plus de ses
nouvelles , & peut-être aime-t-elle ailleurs aussi-
bien que moi.

JASMIN.

Non assûrement. De la maniere dont vous m'en
avez toûjours parlé , je ne lui sçaurois faire l'injustice de le croire ; & , bien loin qu'elle ait fait
un nouvel engagement , je répondrois qu'elle
pleure sans cesse vôtre infidelité.

LICIDAS.

Tu ès de bonne foi , mon pauvre Jasmin. Il ne
faut pas tant de tems à une Femme pour se consoler de la perte d'un Amant : Mais , quand il
seroit vrai qu'Angelique m'aimeroit encore , ne
me le dis plus d'oresnavant ; Laisse-moi penser
au contraire , qu'elle est comme toutes celles de
son Sexe , afin de m'épargner le remords dont je
serois devoré , si je croyois que je lui fusse cher
encore.

JASMIN.

Allons la trouver , Monsieur , je vous supplie.
Vous cherchez ici quelque malheur.

LICIDAS.

Poltron !

JASMIN.

Je ne le fuis point du tout. Si nos Rivaux étoient des gens comme nous, vous verriez comment je ferois brave ; mais ce font des gens de Guerre, accoûtumez au fer & au feu.

LICIDAS.

Eh ! pour avoir été à la Guerre, crois-tu qu'ils ayent plus de courage, & qu'ils en foient plus redoutables ?

JASMIN.

Oüi, parbleu, je le croi.

LICIDAS.

Eh bien, détrompe-toi. Sois perfuadé qu'il y a pour le moins à l'Armée autant de poltrons que de braves. J'en connois beaucoup qui ne font rien moins que ce qu'ils s'efforcent de paroître ; cependant, pour s'être trouvez dans quelque occafion où ils ne font allez que par force, en enrageant & en faifant mille vœux fecrets, ils regardent avec mépris ceux qui n'ont pas pris le parti des Armes, quoi qu'ils y ayent été contraints ou par leur fortune ou par la volonté de leurs parens. Oüi, quand ce ne feroit que parce que Timandre a été à l'Armée & que je n'y ai pas été moi, je veux m'attacher à Lucinde plus que jamais. Viens ; entrons chez-elle.

JASMIN.

Vous ne lui fçauriez parler que l'après-dînée. Juftine me l'a affûré.

LICIDAS.

Allons donc chez mon Banquier prendre de l'argent. Je n'en ai plus.

JASMIN.

C'eft fort bien fait.

LICIDAS.

Allons ; auffi-bien je voi deux Femmes mal-

quées qui s'arrêtent ici. Nous les incommode-
rions sans doute, si nous y demeurions plus long-
tems. Apparemment elles ont quelque rendez-
vous en ce lieu.

JASMIN.

Peut-être. Je ne sçai qui elles sont. Mais il
me semble que je les ai vu nous suivre & nous
observer trois ou quatre fois.

LICIDAS.

Ce ne sont pas là nos affaires. Sui-moi sans
t'arrêter davantage.

SCENE VII.

ANGELIQUE, LISE.

LISE *se démasquant.*

EH bien, le voilà parti. Prenons un peu d'ha-
leine, & donnons-nous de l'air.

ANGELIQUE.

Hélas !

LISE.

Quoi, Madame, vous soupirez ?

ANGELIQUE.

Il s'éloigne, ma chere Lise ; il me suit ; Pour-
ois-je ne pas soupirer ?

LISE.

Non, vous ne le devriez pas ; & j'enrage de
vous voir faire tout ce que vous faites, pour un
petit ingrat, indigne de la moindre de vos bontez.

ANGELIQUE.

Ah ! cesse de l'outrager. Ma tendresse s'offence
des injures que tu lui dis ; j'excuse même, en
quelque façon, son inconstance ; il est jeune, il
ne m'a point vûe depuis trois ans. Enfin, Lucinde
a que trop de beauté pour l'enflâmer.

LISE.

Par ma foi, vous êtes bien folle, pardonnez-
moi ce mot, ma chere Maîtresse, d'avoir tant
d'indulgence pour un homme, qui vous à trompée, après vous avoir donné sa parole & pris de si
grands engagemens avec vous. Je ne suis qu'une
malheureuse : mais si un homme m'avoit traitée
de la sorte, fût-il plus beau qu'un Ange, je ne lui
pardonnerois jamais.

ANGELIQUE.

Je ne suis pas si vindicative. Enfin, je me con-
sole par l'exemple de mille autres qui ont plus de
merite que moi, & qui ont le même malheur.

LISE.

Il est vrai, que ce n'est point aujourd'hui le
Siecle des Femmes ; la mode en est passée, &
ces bourreaux d'hommes nous méprisent en un
point qui n'est pas concevable : Mais, si toutes
les Femmes étoient de mon humeur, & qu'elles
voulussent me croire, je sçai bien ce qu'elles de-
vroient faire.

ANGELIQUE.

Et quoi ?

LISE.

Les envoyer tous promener, & n'en souffrir jamais aucun.

ANGELIQUE.

Ah ! pauvres Lise ; tous ingrats & perfides qu'ils
sont, ils ne laissent pas de nous être agreables ;
je ne l'éprouve que trop moi-même.

LISE.

Il est vrai.

ANGELIQUE.

Sans ce maudit charme qui nous attache à eux,
ils seroient assez punis ; nous n'aurions qu'à les
laisser là sans y songer jamais ; car enfin, que seroient-ils sans nous ?

LISE.

Eh ! que ferions-nous sans eux ?

ANGELIQUE.

Nous nous ennuirions un peu, franchement ;
mais du moins, de leur côté, ils auroient leur
part de nôtre ennui.

LISE.

Pas tant que vous pensez.

ANGELIQUE.

Comment donc ?

LISE.

C'est qu'ils ont mille occupations serieuses ou
agreables qui les empêchent de penser à nous. La
Guerre, la Chasse, le Jeu, les Voyages, la bonne cheré : Mais, pour nous, il n'en est pas de
même ; nous n'avons pas à choisir ; & la fortune
injuste, pour humilier nôtre orgueil, a borné
toute nôtre felicité à goûter les douceurs que l'A-
mour donne. J'en enrage ; qu'elle cruauté ! Pourquoi faut-il que les choses ne soient pas égales ?
Mais, Madame, puis qu'il faut que vous aimiez
pour être heureuse, cessez du moins de poursui-
re Licidas. Croyez-moi ; faites un autre choix,
& épargnez-vous tous les chagrins que vous souffrez, en aimant sans être aimée.

ANGELIQUE.

Non ; je ne puis suivre ce conseil. Licidas m'a
paru aimable. Je lui ai dit que je l'aime : C'est
assez pour me le faire aimer toute ma vie.

LISE.

Que prétendez-vous donc faire ? Que ne lui
parlez-vous ; que ne vous faites-vous connoître,
puisque vous ne sçauriez vous passer de lui ? Il y
a tantôt deux mois, que nous sommes arrivées à
Paris pour chercher ce traître. Vous avez tout
quitté à Lyon pour cela, sous pretexte de venir
faire juger un procès d'une très-grande consequence pour vous. Cependant, depuis que vous

êtes dans cette Ville, vous ne faites que pleurer & soupirer sans rien conclure.

ANGELIQUE.

Hélas, Lise ! C'est pour ne me point exposer au mépris de cet ingrat. Je ne prétens me découvrir, que lorsque je ferai presque assurée d'un heureux succès!

LISE.

Mais, Madame, si vous tardez plus long-tems, vous serez peut-être traversée dans vos desseins. Vous n'ignorez pas qu'on vous cherche, que vous avez ici des Parens & des Amis qui ont ordre de s'informer de ce que vous faites.

ANGELIQUE.

C'est ce qui m'occupe le plus, & la premiere des choses où je dois remedier. Je croi même avoir trouvé ce qu'il faut pour cela. Ecoute : Depuis deux ou trois jours il m'est venu une idée qui me semble tout à fait propre au dessein que j'ai de me cacher. Tu ne manquera pas de la condamner d'abord comme ridicule & extravagante.

LISE.

Peut-être. Sçachons ce que c'est.

ANGELIQUE.

Non, je ne veux pas te le dire encor. Suffit que rien ne me peut détourner de ma resolution. Vien au logis ; allons-y travailler tout à l'heure : Mais, au reste, j'ai besoin de toi, & il faut que tu joües avec moi un terrible personnage. Je croi que tu le voudras bien faire pour moi.

LISE.

Hélas ! je ferai tout ce que vous voudrez. Allons ; je vous sui, Madame. Ju suis prête à tout entreprendre. Je sçai trop qu'une Femme de Chambre, qui a la confidence de sa Maîtresse, doit être ; pour servir son Amour, & à vendre ; & à engager.

Fin du pemier Acte.

ACTE II.

SCENE I.

ANGELIQUE, LISE,

en habits d'Homme.

LISE.

ENFIN, Madame, nous voilà équi pées. Bon
Dieu! quelle entreprise! Je n'ai de ma vie
été si embarassée. Je ne marche dans la ruë qu'avec
honte ; & il me semble que tout le monde se moque de moi.

ANGELIQUE.

Tu me parois pourtant assez déliberée ; & ta
physionomie répond assez au personnage que tu
as joüer.

LISE.

Je ne sçais ; mais depuis que j'ai endossé ce
harnois , il me semble que j'ai mille fois plus
d'adresse que je n'avois. Je croi que je m'aquite-
rois assez bien des devoirs d'un Laquais favori
d'une Dame galantes ; & j'en connois plus d'une
cette Ville qui me donneront de bons gages
pour la servie. Enfin , s'il est vrai ce qu'on dit,
qu'un Laquais , pour être bon, doit être méchant,
je sens que je serois le meilleur Laquais du mon-

de. Mais, Madame, vous me charmez fous cet habit; & fi je n'étois auffi fortement perfuadée, que je le fuis, que vous êtes Femme, franchement je fuccomberois à la tentation. Ah! la jolie taille! quelle démarche! Voyons: Promenez-vous un peu.

ANGELIQUE.

Que tu ès folle!

LISE.

Par ma foi, vous êtes adorable, & je gagerois qu'à l'heure qu'il eft vous faites de terribles effets fur l'efprit de ceux qui vous regardent.

ANGELIQUE.

Hélas! dans l'état où je fuis, je n'ai deffein de plaire à perfonne. L'unique fujet de mon dé-guifement eft l'envie que j'ai de tromper ceux qui me cherchent. Cependant, comme Dorimene la Mere de Lucinde eft un peu coquette à fon âge, je veux effayer de profiter de l'habit que je porte. J'ai refolu de lui rendre des foins. Avoüe que, fi je pouvois m'en faire aimer, j'aurois par-là un moyen bien certain & bien agreable pour me van-ger de mon traître.

LISE.

Comment donc?

ANGELIQUE.

En obligeant Dorimene de chaffer Licidas de fa maifon, & d'ordonner à fa Fille de rompre tout commerce avec lui.

LISE.

Tout cela eft le mieux du monde: Mais, Ma-dame, Licidas vous reconnoîtra d'abord, & vôtre déguifement fera inutile.

ANGELIQUE.

Hélas! depuis trois ans qu'il ne m'a vûë, & qu'il ne penfe plus à moi, mon vifage eft affez changé. Je paroîrrai devant lui fans crainte d'ê-tre reconnuë. L'habit que je porte, & une perruque

que d'une couleur differente de celle de mes che-
veux feront l'effet que j'en attens. Enfin , quand
même il se souviendroit de m'avoir vüe ailleurs ,
il me prendra sans doute pour mon Frere le Chevalier , à qui tu sçais que je ressemble si parfaitement , qu'on s'est mépris cent fois au bal , en
nous voyant tous deux , d'abord que j'étois dé-
guisée en homme.

LISE.

Mais, comment ferez-vous pour vous introdui-
re chez Dorimene ?

ANGELIQUE.

Il en faut chercher quelque occasion. Cependant je veux la suivre par tout & m'attacher à la
garder , comme un homme qui a quelque dessein. Ces vieilles Coquettes ne s'y trompent jamais. Elles y prennent garde , & vous tiennent
compte de tout.

LISE.

C'est fort bien fait ; Mais vous , qui voulez
plaire à une Femme , sçavez-vous de quelle maniere il faut s'y prendre ? Avez-vous les airs pour
cela ? Vous sçaurez-vous façonner sur de bons
modelles dans le rôle que vous jouez ?

ANGELIQUE.

Hélas ! je ne sçai. Je suis si pleine de ma passion & de ma tendresse , que je ne songe guere à
toutes ces choses.

LISE.

Je le voi bien : Vous voulez plaire , & vous
n'avez point de mouche. Approchez , que je vous
en mette une. C'est un sacrilege en galanterie
que d'en manquer. Tous les Coquets de profession en portent ; & c'est aujourd'hui la marque
des Gens à bonne fortune.

ANGELIQUE.

Je le croi.

Lise.

Voyons vôtre air. Ajuftez un peu vôtre perruque ; peignez-la ; mettez vôtre chapeau. Fi ! cela
n'eft pas bien. Voilà qui eft trop bourgeois. Regardez-moi. Voyez comme je fais. Tâchez de
m'imiter. Allons. Bon cela. Prenez des manieres
un peu languiffantes ; une façon de parler lente
tardive & nonchalante. Apprenez à vous joüer
toûjours avec quelque chofe , avec un de vos
gands , avec vôtre cravate , avec une canne , ou
avec le bouts de vôtre perruque.

Angelique.

Que tu ès badine !

Lise.

Voilà juftement comme il faut être pour tou-
cher les Dames. Penfez-vous les charmer avec un
ferieux philofophique ? Mais vôtre jambe eft-elle
bien taillée ? Oüi , j'en fuis bien contente. C'eft
là le principal. On n'eft jamais bien fait fi l'on
manque par-là. La jambe , morbleu , la jambe.

Angelique.

Comment , Life , tu jures.

Lise.

Sans doute ; puis-je m'en difpenfer , étant de-
venuë Laquais ? Y a-t-il de Laquais qui ne jure ?
Allez ; ne faites pas tant la rancherie. Il faudra
bien vous y accoûtumer , & apprendre , à la maniere des Courtifans , à orner de tems en tems vos
difcours d'un ferment fait à propos. Par exemple
Lors qu'on parle à quelque Belle des fentimens
qu'elle infpire : Oüi , Madame , je vous adore ;
vous êtes la plus aimable Perfonne de l'Univers ;
je vous jure que je n'aimerai jamais que vous , &
qui pourrois-je aimer après vous avoir connuë ;
Si elle doute de la fincerité de vos paroles , on re-
part à l'inftant : Ah ! Madame , quelle injuftice
vous me faites ! Dieu me damne ! fi je ne vous dis
vrai. Que la foudre m'écrafe ! fi je ne vous adore.

Cela fait des merveilles ; & l'on se fait croire d'abord ; autrement la conversation n'a point de grace.

ANGELIQUE.

Va ; je ferai peut-être mieux que tu ne penses.

LISE.

Peut-être aussi ne ferez-vous rien qui vaille. Croyez-moi, Madame ; le Personnage d'un Coquet n'est pas si facile à faire que vous pensez, & vous ne devriez point vous exposer à le joüer, sans en avoir fait auparavant plusieurs repetitions.

ANGELIQUE.

Dans un autre tems j'aurois bien aimé à me donner ce divertissement : Mais j'ai l'esprit trop occupé de pensées plus serieuses pour m'y pouvoir appliquer à present.

LISE.

Et la tabatiere que je vous ai donnée, sçaurez-vous vous en servir à propos ? Sçavez-vous qu'il y a de l'art parmi les Gens de Cour jusqu'à prendre du tabac ?

ANGELIQUE.

Oüi : Je sçais que c'est une des choses à quoi ils s'appliquent plus, & qui leur est d'une des plus grandes ressources. Le Tabac en effet est pour les Hommes ce que l'Eau de la Reine d'Hongrie & les Boëtes à Vapeurs sont pour les Femmes. L'un & l'autre sert de contenance. On se tire d'affaires par-là. L'on en prend en Compagnie, d'abord qu'on ne sait que dire & par où fournir à la conversation.

LISE.

Ah ! Vous sçavez cela ? Il ne faut plus s'étonner, s'il y a tant de Gens qui en prennent : C'est encor beaucoup. Voyons si vous en prendre methodiquement.

ANGELIQUE.

Oüi. Tien. J'ai remarqué, parmi les preneurs

de Tabac, quelques-uns des plus diftinguez, & de ceux-la, tu m'entens bien , de ceux qu'on peut fe propofer pour exemple. Je croi que je les imite aflez bien.

L I S E.

Oüi , vous avez fort bien fait cela.

A N G E L I Q U E.

Mais , fçais-tu ce qui me fait le plus de plaifir dans mon déguifement ? C'eft d'être à couvert de mille fottifes que les Gens viennent vous dire à tous momens. Une Femme un peu raifonnable eft expofée à entendre & à fouffrir les Galanteries de tous ceux qu'elle rencontre. Cela ne m'accommoderoit point , inquiéte comme je fuis.

L I S E.

Quoi ? Vous croyez que l'habit que vous portez vous en fauvera ?

A N G E L I Q U E.

Afsûrement que je le crois. Et qui s'aviferoit de m'en conter , habillée comme je fuis ?

L I S E.

Tout le monde.

A N G E L I Q U E.

Comment ? Tout le monde.

L I S E.

Oüi , tout le monde. Vous verrez combien de conquêtes vous ferez.

A N G E L I Q U E.

Avec cet habit ?

L I S E.

Avec cet habit. Ma foi , toutes les Dames en tiendront. Ce déguifement vous eft avantageux, & vous n'aurez pas plûtôt paru avec cet écuipage , que vous aurez trente declarations à effuyer, ou de vive voix , ou par écit. On vous affiegera de tous les côtez ; & je gagerois que moi , qui ne fuis pas fi belle que vous , je trouverai auffi quelque bonne fortune.

ANGELIQUE.

Tai-toi ; c'est trop badiner. Songeons à mes
affaires : Mais on vient à nous.

SCENE II.

ANGELIQUE, TIMANDRE,
LISE, L'ESPERANCE.

TIMANDRE.

Esperance, va-t-en sçavoir... Mais, que
vois-je ? Suis-je trompé ? Et n'est-ce point
lui-même ?

ANGELIQUE.

Qui est cet homme-là ? Je croi le reconnoître.
Mes soupçons sont veritables. Oüi, assûrement.
Timandre !

TIMANDRE.

Chevalier !

ANGELIQUE.

Ah ! que je suis ravi de vous voir !

TIMANDRE.

Ah ! mon cher , que je vous embrasse. Quelle
joye de vous trouver ici !

ANGELIQUE, à part.

Elle est extrême pour moi. Il me prend pour
mon Frere le Chevalier. Mais comment vous
êtes-vous porté depuis que nous ne nous sommes
vûs ?

TIMANDRE.

Assez bien, hors les fatigues de la Guerre, qui
ont quelquefois un peu accablé.

ANGELIQUE.

Toûjours Dragon ?

TIMANDRE.

Toûjours. Il y faut mourir. Et vous , mon cher

V 3

Ami, comment avez-vous paſſé vôtre tems ? Vôtre ſanté a-t-elle toûjours été bonne ?

ANGELIQUE.

Oüi, Dieu merci.

TIMANDRE.

Madame vôtre Sœur comment ſe porte-t-elle ?
Parbleu, il me ſemble que je la voi, quand je
vous regarde.

ANGELIQUE.

Elle ſe porte le mieux du monde.

TIMANDRE.

Eſt-elle remarié ?

ANGELIQUE.

Non.

TIMANDRE.

Tant pis. C'eſt une fort grande injuſtice, je
vous jure.

ANGELIQUE.

Je vous ſuis fort obligé.

TIMANDRE.

Je vous aſſûre que je n'oublierai jamais les
obligations que j'ai à toute vôtre Famille & les
bontez que vous eutes tous pour moi, pendant le
Quartier d'Hyver que je paſſai à Lyon.

ANGELIQUE.

Ne vous y reverrons-nous jamais ?

TIMANDRE.

Hélas ! mon cher Ami, je n'en ſuis pas le Maître. Il faut attendre qu'on m'y envoye.

ANGELIQUE.

Mais, quelles affaires avez-vous à Paris ? Peut-
on vous demander cela ſans être indiſcret ?

TIMANDRE.

Je n'ai point de ſecret pour vous. Sachez donc,
que je ſuis amoureux ; que je ſuis venu ici de
l'Armée en diligence pour revoir ma Maîtreſſe,
me flâtant même de l'épouſer au plûtôt. Tout
ſembloit me favoriſer avant mon départ ; mais

ujôutd'hui j'apprens qu'un Rival riche est bien
angereux.

ANGELIQUE.

Hélas ! il suffit d'être amoureux pour éprouver
quelque disgrace.

TIMANDRE.

Cependant je suis bienheureux de vous avoir
ncontré. C'est un coup de ma bonne fortune ; &
ous pouvez me rendre un bon office. Connoissez-
vous Dorimene ?

ANGELIQUE.

J'en ai oüi parler.

TIMANDRE.

C'est la Mere de la Personne que j'aime ; &
uisque vous en avez entendu parler , il seroit
nutile de vous repeter ce que vous avez sans
oute apris. Sur quel pied la connoissez-vous.

ANGELIQUE.

Sur le pied d'une Personne galante , qui aime à
voir des Amans.

TIMANDRE.

Voilà le fait. C'est la Femme du monde la plus
cile à s'engager ; mais , sur tout , elle a un foi-
le invincible pour les jeunes Gens. Rendez-lui
es soins, je vous en conjure.

ANGELIQUE.

Moi ?

TIMANDRE.

Oüi. Ne vous en défendez pas. Il s'agit de
oute ma fortune. Si vous pouvez une fois vous
ndre le maître de son esprit, vous assûrerez mon
onheur , en me faisant preferer à mon Rival.

ANGELIQUE *à part.*

Je ferai toutes choses pour vous. Tout semble
nspirer à mes desseins. Mais au moins dites-
oi de quelle maniere il s'y faut prendre ?

TIMANDRE.

Il ne faut que l'aller voir chez elle ; & je vai
vous y mener tout à l'heure.

ANGELIQUE.

Quoi , sans autre façon ?

TIMANDRE.

Oüi , Dorimene est une Femme sans cetemonie,
chez qui tous les honnêtes Gens sont bien reçûs.
D'ailleurs , je puis me flater de quelque privilege:
Mais , pour vous ôter toute sorte de scrupule ,
l'Esperançe , sçachez , si nous pourrons voir ces
Dames , Monsieur le Chevalier & moi. Cependant
puis-je , à mon tour, vous demander quelles affaires vous ont attiré à Paris ?

ANGELIQUE.

Le seul desir d'aller servir une Campagne. La
fantaisie m'en a pris d'une maniere à ne pouvoir
plus resister à la tentation.

TIMANDRE.

Ah ! ne le faites point , croyez-moi. Je vous
parle en Ami. Il y a trop de fatigues à essuyer.

ANGELIQUE.

Bagatelle. Ma Physionomie est la plus trom-
peuse du monde. Je parois un peu délicat & même effeminé , j'en demeure d'accord , mais vous
ne sçavez pas tout ce que je sçai faire.

TIMANDRE.

Vous vous moquez.

ANGELIQUE.

Je ne me moque point ; & pour vous en convaincre , je veux faire la premiere Campagne avec
vous. Au moins , je me flâte que vous aurez quelque égard pour moi , & que vous ne me traiterez
pas avec toute l'authorité & la rigueur qu'un
Capitaine a ordinairement pour ses Soldats.

TIMANDRE.

Parbleu ! vous serez le maître. Je vous obéïraî
toûjous. Enfin , nous ne nous quitterons poin .

Vous aurez ma Tente, mes Chevaux, mes Valets, ma soupe & la moitié de mon lit.

ANGELIQUE.

Tout de bon ? Puis-je compter là-dessus ?

TIMANDRE.

Oüi, je vous jure. Je voudrois déja que nous y fussions.

ANGELIQUE.

Que je vous suis obligé ! Vôtre generosité est extrême.

TIMANDRE.

Que ne feroit-on point pour vous ? Cependant, croyez-moi, vous ne vous repentirez pas de m'avoir suivi. Vous serez fort agreablement parmi nous, je vous jure ; & entre tous nos Officiers ce sera à qui vous aura.

ANGELIQUE.

C'est-à-dire, que je ne manquerai pas de Camarades.

TIMANDRE.

Non, je vous en répons.

❧❧❧❧❧❧❧❧❧❧❧❧❧❧❧❧❧❧❧❧❧❧

SCENE III.

TIMANDRE, ANGELIQUE, LISE, L'ESPERANCE, JUSTINE.

JUSTINE.

Lucinde vous attend au jardin ; Monsieur, vous pouvez l'y aller trouver, & je puis vous assûrer par avance qu'elle aura beaucoup de plaisir de vous voir, & vous & Monsieur vôtre Ami.

TIMANDRE.

Allons, Chevalier. Et Madame Dorimene ?

JUSTINE.

Elle n'eſt pas encore habillée. Elle ne s'habille ordinairement qu'à trois heures après midi.

TIMANDRE.

Eh bien, voici l'heure à peu près ; hâtez-vous de l'aller habiller, afin que nous puiſſions avoir l'honneur de la ſaluer.

JUSTINE.

Je n'y manquerai pas.

SCENE IV.

LISE, L'ESPERANCE, JUSTINE.

JUSTINE.

CErtes, l'Ami de ton Maître eſt un joli jeune homme, & l'on pourroit bien l'aimer chez-nous.

L'ESPERANCE.

Ne va pas aimer ſon Valet, toi. Il eſt bien joli auſſi.

LISE.

Oüi-da, je ſuis aſſez mignon, & aſſez bien bâti dans ma ville.

L'ESPERANCE.

Avec tout cela je ne te crains plus. Tu as un défaut qui efface toutes tes bonnes qualitez. Tu n'as point de barbe.

LISE.

C'eſt que je ſuis encor trop jeune pour en avoir.

L'ESPERANCE.

Non, ce n'eſt pas cela ; tu n'en auras jamais, ni jeune ni vieux. Je m'y connois fort bien. Aproche, que je voye encor un peu. Par ma foi, tu n'as pas ſeulement le moindre petit poil folet.

L I S E,

Eh bien, qu'est-ce que cela fait ?

L'ESPERANCE.

Qu'est-ce que cela fait ? Morgué, cela fait
tout. Tu ris ; mais il n'y a pas dequoi rire. Ce
que j'avance ici je ne l'avance pas sans fondement ; & j'ai oüi dire plusieurs fois à ma Mere,
qui ne s'y connoissoit pas mal, & qui jugeoit fort
sainement des choses, qu'un Homme sans barbe
est un Apoticaire sans sucre.

J U S T I N E.

Adieu, tu n'es qu'un babilard.

L'ESPERANCE.

Quoi ? Tu me quittes si-tôt ? Ou vas-tu donc,
mon petit cœur ?

J U S T I N E.

Je m'en vais habiller Dorimene.

L'ESPERANCE.

Tu n'as pas là une petite occupation. Elle est
toûjours la même ?

J U S T I N E.

Toûjours. Elle ne changera jamais. Elle est
aussi coquette qu'elle l'étoit à l'âge de quinze ans,
croit être belle, fait la jeune, & ne peut se passer d'une Amourette. Enfin, la Gallanterie est son
element ; mais elle a de la vertu dans le fonds.

L I S E.

Oh ! je le crois bien. Tu ne la servirois pas sans
cela.

J U S T I N E.

Non, ma foi.

L I S E.

Mais parce que tu sçais bien qu'elle a de la
vertu dans le fond, tu te rends charitable, & tu
es toûjours du secret.

J U S T I N E.

Ne faut-il pas faire comme les autres. Je la
sers autant que je puis ; & n'est-il pas juste de

garder le fecret à ceux qui fe fient à nous ?

L'ESPERANCE.

Sans doute. On y eft obligé en confcience.
Mais , adieu. Nous allons nous promener tous
deux. Dans combien de tems pourrai-je revenir ?
Seras-tu long-tems à habiller Dorimene ?

JUSTINE.

Non ; je n'y ferai qu'une heure au plus, car elle
eft déja coëffée, elle a pris fa chemife ; de forte
que la moitié de la befogne eft faite.

L'ESPERANCE.

Adieu donc.

JUSTINE.

Adieu , mon Enfans.

❊❊❊ ❊❊❊ ❊❊❊ ❊❊❊ ❊❊❊ ❊❊❊ ❊❊❊ ❊❊❊ ❊❊❊ ❊❊❊ ❊❊❊ ❊❊❊

SCENE V.

JUSTINE feule.

ALlons donc ajufter nôtre Doüairiere. Ah !
que je vai lui faire bien ma cour, en lui van-
tant lu Chevalier !

Fin du fecond Acte.

ACTE

ACTE III.

SCENE I.

DORIMENE, TIMANDRE, ANGELIQUE, LUCINDE, JUSTINE.

ANGELIQUE.

DE grace, mes Dames, laiſſons-là les com-plimens. Je ne ſçai comment m'y prendre pour répondre à vos honnêtetez. Toutes ces fa-çons m'embarraſſent ; je ſuis libre & la contrain-te me deſeſpere. Peut-on vous demander à quoi vous paſſez vôtre tems, quels ſont vos plaiſirs ? Peut-on être de vos parties ?

LUCINDE.

Hélas ! Nôtre tems ſe paſſe ſouvent aſſez mal, quelquefois mieux ; enfin, nous faiſons comme toutes les autres : le Bal, l'Opera, le Jeu, la Promenade & la Comedie nous occupent tour à tour, ſelon la ſaiſon & les occaſions.

TIMANDRE.

A propos de la Comedie, j'y dois aller demain, je ſuis prié d'en aller décrier une qu'on repre-ſentera pour la premiere fois.

Tome II.   X

LUCINDE.

Comment donc ? Peut-on faire de semblables
prieres, sans sçavoir si la Piece est bonne ou mauvaise.

ANGELIQUE.

Sans doute. Je connois deux ou trois Hommes
qui sont en passe, depuis long-tems, d'en user de
la sorte. Ils n'y manquent jamais, lorsque l'Auteur n'a pas pris le soin de les mettre dans ses interêts, en leur lisant sa Piece, en les consultant
sur la conduite de son Ouvrage, & en leur prou-
vant, par des loüanges impertinentes qu'ils sont
les plus sçavans du monde dans la Poëtique.

DORIMENE.

En verité, cela est bien ridicule : Mais je ne
voi pas qu'il soit facile d'empêcher le succès d'une
Piece, quand elle est veritablement bonne.

TIMANDRE.

Fut-elle la meilleure du monde, il faut qu'elle
saute, lorsque nous nous en mêlons, quelques-
uns que nous sommes. Pour cela, nous nous pla-
çons sur le Théatre, trois ou quatre de chaque
côté, à quelque distance l'un de l'autre. Nous
parlons ; nous prenons du tabac ; nous nous mou-
chons souvent ; nous passons d'un côté à l'autre ;
nous venons reprendre nôtre premiere place ; &
dans les endroits les plus pathetiques, nous faisons, ou disons quelque plaisanterie, bonne, ou
mauvaise ; n'importe : Nous en rions aussi-tôt :
La moitié du Parterre en rit aussi ; l'autre en enrage. Tout cela ensemble fait du bruit. L'Acteur
s'arrête ; il se rebute ; tout son feu se perd ; il ne
joüe plus rien qui vaille : Voilà la Piece au
Diable.

ANGELIQUE.

Fort bien.

TIMANDRE.

Qui pourroit tenir là contre ?

LUCINDE.

Oh ! perſonne. Je voi que vous ne l'entendez
pas mal. Mais quel fruit retirez-vous de cette
malice ?

TIMANDRE.

Le plaiſir de nous divertir.

ANGELIQUE.

Parbleu, il faut que je me mette de la partie.
Vous verrez ſi je joüerai mal mon rôle, quand il
ne s'agira que de faire du bruit.

LUCINDE.

Ah ! je ne croi pas que vous vouliez le faire.

ANGELIQUE *bas*.

Je vous aſſûre que dès demain .... Mais, juſte
Ciel ! Voici mon Traître.

SCENE II.

DORIMENE, LUCINDE, ANGELIQUE, TIMANDRE, LICIDAS, JUSTINE.

DORIMENE.

AH ! bon jour, Monſieur, vous êtes aujour-
d'hui un peu pareſſeux, & vous nous venez
voir bien tard.

LICIDAS.

Madame, je ſuis moins pareſſeux que vous ne
penſe. Je ſuis déja venu ici ; on m'a renvoyé ;
mais, quand je ne ſerois point venu du tout,
vous ne m'auriez guere ſouhaité, ayant ſi bonne
compagnie.

LUCINDE.

Elle eſt fort bonne ſans doute.

LICIDAS.

Elle eſt bien heureuſe que vous la trouviez telle, Madame.   X 2

TIMANDRE.

Aſſûrement. Que peut-on ſouhaiter de plus ?

ANGELIQUE.

Elle eut été encore meilleure, ſi Monſieur fût venu des premiers.

LICIDAS.

Je ne ſçai, Monſieur, de quelle maniere vous l'entendez ; mais il me ſemble que le ton, dont vous le dites, marque plus de raillerie que de ſincerité.

ANGELIQUE.

Point du tout. Vous me faites tort, ſi vous l'avez crû. Je ſuis naturel dans tout ce que je dis, & ma bouche ne trahit jamais les ſentimens de mon cœur. Je vous aſſûre encore une fois que j'ai plus de plaiſir de vous voir ici que je n'en aurois, ſi vous n'y êtiez pas. Je le dis franchement devant ces Dames, & je croi qu'il ſuffit de cet aveu pour vous perſuader que je ne déguiſe jamais ce que je penſe.

LICIDAS.

bas.   *haut.*

Que vois-je ? Seroit-ce lui ? Je ne ſçai, Monſieur, par où je puis m'être attiré tant d'honnêteté de vôtre part.

ANGELIQUE.

J'aurois peine à vous le dire moi-même. Peut-être eſt-ce un de ces effets de la Sympathie qui fait que nous nous intereſſons plûtôt pour une perſonne que pour une autre. Peut-être y a-t-il quelque raiſon plus puiſſante qui m'oblige à vous vouloir du bien : Mais quoi qu'il en ſoit, je ne ſçaurois reſiſter au panchant ſecret qui me force d'être de vos Amis.

LUCINDE.

Voilà une declaration bien obligeante.

DORIMENE.

Elle ne peut l'être davantage.

LICIDAS.

J'y suis aussi sensible que je dois, & je proteste à Monsieur que personne ne l'honore & ne
l'estime plus que moi.

ANGELIQUE.

Ce n'est pas assez pour moi. Je veux quelque
chose de plus tendre & de plus pressant. Je suis
aussi jaloux en amitié qu'un autre pourroit l'être
en amour. Je crains même beaucoup en vous
donnant la mienne. Il y a une chose qui me cha-
grine, vous avez la reputation d'être inconstant.

bas. ### LICIDAS.

Je ne me trompe point, c'est le Chevalier lui-
même. *haut.* Ne craignez rien. Rassûrez-vous.
Vous n'êtes pas bien informé de mon humeur.

ANGELIQUE.

Je le suis peut-être mieux que vous ne pensez.

LICIDAS.

Vous ?

ANGELIQUE.

Oüi, moi. Faites-vous justice vous-même. Ra-
pellez dans votre esprit tout ce qui vous est arrivé. N'y a-t-il pas quelque chose qui n'est pas
tour-à-fait bien ? Et ne sentez-vous point quelques
remords, lorsque vous songez à ce que vous avez
fait à Lyon ?

LICIDAS.

A Lyon ? Qu'y aurois-je fait qui me dût causer des remords ?

ANGELIQUE.

Songez-y. Vous le sçavez mieux que personne.
Mais, quoi ? Vous rougissez ; Ah ! ma foi, cette
rougeur vous trahit.

LICIDAS.

Ah ! je conçois ce que vous voulez me dire.
Vous me voulez parler sans doute d'une Personne
que j'y ai connuë ; & en effet, plus je vous regarde, plus je me confirme dans mes soupçons.

M l 3

Oüi ; vous êtes fon Frere. Je n'en fçaurois plus douter.

ANGELIQUE.

Et bien, oüi, je fuis fon Frere. Aj-je tort de vous reprocher que vous êtrs inconftant ?

LUCINDE.

Expliquez-nous cette énigme.

LICIDAS.

Elle n'eft pas bien difficile, Madame. Il y a quatre ou cinq ans qu'étant à Lyon, j'y vis une jeune Perfonne : je lui rendis plufieurs vifites ; & comme on ne peut parler dans ces rencontres que de galanterie, il m'échapa, fans reflexion, de lui dire, que je l'aimois. Monfieur veut me perfuader, que j'ai commis un fort grand crime, d'avoir manqué à des chofes que je n'avois dites qu'en riant.

ANGELIQUE.

Ma foi, vous voilà bien excufé. Après cela il n'y a plus rien à dire. Eh ! Mofieur ; au moins ne déguifez pas la verité avec fi peu de bonne foi. Dites plûtôt, qu'on n'eft pas le maître de fon cœur, comme on le veut ; qu'on n'en difpofe pas à fon gré, comme on le veut ; que vous avez vû Madame, & que vous n'avez pû vous empêcher de l'aimer. Mais, ne vous défendez pas d'avoir autrefois aimé ma Sœur & de le lui avoir dit avec fureur : Enfin, d'avoir fait, pour l'en convaincre, tout ce que font les Amans les plus emportez ; jufqu'à lui donner vôtre foi, de n'avoir jamais d'autre Femme qu'elle.

DORIMENE.

Cela eft-il bien poffible ?

LUCINDE.

Quoi, Monfieur ? Vous êtes engagé ailleurs ? Vraiment, je fuis bien aife de fçavoir cela.

ANGELIQUE.

Eh, Madame ! Croyez-vous que cela l'embarrasse ? Monsieur est au dessus de ces bagatelles.

LICIDAS.

Si la promesse, dont vous me parlez, étoit veritable, je pourrois faire quelque scrupule de la rompre : Mais, comme elle n'a jamais été qu'en l'air, tant pis pour celle qui y a ajoûté foi.

ANGELIQUE.

En verité, cette présomption de vous-même est un peu extraordinaire. Mais, Madame, vous voyez qu'il ne parle de la sorte, que pour s'excuser, & avoir lieu de vous dire, qu'étant aussi aimable que vous l'êtes, vous ne devez rien craindre de sa legereté, puis qu'il n'a abandonné ma Sœur qu'à cause de son peu de merite.

TIMANDRE.

Il n'y a pas grand fonds à faire là-dessus.

LUCINDE.

Mais, Madame vôtre Sœur a dû entierement l'oublier.

ANGELIQUE.

Hélas, Madame ! Dans ces occasions fait-on tout ce que l'on doit, & tout ce que l'on veut ? La pauvre Femme se plaît à nourrir sa malheureuse passion. Elle entretient avec opiniâtreté ce qui la devore, & se rend, par cet Amour déraisonnable, la plus infortunée Personne du monde. Pardonnez-moi, Madame, je vous en conjure, la douleur que ce souvenir me donne ; elle paroît trop à vos yeux : Mais je ne sçaurois penser, sans une mortelle tristesse, à la pitoyable destinée d'une Sœur qui m'est si chere, que ses maux sont presque les miens. Si bien que je donnerois volontiers la moitié de mon sang, pour lui rendre la tranquillité & le bonheur que l'oubli & le mépris de cet Amant perfide lui ont été pour jamais.

LICIDAS.

Parbleu ! Monsieur ne joüe pas mal la Comedie.

LUCINDE.

Quoi, vous plaifantez encore ? Allez ; vous
devriez mourir de honte.

LICIDAS.

Il n'y a jamais rien eu de fi plaifant.

DORIMENE.

Taifez-vous. Vous êtes un méchant homme,
de faire ainfi fouffrir une pauvre Femme. Il faut
être plus que Tigre pour cela ; & je ne veux plus
vous voir.

LICIDAS.

Eh bien, Madame ; je me retire. Il faut donner
à vôtre colere le tems de fe diffiper. Cependant,
je promets à Monfieur, qui veut fi fort être de
mes Amis, & qui m'a fi bien fervi auprès de vous,
que je l'en remercierai comme il faut.

ANGELIQUE.

Vous me ferez plaifir ; & j'attendrai vôtre re-
merciment avec impatience.

LICIDAS.

Je vous l'épargnerai, fans doute ; & vous n'aurez pas long-tems à attendre.

ANGELIQUE.

Tant mieux ; c'eft ce que je fouhaite le plus.

SCENE III.

DORIMENE, ANGELIQUE, LUCINDE, TIMANDRE, JUSTINE.

LUCINDE.

Il s'en va bien en colere : Je crains qu'il vous
faffe une querelle.

ANGELIQUE.

Je vous promets, Madame, que le combat ne

fera jamais fanglant entre nous.

TIMANDRE.

J'y prendrai garde de mon côté, & je vous répons de l'évenement.

DORIMENE.

N'y manquez pas au moins.

SCENE IV.

DORIMENE, LUCINDE, ANGELIQUE, JUSTINE, TIMANDRE, LA VIOLETTE.

LA VIOLETTE.

VOtre Maître de Claveſſin eſt dans vôtre
chambre qui vous attend, Madame. Que
lui dirai-je, s'il vous plaît?

DORIMENE.

Allez, ma Fille, allez prendre vôtre leçon.
Ces Meſſieurs feront bien aiſe de vous entendre
joüer. J'irai vous réjoindre dans un moment. J'ai
quelque ordre à donner à Juſtine.

SCENE V.

DORIMENE, JUSTINE.

DORIMENE.

AH, Juſtine! Que voilà un joli homme que
Monſieur le Chevalier!

JUSTINE.

Je vous l'avois bien dit, Madame, qu'il étoit
beau.

DORIMENE.

Il faut que je t'avoüe que je n'aurois jamais crû qu'il l'eut été à ce point-là. Ah ! ma chere Juftine ; qu'il y auroit de plaifir d'en être aimée !

JUSTINE.

Afsûrément.

DORIMENE.

Pour moi, je l'aime ; je ne fçaurois m'empê-cher de te le dire.

JUSTINE.

Eh bien ! il n'y a pas grand mal à cela.

DORIMENE.

Je voudrois fort en être aimée.

JUSTINE.

Et pourquoi ne le feriez-vous pas ;

DORIMENE.

Par mille raifons. Premierement, ces jeunes Gens font prefque tous étourdis & incapables d'une veritable paffion. J'ai déja été fouvent trompée ; on m'a fait mille infidelite.

JUSTINE.

Allez, Madame ; laiffez-moi faire ; ne crai-gne rien de l'avenir, fur l'exemple du paffé. Si vous avez été autrefois trompée, je n'étois pas auprès de vous pour vous conduire. Pourvû que vous me vouliez croire, le Chevalier vous aimera pour le moins autant que vous l'aimez.

DORIMENE.

Eft-il poffible ?

JUSTINE.

Je vous dis que dans quinze jours je vous le livre le plus amoureux de tous les hommes ; & fi je manque d'y réüffir, je confens que vous me preniez pour la plus fotte Fille de Paris : Ce que je ne fuis pas Dieu merci.

DORIMENE.

Ah ! que je t'aurai d'obligation ! Tu dois tout efperer de ma reconnoiffance. Mais ça, que faut-

il faire pour cela ? Aprens-le moi. Tout le monde parle de toi, comme d'une Fille extraordinaire.
Pour moi, quelque penchant que j'aye toûjours
eu à la galanterie ; je ne suis pas sçavante sur
cette matiere ; & trop de bonne foi m'a toûjours
perduë.

JUSTINE.

Il y a divers moyens, Madame : Mais, comme il n'est pas à propos de s'amuser à la bagatelle, & qu'il n'y a pas de tems à perdre, je ne vous
raporterai que les principaux, & les plus certains.

DORIMENE.

Voyons donc.

JUSTINE.

En premier lieu, il faut commencer par bannir
toutes les ceremonies ; se défaire de ses vieilles
erreurs où l'on étoit autrefois, que les hommes
doivent parler les premiers. C'est une pure sottise.
On a reformé cet abus fort justement ; & il est
bien raisonnable, après tout, que celui qui se sent
le plus malade demande le premier le remede &
le soulagement à ses maux.

DORIMENE.

Il n'est rien de plus juste.

JUSTINE.

Ainsi, vous voyez bien que puisque vous êtes
la premiere à sentir de l'amour ; car il n'est pas
certain que vôtre vûë ait fait sur le cœur du Chevalier le même effet que la sienne a fait sur le vôtre. Puisque vous êtes la premiere, dis-je ; à l'aimer, vous devez être la premiere à le lui faire
connoître. N'est-il pas vrai ?

DORIMENE.

Oüi, je comprens cela.

JUSTINE.

C'est aussi à quoi vous devez vous resoudre ;
mais, sur tout, à donner un bon tour à la de-
clarion que vous ferez ; ne paroître ni trop tiede

ni trop empreffée : Enfin , ne pas manquer de
traiter , avec un grand air de miftere , le commerce que vous voulez lier.

DORIMENE.

Voilà de fort bonnes maximes.

JUSTINE.

Tout cela n'eft qu'une introduction à la chofe.
Voici le fait ; en un mot le fecret des fecrets, pour
fe faire aimer.

DORIMENE.

Quel eft donc ce rare fecret ?

JUSTINE.

C'eft , de donner , Madame. Quelque défaut
qu'on puiffe avoir d'ailleurs , on ne fçauroit manquer d'être aimée avec cette qualité.

DORIMENE.

Je l'ai oüi dire comme cela.

JUSTINE.

Vous avez fort bien oüi dire ; & l'experience
nous le fait voir tous les jours. Par quel endroit ,
croyez-vous, que Madame Dinet & Madame Dor-
tille fe faffent valoir dans le Monde ? Eft-ce par
leur beauté ? Elles n'ont jamais été belles. Eft-ce
par leur jeuneffe ? On ne fçait pas qu'elles ayent
été jeunes. Cependant on les voit accablée d'A-
mans ; & de quels Amans encore ? Des plus ac-
complis de la Cour ; tandis que Madame Duti &
Madame de Plé , qui font les plus aimables Femmes de France , n'en ont aucun. Pourquoi cette
difette & cette abondance fi injuftes ? C'eft que
les unes donnent beaucoup : & que les autres ne
donnent rient.

DORIMENE.

Il faudra donc fe refoudre à faire comme les
autres , & à donner. Mais quoi ? Des garnitures,
des nœuds d'épées , des écharpes ?

JUSTINE.

Fi ! Ce font des prefens qu'on fait à des Gens
qu'on

qu'on ne veut pas aimer long-tems.

DORIMENE.

Quoi donc ? Des montres, des bagues, des bracelets, des agraffes?

JUSTINE.

Cela est un peu plus raisonnable ; mais tous ces bijoux embarraffent, outre qu'il y a trop à perdre chez les Joüailliers. Madame, croyez-moi; de l'argent, de l'argent : Voilà tout ce qu'il faut. Deux cens Loüis font plus de plaifir & plus de profit à un jeune homme, qu'un diamant de quatre cens.

DORIMENE.

Je le croi.

JUSTINE.

Ce n'est pas tout, Madame ; il faut fçavoir donner à propos ; se rendre la Maîtreffe des dons que l'on fait ; de sorte qu'il ne soit jamais permis à un Amant de rien exiger, afin qu'il reçoive les moindres liberalitez comme de pures graces & jamais comme une chose düë. Enfin, il faut fçavoir bien prendre son tems pour faire ses presens; par exemple, lors qu'il y a quelque Fête à la Cour où tout le monde veut être magnifique, ou bien, pour faire un équipage à la veille ou au retour d'un voyage.

DORIMENE.

Je ne doute pas que les presens ne foient alors parfaitement bien reçûs.

JUSTINE.

Madame, ils font dans ces momens des effets admirables : On vous adore, on pleure de tendreffe en prenant vôtre argent. Vous moquez-vous ? Un Courtifan, dans ces occafions, se donneroit de bon cœur au Diable pour en avoir. Voilà, Madame, tout ce que j'ai pû apprendre de plus fin & de plus jufte par une longue experience, & par l'intime confiance dont m'ont honorée plu-

Tome II.   Y

fieurs Femmes de Qualité que j'ai eu l'honneur
de fervir fucceffivement. Voilà le moyen le plus
sûr, & quafi l'unique, d'être toûjours tendrement
aimée; de ne s'appercevoir jamais de la vieilleffe
ni des autres difgraces; d'entretenir la fine galanterie, & de faire durer les belles paffions. Je vous
en fais part avec joye; heureufe, fi je puis par-là
me rendre digne de vôtre eftime, & contribuer à
vôtre fatisfaction, en tout bien & en tout honneur.

DORIMENE.

Ne doute point que je ne t'aime, & ne te diftin-
gue beaucoup au-deffus d'une Fille de fervice.
Auffi fais-tu bien paroître que tu n'ès pas une
perfonne du Commun. Mais, Juftine, ce n'eft pas
tout. Suppofé que le Chevalier m'aime, & qu'il
réponde à mes empreffemens, je veux l'époufer,
nous nous marierons en fecret; car tu fçais bien
que je ne fçaurois le faire autrement, de peur de
faire crier contre moi toute ma Famille qui n'a
jamais voulu confentir que je me remariaffe.
D'ailleurs, je n'ai la plus grande partie du Bien,
dont je joüis, qu'à condition de demeurer Veuve.
Ainfi, il faudra cacher foigneufement ce Mariage. Cependant, quand j'aurai époufé le Chevalier, comment ferai-je pour le voir? Il faudra
fauver les apparences, & il ne fuffira pas qu'il
foit mon Mari en effet, & que les intentions
foient bonnes: Je haïs les caquets; je fuis fort
délicate fur la réputation, & je ne veux point
qu'on puiffe glofer fur nôtre commerce, comme
on fait fur plufieurs autres.

JUSTINE.

Je voi bien qu'il faut que je vous donne des
avis là-deffus. Puifque le Chevalier fera vôtre
Mari, car autrement, de bonne foi, je ne le ferois
pas; je fuis trop fcrupuleufe fur ce point: Vous
ferez donc, Madame, pour voir vôtre Epoux, ce

que toutes les autres Femmes font pour voir leur
Amant. Eh bien le Chevalier fera-t-il presque
la même chose pour vous, & puisque vous ne le
verrez qu'en secret, vous trouverez en lui toute
la sûreté d'un Mari & tout le ragoût d'un Gabinet
... dont, Madame, que vous pourrez vous
... pour le voir, de la maison d'une Amie,
... celles de certains Peintres, des Musi-
ciens qui font des Concerts chez eux, certains
jours de la semaine, celles des Danseurs, des
... des Lingeres & des Operateurs pour
les dents : mais tout cela me semble perilleux, &
d'abord qu'il faut se confier à quelqu'un, je n'en
suis plus.

DORIMENE.

Il ne faut donc se fier à personne.

JUSTINE.

Non, Madame. Il ne faut se fier qu'à une Femme de Chambre, parce que cela est indispensable,
& qu'on ne sçauroit s'en passer. Ce font là, Madame, les diverses manieres dont vous pouvez
voir vôtre Mari ; mais la plus sûre est, de le faire venir chez-vous.

DORIMENE.

Chez-moi ? Ah ! cela est trop dangereux.

JUSTINE.

Au contraire, Madame ; croyez que les choses
les moins vrai-semblables font celles qu'on peut
hazarder avec moins de crainte. On fait entrer un
Homme sur la brune, un manteau sur le nez ou
déguisé. Il se coule dans vôtre appartement, on
l'enferme dans un Gabinet, on le garde trois ou
quatre jours ; cependant on fait la malade, pour
voir plus de liberté, & on s'entretient avec lui
tant qu'on veut.

DORIMENE.

Mais, comment faire porter à manger à un

Y 2

Homme, fans qu'on s'en apperçoive dans la maifon !

JUSTINE.

Bon ! On le nourrit de confitures. Voilà le
meilleur de l'avanture. Vous ne fçauriez croire le
plaifir que l'on fait à tous ces Meffieurs, de les
tenir ainfi enfermez. Comme on eft quelques
jours fans les voir dans le monde, on leur fait la
guerre après, fur ce qu'ils ont difparu ; & ils paf-
fent pour gens à bonne fortune. Cela les charme ; fans conter la joye qu'ils ont de dire, en arrivant chez eux ; hai ! qu'on me couche au plus
vîte, qu'on me donne un boüillon dans deux heures, &, fur tout, qu'on ne laiffe entrer perfonne
dans ma chambre ; je veux dormir trois jours
pour me refaire.

DORIMENE.

Oüi. Voilà, fans doute, le meilleur expedient.
Mais, allons réjoindre la Compagnie & faire
apès tenir un billet au Chevalier, pour l'avertir
de fe rendre ici cette nuit. Cependant, fois perfuadée de ma reconnoiffance.

JUSTINE.

J'efpere, Madame, de vous faire encore mieux
connoître mes talens, & ce que je vaux, dans la
fuite de l'avanture.

Fin du troifiéme Acte.

ACTE IV.

SCENE I.

ANGELIQUE, LISE.

LISE.

Vous l'avez donc bien embarrassé, Madame.

ANGELIQUE.

Je te dis, que je l'ai mis au defespoir ; mais il a toûjours crû, que j'étois le Frere d'Angelique ; & le volage n'a pas eu le moindre foupçon de la verité. Cependant, je t'avoüerai, que j'ai pris un fort grand plaifir à joüir de fon embarras.

LISE.

Mais, n'apprehendez-vous point qu'il vous querelle & vous oblige à déguainer ?

ANGELIQUE.

Plût-à-Dieu ! Je fçai bien le moyen de lui répondre.

LISE.

Mais, comment fortirez-vous d'un autre embarras bien plus grand à mon gré ? De bonne foi, vous avez une terrible affaire fur les bras, & Dorimene ne vous fera point de quartier. Diantre, comme elle y va ! A peine vous a-t elle parlé, qu'elle vous écrit de vous rendre chez elle, envi-

Y 3

ron fur le minuit ; qu'en touffant deux fois on
vous ouvrira la porte , où vous trouverez un
Guide qui vous conduira en des lieux , où vous
ne ferez pas fâché d'être venu. Que penfez-vous
que tout cela fignifie ?

ANGELIQUE.

Mais toi , qu'en penfes-tu toi-même ?

LISE.

Franchement , je croi que l'affignation fera pe-
rilleufe , & que vous n'en fortirez pas à vôtre
honneur.

ANGELIQUE.

Pourquoi non ? Dorimene veut feulement me
parler en particulier ; & voilà tout.

LISE.

Bagatelle. Les Femmes de fon caractere ne veulent point perdre de tems. Elles fçavent trop bien
qu'on ne le recouvre jamais , quánd il eft une
fois perdu. Enfin , croyez-moi , Madame ; c'eft
un dangereux animal qu'une Beauté furannée.

ANGELIQUE.

Nous verrons. J'ai trop befoin de cette Femme , pour manquer à fon rendez-vous. Enfin ,
quoi qu'il en arrive , je rirai au moins de l'avanture. Mais voici l'heure , à peu près. Approche de
la porte ; & faifons le fignal. Eft-ce de ce côté ?

LISE.

Oüi ; je penfe que nous y voilà.

ANGELIQUE , *après avoir touffé.*

St , St. Peut-être ne viendra-t-il perfonne.

LISE.

On ne viendra que trop. Ce n'eft pas par-là que
l'Intrigue manquera.

ANGELIQUE.

St , St.

SCENE II.

ANGELIQUE, LISE, JUSTINE.

JUSTINE, *ouvrant la porte.*

ST, St.

LISE.

Je vous l'avois bien dit. Il y a déja long-tems
que la Sentinelle étoit posée.

ANGELIQUE.

Tai-toi. Qui va-là ?

JUSTINE.

Qui va-là, vous-même ?

LISE.

Amis de la garde.

JUSTINE.

Bon. Est-ce vous, Monsieur le Chevalier.

ANGELIQUE.

Oüi, c'est moi.

JUSTINE.

Venez. Donnez-moi la main, que je vous con-
duise ; sur-tout ne faites point de bruit.

ANGELIQUE.

Non, non ; ne craignez rien. Je sçai comme
il en faut user.

JUSTINE.

Je n'en doute point. Ce n'est pas la premiere
fois que vous vous êtes trouvé en pareille Fête.

ANGELIQUE.

Il y paroît bien aussi, que tu n'en ès pas à ton
apprentissage.   **LISE.**

La peste ! La Matoise ne l'entend pas mal.

ANGELIQUE.

Allons. Ferai-je entrer mon Valet ?

JUSTINE.

Non ; vous pouvez le renvoyer.

ANGELIQUE.

Va-t-en au logis.

SCENE III.

LISE *feule.*

BOn foir. La voilà bien gîtée, ma foi. Comment fera-t-elle pour s'en tirer ? Car enfin, ce n'eſt pas pour rien qu'on la fait venir là. Diable ! Les Femmes de Paris y vont dru. Elles ne s'amuſent pas long-tems à la ceremonie : C'eſt auſſi le meilleur parti, franchement ; c'eſt avoir du bon ſens. A quoi bon tant lantiponer ? Mais, à propos, quand j'y fais reflexion, l'habillement que j'ai m'a trop enhardie, je croi que j'ai perdu l'eſprit : Me voici à minuit feule dans les ruës. Il pourroit m'arriver mal-encontre. Regagnons donc la maiſon au plus vîte. Mais, qu'eſt-ce que j'entens ?

SCENE IV.

JASMIN, LISE.

JASMIN.

OUi, morbleu ! c'en eſt trop, & ceci ne peut pas durer. Voilà une belle heure pour porter un billet au Chevalier. Où diable le trouver ? Ma foi, mon Maître n'a pas de conſcience.

LISE.

Je croi que c'eſt Jaſmin, le Valet de Licidas. Oüi, c'eſt lui-même. Tâchons d'entendre ce qu'il dit , & d'apprendre ce qu'il vient faire ici , à l'heure qu'il est.

JASMIN.

J'aimerois mieux servir le Diable que cet homme-là. Quoi! il faudra toûjours mener la même vie ? Etre exposé , à tous momens aux caprices & à la mauvaise humeur d'un étourdi de Maître ; employer la moitié du tems à courir , par son ordre , dans les ruës de Paris , l'autre à le chercher dans les Cabarets , dans les Academies ou autres lieux ; & après , pour le refaire , passer la nuit en sentinelle devant la porte de sa Maîtresse , le plus souvent sans avoir soupé ? Non , Jasmin , cela ne se peut pas. Vous vous tuërez , mon Ami , & vous êtes un sot. Ce n'est pas d'aujourd'hui que je commence à vous le dire : Songez donc serieusement , dès demain , à demander vôtre congé , ou à le prendre en cas de refus. Oüi , c'est une chose resoluë. Après demain , plus de peine. Prenons donc patience pour cette nuit ; & puisque c'est pour la derniere fois , promenons-nous le long de cette ruë.

LISE.

Je veux aussi me promener & marcher sur ses pas , pour l'embarrasser un peu.

JASMIN.

N'entens-je point quelqu'un. Oüi , je ne me trompe point. C'est peut-être un homme qui ne pense pas à moi , & qui de bonne foi passe son chemin. Mais pourtant il me semble qu'il me suit pas à pas. Voyons encore. Justement. Il faut sçavoir pourquoi il en use de la sorte. L'Ami , parle un peu à moi , écoute.

LISE.

Et bien , qu'est-ce ? Qu'y a-t-il ?

JASMIN.

Je voudrois bien sçavoir , quel est ton dessein de venir m'observer ici.

L I S E.

Eh ! qui t'a dit que je viens pour cela ?

J A S M I N.

Qui me l'a dit ?

L I S E.

Oüi ! qui te l'a dit ?

J A S M I N.

Vraiment , il ne faut pas être grand forcier
pour le deviner. Ta maniere d'agir me le fait
affez connoître.

L I S E.

Tu rêves, mon Ami. Je ne penfe pas feulement
à toi.

J A S M I N.

Aurois-je tort, en effet, de l'avoir foupçonner ?
Et me ferois-je allarmé mal à propos ? Voyons
encore. Eh bien , ne voilà t-il pas mon conte ?

L I S E.

Quoi ?

J A S M I N.

Pourquoi marches-tu derriere moi , quand je
fuis devant ?

L I S E.

Eh ! pourquoi ès-tu devant , quand je marche
derriere ?

J A S M I N.

Pourquoi ne marches-tu plus , quand je m'arrête ? **L I S E.**

Pourquoi t'arrêtes-tu , quand je ne marche
plus ?

J A S M I N.

Pourquoi me regardes-tu , quand je tourne la
tête ?

L I S E.

Pourquoi tournes-tu la tête , lorfque je te regarde ?

J A S M I N.

Bas, Voici un Drôle bien refolu. Tâchons de

épouvanter ; en tout cas, s'il fait le mauvais,
de bonnes jambes. *Haut.* Oh , morbleu ! ma
patience est à bout. Je ne puis plus souffrir cette
insolence.   L I S E.

Comment , qu'est ce à dire ?

            J A S M I N.

C'est-à-dire , que tu prennes la peine de décamper , autrement tu verras beau jeu.

            L I S E.

Il ne me plaît pas , moi, de m'en aller ; & n'ai-
je pas ma part , comme toi , sur le pavé du Roi ?

            J A S M I N.

D'accord. Mais , voilà ta part là-bas , & voici
la mienne. Si tu t'avises de faire un seul pas sur
nos terres , je t'étrillerai comme il faut.

            L I S E.

Toi ?

            J A S M I N.

Oüi , moi. Veux-tu voir un peu par plaisir ?

            L I S E.

Voyons donc ces grandes proüesses.

            J A S M I N.

Tu vas voir. Ah ! Coquin, tu fuis ? J'avois
toûjours bien crû que tu ne valois rien ; & tu ne
merites pas que je te suive.

S C E N E   V.

J A S M I N *seul.*

ME voici seul enfin. La triste figure qu'un
homme fait la nuit au milieu d'une rûë !
N'importe , consolons-nous. On dit , que les
Amans ont toûjours été sujets à ces sortes d'acci-
dens ; & puisque je suis rangé parmi leur nombre,
souffrons , sans murmurer , toutes les fatigues de
l'Amour.

❧❧❧❧❧❧❧❧❧❧❧❧❧

SCENE VI.

JASMIN, L'ESPERANCE, LISE.

L'ESPERANCE à *Lise*.

VA-t-en l'amuſer. Montre-lui un peu de reſo-
lution. Enfin, s'il fait le mauvais, fais ſem-
blant de te vouloir battre, tu verras beau jeu.

LISE.

Prens-y bien garde au moins: Il eſt brutal comme un Diable, & il m'aſſommeroit.

L'ESPERANCE.

Va, te dis-je; & laiſſe-moi faire.

JASMIN.

Parbleu ! j'ai été tantôt bien-heureux, d'avoir
affaire à un Drôle qui a eu encor plus de peur que
moi. Sans cela, j'en aurois pour mon compte.
Voilà dequoi ſert de parler quelquefois : Mais,
on me ſuit ; & je croi que voici mon Homme revenu.

LISE.

A peu près.

JASMIN.

Ah ! mon Mignon ; tu reviens pour te faire
battre. Parbleu ! il faut que je t'aſſomme.

LISE.

Oüi ? Voyons qui ſera le plus fort des deux.

L'ESPERANCE.

Eh ! Meſſieus. Arrêtez-vous. Les combats ſont
défendus. Je ne ſouffrirai point que vous vous
battiez.

JASMIN.

La peſte ! quel coup il m'a donné ? Monſieur,
prenez garde, s'il vous plaît.

L'ESPE

L'ESPERANCE.

Non ; il faut que je vous separe.

JASMIN.

Diantre ! quelle maniere de separer !

LISE.

Ah , Coquin !

L'ESPERANCE.

Encore ? Ah ! c'en est trop. Vous ne vous bat-
trez point.

JASMIN.

Ce n'est pas moi ; Monsieur , c'est lui qui re-
ommence ; & vous ne le frapez point.

L'ESPERANCE.

Je ne frape personne : Mais la charité m'oblige à faire ce que je fais , & d'empêcher qu'il n'arrive du mal à mon prochain.

JASMIN.

A part. Que la peste t'étouffe avec ta charité.
Comment , il frape toûjours ? Ah ! je n'en puis
plus. Heureux , si la fuite m'en peut délivrer.

SCENE VII.

L'ESPERANCE, LISE.

LISE *riant.*

PAr ma foi , tu es un Drôle de corps ! Tu ne
l'as pas mal repassé.

L'ESPERANCE.

Eh ! ce n'est encore qu'un prélude. Si nous sommes long-tems Rivaux , je lui joüerai souvent de
semblables tours.

LISE.

Diable ! Il n'y a donc pas plaisir d'être ton
Rival ?

Tome II. Z

L'ESPERANCE.

Non. Je hais mes Rivaux à la mort ; aussi n'y a-t-il rien de plus haïssable.

LISE.

Ton Maître a-t-il autant de haine pour Licidas que tu en as pour son Valet ?

L'ESPERANCE.

A peu près. Mais que fais-tu si tard ici ?

LISE.

J'attens mon Maître.

L'ESPERANCE.

Le Chevalier est donc enfermé avec Dorimene.

LISE.

Oüi. Il travaille là pour vos interêts. Mais, ne sçaurions-nous entrer dans cette maison ? Je voudrois bien y attendre mon Maître.

L'ESPERANCE.

Vien, vien ; nous y entrerons asfûrement. La porte est presque toûjours ouverte ; & quand elle ne le seroit pas, il y a long-tems que Justine m'a enseigne le secret de l'ouvrir. Sui-moi seulement.

SCENE VIII.

On ouvre une fenêtre.

DORIMENE, ANGELIQUE, JUSTINE.

JUSTINE.

ENfin, tout le monde est couché. Avancé. Le voici, Madame. Je vous l'ameine sans peines, & il m'a paru qu'il avoit assez du plaisir à se laisser conduire.

ANGELIQUE.

Lors qu'on vient en des lieux comme celui-ci,

on doit au moins marquer par son empressement
qu'on est persuadé de son bonheur.

DORIMENE.

Mais, est-il bien vrai que vous comptiez ceci
pour un bonheur ? Et n'est-ce point un compliment ?

ANGELIQUE.

Un compliment, Madame ? Ah ! c'est me faire
une injustice trop grande, que de l'avoir seulement pensé. Détrompez-vous, je vous en conjure & croyez que je connois mieux le prix des faveurs qu'on me fait.

DORIMENE.

Le prix de celle-ci n'est pas bien grand ; mais,
au moins, part-elle d'un cœur sincere ; c'est dequoi j'espere que vous serez bien-tot convaincu.
Cependant, retirez-vous, Justine ; passez dans
mon antichambre, & prenez garde que personne
ne puisse nous surprendre.

SCENE IX.

DORIMENE, ANGELIQUE.

DORIMENE.

EN vérité, quand je songe à ce que je fais,
Monsieur le Chevalier, j'apprehende fort de
perdre vôtre estime & d'attirer vos mépris, au
lieu de vôtre tendresse. Mais, jugez-en mieux,
je vous prie, n'allez pas vous imaginer que je
sois une de ces Femmes à qui de pareilles démar-
ches ne coutent rien. De ces Femmes, dis-je, qui
font un commerce perpetuel de galanterie & de
plaisir. Croyez, au contraire, que c'est ici la
premiere foiblesse & le premier égarement de ma
vie. Repensez à la declaration que je vous ai faite,

Z 2

par la necessité qu'il y a de vous aimer d'abord
qu'on vous connoît.

ANGELIQUE.

Ne doutez point, Madame, que je ne vous
rende toute la justice que je dois. Je suis hors de
moi-même, lorsque je pense à vos bontez & à
l'état heureux où je me trouve. Il faut que mes
transports vous marquent, encore mieux que mes
paroles, quelle est la joye qui me possede.

DORIMENE.

Ah ! prenez garde. Arrêtez-vous. Je sens un
rouge furieux qui me monte au visage. De bonne
foi, vous me faites trembler, & je connois à present que vous êtes trop dangereux.

ANGELIQUE.

Je vous demande pardon, Madame. Je me suis
laissé emporter par un premier mouvement, dont
je n'ai pas été maître : mais ne craignez rien à
l'avenir ; je contraindrai mes transports, & il n'y
aura que mon cœur qui en sentira la violence.

DORIMENE.

Hélas ! ce n'est pas sans raison que je vous dis
tout cela. Un autre que vous, qui seroit à vôtre
place, s'imagineroit que ce n'est pour rien que
je vous ai donné un rendez-vous à l'heure qu'il
est, & avec tant de mistere, & sur cette confiance, il oseroit, tout entreprendre. Que dis-je ? Il
croyent même que le soin que je prens de vous le
défendre, seroit un avertissement de le tenter, &
que ma haine seroit le prix juste & infaillible
d'une trop grande retenuë.

ANGELIQUE.

A Dieu ne plaise, Madame, que je conçoive
de pareils sentimens !

DORIMENE.

La plûpart des Hommes aujourd'hui sont har-
dis dans le tête à tête. Ils s'imaginent que trop
de sagesse offence les Femmes ; & revenus de cette

maniere d'aimer pure & respectueuse qu'on prati-
quoit du tems de nos Peres, disent qu'elle est
bonne dans les Livres, mais impertinente dans la
societé: Ainsi, à la premiere occasion, ils par-
lent sans façon de ce qui les meine & croyent que
c'est agir de bon sens de chercher dès le premier
jour la fin de l'avanture.

ANGELIQUE.

Ils ont tort, Madame; & ils sont indignes de
la trouver jamais.

DORIMENE.

Je ne sçai s'ils ont tort ou raison; je sçai seulement que c'est la mode maintenant, & qu'en
cela, comme du reste des choses, la mode l'a emporté sur toutes les autres considerations; mais
je voi bien que vous n'êtes pas fait comme ces
Hommes dont je vous parle.

ANGELIQUE.

Hélas! non, Madame, je ne suis pas fait comme eux; mais permettez au moins, Madame,
que je vous demande une grace que je souhaite
infiniment obtenir de vous.

DORIMENE.

Parlez sans crainte. Il n'est rien que je puisse
vous refuser; & vous m'offencez, si vous avez le
moindre doute là-dessus.

ANGELIQUE.

Je vous suplie donc, Madame, de ne plus souffrir Licidas chez-vous, de lui interdire vôtre
maison; je ne sçaurois l'y voir sans desespoir; &
je vous demande ce sacrifice, en faveur de ma
Sœur, pour la vanger en quelque façon, des maux
que cet Amour volage lui a fait souffrir.

DORIMENE.

N'est-ce que cela que vous aviez à me demander?

ANGELIQUE.

Non, Madame; & je vous le demande à genoux.

DORIMENE.

Je vous l'accorde avec joye, & je voudrois...

* * *

SCENE X.

DORIMENE, ANGELIQUE, JUSTINE.

JUSTINE.

ON vous vient querir, Madame, & il faut vous separer absolument.

DORIMENE.

Qui me vient querir à l'heure qu'il est ? Rêvez-vous ?

JUSTINE.

Je ne rêve point du tout. C'est Madame vôtre Niéce qui est en travail d'enfant. Elle souffre beaucoup & crie de même ; & celui qui vous vient chercher de sa part m'a juré fort serieusement, qu'elle n'attend plus que vous pour accoucher.

DORIMENE.

Adieu, Monsieur le Chevalier. Je ne puis me dispenser d'aller là. Nous nous reverrons bien-tôt, & vous aurez demain de mes nouvelles.

ANGELIQUE.

Que je suis malheureux ! Pour m'empêcher d'être plus long-tems avec vous, il faut qu'un Enfant s'avise de venir au monde.

DORIMENE.

Nous reparerons demain le tems que nous perdons aujourd'hui, & je vous promets que je tiendrai toutes choses prêtes pour nous marier en secret. Ne le voulez-vous pas ?

ANGELIQUE.

Ah ! Madame, c'est là le comble de mes vœux.

DORIMENE.

Adieu. Justine, venez avec moi jusques dans ma chambre ; vous viendrez après reconduire Monsieur le Chevalier par le petit escalier.

SCENE XI.

AGGELIQUE *seule.*

CEt accouchement est venu fort à propos. J'ai vû l'heure où le pauvre Chevalier alloit être pris sans vert : Mais m'en voilà quite ; & mon Traître sera chassé de la maison de ma Rivale.

JUSTINE *revenant.*

Allons; allez vous coucher, mon pauvre Enfant ; sortons. N'êtes-vous pas bien content ?

ANGELIQUE.

On ne peut pas plus ; & je t'asûre que je ne manquerai pas de recompenser liberalement tous tes soins.

Fin du quatriéme Acte.

ACTE V.

SCENE I.

LICIDAS, JASMIN.

LICIDAS.

UI, je veux me couper la gorge avec lui. La chose est resoluë, & rien ne sçauroit me détourner de ma resolution. Il faut que j'aprenne à ce jeune étourdi qu'il est dangereux de pousser à bout des gens comme moi. Ne l'as-tu pas trouvez ?

JASMIN.

Non. Mais, Monsieur, considerez....

LICIDAS.

Je n'ai rien à considerer. Va le chercher encor, porte-lui de ma part ce Billet, & revien me rendre réponse.

JASMIN.

Mais, s'il m'arrive du malheur en faisant ma commission ?

LICIDAS.

Que tu as peur ! Ne m'as-tu pas dit tantôt que tu te volois battre aussi contre le Valet ?

JASMIN.

Sans doute ; & je suis toûjours dans le même

deſſein. J'ai ſur le cœur l'avanture de cette nuit
où je ſoupçonne ce fripon de Valet d'avoir un
peu de part. Mais faiſons les choſes dans l'ordre ; allez vous-même faire vôtre appel au Maître ; & j'irai faire le mien au Valet.

LICIDAS.

Cela ne ſe peu pas.

JASMIN.

Et moi je vous aſſûre, Monſieur, qu'il prendra mal la choſe de ma part, qu'il ne manquera
jamais de dire que vous le mépriſez, & ſur ce
pretexte il commencera peut-être à ſe vanger ſur
moi de l'affront que vous lui avez fait. Où en
ſerai-je, moi, ſi cela arrive ?

LICIDAS.

Tu te défendras le mieux qu'il te ſera poſſible.
N'as-tu pas là une bonne épée ? Elle eſt aſſez longue pour le moins.

JASMIN.

Pas trop, me ſemble. En tout cas, c'eſt pour
tuer les gens de plus loin. Cependant, j'en reviens
toûjours à ma premiere propoſition : Si le Chevalier m'attaque, je ſuis un garçon perdu. Je me
défendrai fort bien contre le Valet ; mais, pour
le Maître, il n'en eſt pas de même. Tous les
Maîtres ont un aſcendant furjeux ſur les Valets.
D'ailleurs, je me ſouviendrai, pendant le combat, des coups dont vous m'honorez quelquefois;
& la peur, d'en recevoir de pareils de lui, me
fera battre fort mal. Je vous l'avoüe, voyez-
vous, je me connois, je ſuis ſincere & franc, &
vous verrez....

LICIDAS.

Fais ce que je te dis ſans raiſonner davantage.
Je vai t'attendre chez-moi.

JASMIN.

Ah Ciel ! Voici le Chevalier. Oh ! demeurez
au moins à quelques pas d'ici. Parbleu, il s'en va.

J'ai bien envie de m'en-aller auffi. Abordons-le
pourtant. Allons ; ferme, Jafmin, bon courage.

SCENE II.

ANGELIQUE, LISE, JASMIN.

JASMIN.

MOnfieur, pourroit-on vous dire un mot?

ANGELIQUE.

Volontiers ; qu'eft-ce ?

JASMIN.

Je ne fçai, Monfieur, fi vous favez que je fuis
le Valet de Monfieur Licidas.

ANGELIQUE.

Que m'importe ?

JASMIN.

C'eft, Monfieur, que j'ai un billet à vous donner de fa part.

ANGELIQUE.

N'y a-t-il que cela ? Donne.

JASMIN.

Le voilà.

ANGELIQUE.

Ou vas-tu ?

JASMIN.

Je me retire, afin que vous puifiiez lire en liberté.

ANGELIQUE.

Non ; attens la réponfe.

JASMIN.

Vous l'envoyerez par vôtre Laquais.

ANGELIQUE.

Non ; te dis-je. Tu la raporteras toi-même.

JASMIN.

Aï, ai ! Ceci ne vaut pas le Diable.

ANGELIQUE lit.

Après m'avoir montré tant de fermeté , vous ne ferez pas surpris de recevoir ce Billet de ma part. Je croi même que vous vous y attendez ; au moins devez-vous le faire, s'il vous reste un peu de bonne opinion de moi. Je tâcherai de vous la donner encore meilleure dans nôtre combat. Sachez donc que je veux me couper la gorge avec vous. Vous pouvez choisir le tems , le lieu & les armes que vous croirez vous être les plus avantageuses. Adieu. Il me tarde de voir si vous raillez aussi-bien l'épée à la main que dans une ruelle.

LICIDAS.

Voilà un Billet aussi brutal qu'on en puisse écrire. Vôtre Maître est un sot qui ne sçait pas vivre, de me l'avoir envoyé ; & vous êtes un mal avisé de me l'avoir apporté. Je le punirai tantôt de son insolence. Je vai, en attendant, vous punir de la vôtre.

JASMIN.

Moi, Monsieur ? Est-ce ma faute ? Je ne sçai pas lire. Pouvois-je deviner , si ce billet étoit brutal ou non ? D'ailleurs, vous n'ignorez pas qu'un Valet doit s'aquitter toûjours, sans rien examiner , de tout ce qu'un Maître lui ordonne. Mettez-vous en ma place , & voyez si j'ai tort.

ANGELIQUE.

Va, je te pardonne ; aussi-bien ès-tu indigne de ma colere.

JASMIN.

Asûrement ; & vous n'auriez point d'honneur à me battre.

LISE.

Quoi? Avec ce beau raisonnement il s'échapera de vos mains & s'en ira sain & sauf.

JASMIN.

Pourquoi non ?

ANGELIQUE.

Que veus-tu que je fasse à ce miserable ?

LISE.

Que vous le rossiez comme un Diable.

JASMIN.

Voyez le beau conseil ! Monsieur n'en fera rien. Il est trop honnête homme ; & ce n'est pas à un faquin, comme toi, de lui vouloir aprendre à vivre.

ANGELIQUE.

Va-t-en.

JASMIN.

J'obéïs de grand cœur. Fussai-je déja bien loin !

ANGELIQUE.

Dis à ton Maître que je me rendrai ici dans demie-heure au plus tard, & que j'ai choisi ce lieu même pour terminer nos differens.

JASMIN.

Quelles armes voulez-vous Monsieur ?

ANGELIQUE.

Je n'en veux point d'autre que celle que je porte.

LISE.

Oüi oüi, nous vous battrons tous deux comme il faut.

JASMIN.

J'aurai soin de rapporter à mon Maître tout ce que vous venez de me dire. Serviteur.

SCENE

SCENE III.
ANGELIQUE, LISE,

LISE.

EH bien, Madame, que prétendez-vous faire?
Il faut prendre un parti. Il n'y a plus à balancer. Cet appel gâte tout, & met fin à vôtre dé-
guisement. Voulez-vous vous aller battre contre
Licidas? Franchement ces sortes de combats ne
conviennent guere à des personnes comme vous
& moi.

ANGELIQUE.

Vien. Ma resolution est prise. Ne crains rien,
Je croi qu'elle réüssira au gré de mes souhaits.
Cependant, hâtons-nous de nous éloigner d'ici.
J'entens ouvrir cette porte. Ceux qui vont sortir
pourroient nous arrêter. Courons. Le moindre re-
tardement romproit toutes nos mesures.

SCENE IV.
DORIMENE, JUSTINE.

DORIMENE.

AH! Justine. C'est lui-même. Oüi; voilà
justement le Chevalier qui s'en va.

JUSTINE.

Voulez-vous que je coure après lui pour l'a-
peller?

DORIMENE.

Non; je rougirois trop à le voir, après ce qui
est passé entre nous; & il vaut mieux attendre

la même heure où je l'ai vû cette nuit. Je lui
parlerai avec moins de trouble.

JUSTINE.

Avoüez, Madame, qu'il y a bien du plaiſir
d'avoir un Amant fait comme lui. Peu de per-
ſonnes ont ce bonheur ; & je n'en connois que
deux où trois à Paris, à qui l'amour faſſe de ſem-
blables preſens.

DORIMENE.

Oüi, le Chevalier eſt aimable, j'en demeure
d'accord : Mais, hélas ! Juſtine, il eſt bien jeune.

JUSTINE.

Eh ! quoi, Madame ? Eſt-ce un défaut ?

DORIMENE.

Non ; au contraire, c'eſt la premiere des qualitez qu'on doit ſouhaiter dans un Amant : Cependant, quelque agrable qu'elle ſoit, elle a ſes
incommoditez ; les jeunes Gens font de grandes
fautes.

JUSTINE.

Il eſt vrai ; mais, Madame, ces fautes portent
leurs excuſes avec elles.

DORIMENE.

Il y a pourtant de certaines fautes que les Femmes ne pardonnent que difficilement ; & de bonne foi, je croi qu'on ne les devroit jamais pardonner.

JUSTINE.

Mais, Madame, qu'eſt-ce que ce pauvre Garçon vous a fait ? Qu'y a-t-il qui vous anime contre lui ?

DORIMENE.

Ah ! je n'oſerois te le dire.

JUSTINE.

Je vous en conjure.

DORIMENE.

Que tu ès preſſante ! N'eſt-ce pas t'en dire aſſez
que de te repeter, que le Chevalier eſt fort jeune ?

Une Fille, auffi intelligente que toi, n'a pas befoin d'en fçavoir davantage pour tout deviner.

JUSTINE.

Quoi qu'il ait fait, Madame, vous n'avez pas tout-à-fait raifon, ni tout-à-fait tort ; car, enfin, vous ne lui avez encore rien donné. Jufques-là il n'eft obligé à rien.

DORIMENE.

J'avoüe que j'ai tort, de ne lui avoir pas envoyé quelque prefent. Tu m'as fort bien prouvé, que c'eft par-là qu'il faut toûjours commencer, & que c'eft la plus éloquente declaration qu'on puiffe faire. Mais, voici ma Fille. Refervons cette converfation pour une autre fois, & allons au plus vite faire nos emplettes. Eh bien, ma Fille, êtes-vous prête ?

SCENE V.

DORIMENE, LUCINDE, JUSTINE, LICIDAS, JASMIN.

LUCINDE.

OUi, Madame. Je vous demande pardon de vous avoir fait tant attendre : Mais je vois Licidas, croyez-vous qu'il vienne nous parler ?

DORIMENE.

Je ne fçai ; cependant il fera fort bien de ne venir point, car il auroit le chagrin d'être fort mal reçû. Il ne viendra pas ; il nous faluë en paffant, fans s'approcher de nous.

LICIDAS.

Laiffons-les aller, Elles troubleroient le deffein où nous fommes.

SCENE VI.

LICIDAS, JASMIN.

JASMIN.

ENfin, Monſieur, ñous voici ſur le champ de
Bataille, tous deux reſolus à bien faire. Je
me ſuis mis en eſcarpins, pour mieux ſauter &
prendre mieux mes avantages. Là, parlez-moi
franchement : N'avez-vous pas un peu de peur ?

LICIDAS.

Moi, non.

JASMIN.

Allons, allons ; dites la verité.

LICIDAS.

Ma foi, je te le dis. Je t'avoüerai que je ne
ſuis pas du même ſang froid dont je ſerois en
allant ſouper avec mes Amis ; & je ne ferai point
comme certains Fanfarons qui diſent, qu'ils vont
ſe battre avec là-même indifference qu'ils iroient
à des Nôces. Ce qu'il y a de certains, c'eſt qu'on
ne peut pas donner juſtement le nom de crainte
au mouvement dont je ſuis agité, & que c'eſt
plûtôt un tranſport de colere & un deſir de van-
geance, qu'un effet de timidité.

JASMIN.

Pour moi j'ai peur tout de bon ; je le confeſſe
ingenument. Ce n'eſt pas que je n'aye pour le
moins autant de colere que vous, mais j'ai encore plus de crainte, & j'ai raiſon d'en avoir. Je
ne viens ici qu'à regret. J'y viens cependant. Je
croi que c'eſt-là tout ce que l'on peut demander
à un brave homme. Il ne s'agit pas cependant
ici d'un marché d'une heure ; les ſuites en ſont
terribles : Point de milieu, ou la mort ou la

Greve. Rassûrons-nous pourtant. Allons ; courage, Jasmin. Quoi qu'il arrive, tu te vas couvrir
d'une gloire immortelle. Si tu meurs dans le
combat, tu auras le sort d'un million de grands
Seigneurs ou de Héros. Si tu tues, au contraire,
& qu'on te pende après, n'importe, il y aura encore de l'honneur à aquerir, d'être pendu pour
une action de valeur : Car enfin, le crime fait la
honte & non pas l'échafaut. Allons donc ; un peu
de resolution. Oüi, tout cela est vrai ; mais j'ai
beau faire, je ne puis cesser de craindre, & je
sens qu'il y a toûjours de l'homme là-dedans.

L I C I D A S,

Morbleu ; j'enrage. Nos gens ne viennent
point.

J A S M I N.

Eh ! Monsieur ; ils ne viendront que trop tôt.

L I C I D A S,

J'apprehende que le Chevalier manque à la parole qu'il t'a donnée.

J A S M I N.

Plût-à-Dieu !

L I C I D A S.

Je le traterois comme il faut : Mais, que cherchent ces deux Femmes ?

❈❈❈❈❈❈❈❈❈❈❈❈❈❈❈❈❈

SCENE VII.

L I C I D A S , J A S M I N,
A N G E L I Q U E , L I S E,
en habit de Femmes en capes.

J A S M I N.

CE sont les mêmes que nous avons trouvées
vingt fois sur nos pas. Je les reconnois bien

A a 3

LICIDAS.

Peut-être ne feront-elles que passer sans s'arrêter ici.

JASMIN.

Non , les voilà qui s'arrêtent , & qui semblent
parler ensemble.

LISE.

Ils sont bien embarrassez , Madame ; & nous
les chagrinons bien d'être ici.

LICIDAS.

Ah ! Morbleu , quel contretems ! Qui penses-tu
qu'elles soient ?

JASMIN.

Ce sont deux avanturieres qui cherchent fortune.

LICIDAS.

Que ferai-je pour les obliger à s'en aller ? Si
le Chevalier vient tandis qu'elles seront ici , elles
pourront bien s'opposer à nôtre fureur , se jetter
entre deux & nous empêcher de nous battre.

JASMIN.

Eh ! plût au Ciel !

LICIDAS.

Il n'y a pas à balancer. Il faut leur parler. Celle-ci me semble la Maîtresse. Pardonnez , Madame , si j'ose vous aborder malgré le soin que vous
prenez de vous cacher ; mais je ne puis m'en dispenser , dans l'état où je me trouve , & il m'est si
important d'être seul en ce lieu , que je suis contraint de vous suplier de choisir un autre endroit
pour vôtre promenade , & de me laisser attendre
ici , sans aucun témoins , la fin d'une avanture
d'où dépend tout ce que j'ai de plus cher au
monde.

ANGELIQUE.

Je suis fâchée , Monsieur , de ne pouvoir pas
faire ce que vous demandez. J'allois moi-même
vous prier de la même chose , si vous ne m'aviez

prévenuë ; & je dois voir en ce lieu terminer une
intrigue dont le bon ou mauvais succès doit absolument decider de ma fortune.

LICIDAS.

Ah ! Madame, vôtre affaire n'est pas de la
consequence de la mienne. Il s'agit de mon honneur. Vous sçavez ce que c'est pour un honnête
homme.

ANGELIQUE.

Et la vôtre est peu de chose à l'égard de la
mienne. Il s'agit de tout le repos de ma vie ;
comptez-vous cela pour rien ?

LICIDAS.

Madame, je vous assûre que j'ai ici un rendez-
vous qui ne veut point de spectateur.

ANGELIQUE.

Et je vous jure, moi, que j'y en ai un qui demande tête à tête.

LICIDAS. Bas.

Mais cette voix me touche sensiblement. Plus
elle me parle, plus je croi que le son ne m'en est
pas inconnu. Sa taille même me frape d'une maniere toute particuliere. Enfin, sous le masque,
cette Personne a l'air d'être jolie. Je voudrois
bien la voir au visage. Je pense que j'ai trouvé
un moyen pour y réüssir. Haut. Je voi bien, Madame, qu'il faudra vous obéïr & vous quitter la
place, aussi-bien est-il juste que les Cavaliers ce-
dent toûjours aux Dames ; mais, pour prix de ce
sacrifice, je vous demande la grace de vous dé-
masquer, que je connoisse, au moins, la Personne pour qui je me fais cette violence.

ANGELIQUE.

Ah ! Monsieur, il m'est de la derniere consequence de me cacher.

LICIDAS.

Quoi ? Vous me refusez cette legere satisfac-
tion ? C'en est trop, & je vous declare que ce

n'est qu'à cette condition que je puis vous laisser
ici seule.

ANGELIQUE.

Eh, bien ! Vous le voulez. Il faut vous contenter. Regardez-moi donc autant qu'il vous
plaira, & voyons quel effet ma vûë fera sur vôtre
esprit & sur vôtre cœur. Mais, quoi ? Monsieur,
qu'avez-vous ? Qu'est-ce qui vous surprend ?

LICIDAS.

Ne me trompai-je point ? Est-ce un songe ou si
c'est en effet Angelique, qui paroît à mes yeux ?

ANGELIQUE.

Oüi ; c'est elle-même, Perfide. La reconnois-
sez-vous encore ? C'est cette même Angelique qui
n'a jamais aimé que vous, que vous avez lâche-
ment abandonnée ; & qui, malgré tant de justes
raisons de vous haïr, ou du moins de vous oublier, s'est toûjours fait une étroite loi de vous
être fidelle ; qui vous a suivi jusqu'ici sans égard
pour sa condition & pour son sexe ; qui, sous un
habit indigne d'elle, a été le triste témoin de
vôtre amour pour une autre. C'est cette Angelique enfin, dont vous vouliez percer le cœur tandis que vous l'avez prise pour son Frere ; & que
vous attendez pour cela en ce lieu. Je ne manque
point au rendez-vous. Je vous l'apporte, ce cœur
malheureux ; percez-le sans crainte, ingrat, que
vous êtes. Le trépas lui sera moins cruel que les
tourmens que vous lui faites souffrir tous les
jours.

LICIDAS.

C'en est trop, Madame. N'augmentez plus ma
confusion & mes remords, par des reproches si
tendres & si justes. Vous vous vangeriez trop
cruellement ; & je vous jure que mon cœur vous
vange assez. Oublions seulement le passé, je vous
en suplie : Dès ce moment, je rentre sous vos
loix pour n'en sortir de ma vie, & je me jette à

vos pieds pour obtenir le pardon de tous mes égaremens.

L I S E.
Dieu merci, le voilà converti.

J A S M I N.
Morbleu ! Il a bien fait ; car autrement je l'aurois renoncé pour mon Maître.

❦❧❦❧❦❧❦❧❦❧❦❧❦❧❦❧❦❧❦❧

SCENE DERNIERE.
D O R I M E N E, A N G E L I Q U E, L U C I N D E, L I C I D A S, T I M A N D R E, J U S T I N E, L I S E, L'E S P E R A N C E, J A S M I N.

T I M A N D R E.
PArbleu ! Madame ; le voilà pris sur le fait ; voilà son inconstance bien confirmée.

J U S T I N E.
Ah ! par ma foi ; c'est un grand fourbe.

L U C I N D E.
Eh bien, Monsieur ; on avoit grand tort de m'avertir de ne me pas fier à vous. Quoi ? Je vous trouve auprès d'une nouvelle Maîtresse ?

L I C I D A S.
Oüi, Madame, vous, m'y trouvez ; & je devrois y avoir été toûjours. C'est un crime dont je me glorifie, & j'espere que vous me le pardonnerez si vous jettez les yeux sur cette Belle.

D O R I M E N E.
Il est vrai que c'est une aimable Personne. Mais, n'avons-nous point vû ce visage ailleurs ?

J U S T I N E.
Madame, c'est Monsieur le Chevalier.

D O R I M E N E.
Cela est-il possible ?

TIMANDRE.

Le Chevalier ? Vous , Madame ?

ANGELIQUE.

Voilà tout le miſtere , Madame. Le Chevalier
& Angelique ne font qu'une même Perſonne.

L'ESPERANCE.

Voilà , ma foi , un joli Camarade que mon
Maître vouloit mener à l'Armée.

DORIMENE.

Ah ! Madame ; permettez au moins que nous
vous embraſſions.

LUCINDE.

Que je vous marque à quel point vous m'êtes
chère.

ANGELIQUE.

Vous ſçavez tout ce que j'ai fait pour regagner
le cœur de ce volage : J'y ai réüſſi. Je me trouve
trop bien payée de toutes mes peines : Mais , Madame , ce n'eſt pas tout ; nous nous allons tous
deux unir pour jamais : Accordez le même bonheur à Timandre en faveur & l'amitié dont vous
honorez le Chevalier. Nous vous en ſuplions
tous ; & je croi que Madame vôtre Fille n'aura
point de peine à l'accepter pour Epoux.

DORIMENE.

J'en ſuis perſuadée ; auſſi vous accordai-je de
bon cœur tout ce que vous me demandez.

TIMANDRE.

Ah ! Madame ; par quels remercimens...

ANGELIQUE.

Remettons-les à un autre tems. Graces au Ciel,
nous ſommes tous heureux.

L'ESPERANCE.

Je croi , Meſſieurs & Meſdames , que vous n'en
voudriez pas faire à deux fois. Juſtine , n'en pren-
drons-nous pas nôtre part ?

JUSTINE.

Il le faut bien.

JASMIN.

Et nous, garderons les manteaux?

LISE.

Non, ma foi, cela n'est pas de mon goût.

L'ESPERANCE.

Allons donc. Voilà tous nos débats terminez par une espece de combat assez agreable. Demandons seulement au Ciel, pour faveur singuliere, la grace d'être aussi contens, un an après la Fête, que nous le sommes le jour des Nôces.

FIN.

OUVERTURE

OU

SEMONCE,

Prononcée à l'Académie des Jeux Floreaux, le premier Dimanche de Janvier de l'année 1719. par Monfieur de CAMPISTRON de l'Académie Françoise, un des Académiciens.

VOICI un jour célèbre dans nos Faftes, & attendu tous les Ans avec une égale impatience. Comme il renouvelle à nos Citoyens le souvenir des avantages & de la gloire de leur Patrie, qu'il rapelle à leurs yeux l'honneur qu'elle a toûjours eu, d'avoir été regardée comme le centre des Sciences, & d'avoir partagé avec Athenes & Rome les faveurs d'Apollon & de Minerve ; chacun vient joüir ici de cette gloire commune, qui lui femble particuliere, & s'applaudir en fecret d'avoir reçû le jour dans une Ville fi favante, & fi juftement renommée.

Tel

Tel est le charme invincible, & l'effet merveilleux de l'amour de la Patrie, si naturel aux Hommes, tant recommandé par les Anciens, si sacré
parmi eux, qu'il fut le principal Objet de leur
Morale, & même de leur Religion, & presque
l'Unique cause de tant de Faits immortels que
nous admirons tous les jours, & qui ont éternisé
la memoire de la plus part des Héros de l'Anti-
quité.

Ce n'est pourtant pas cette seule raison, qui
rend ordinairement cette Assemblée si nombreuse
& si respectable par le rang & le merite des Personnes qui la composent; le desir d'entendre les
Discours qu'on y prononce, & de se convaincre
ainsi par soi-même, que cette Ville devient chaque jour plus digne de son ancienne Reputation,
ne contribuë pas peu, sans doute, à reveiller la
curiosité de tant d'illustres Auditeurs.

Jusqu'ici leur attente n'a pas été trompée; &
ils ont trouvé, dans le plaisir de sentir jusques où
peuvent aller l'attrait & la force de l'Eloquence,
la juste recompense de leur empressement, & de
leur attention.

Que je les plains aujourd'hui, & que je me
plains moi-même! Aussi, combien m'en a-t-il
couté, pour me resoudre à occuper cette Place?
Oüi, Messieurs, je me suis long-tems défendu de
la remplir; & peut-être me serois-je privé pour
jamais de cet honneur, si je n'avois crû qu'il étoit
de mon devoir de surmonter mes scrupules & ma
repugnance, pour me dérober à une espece de reproche qu'auroit pû m'attirer un silence trop
obstiné. Mais, Messieurs, quel sujet digne de
vous occuper? On sçait, que l'intention des premiers Legislateurs des Jeux Floreaux n'a été, dans
ce Jour, que d'inviter les Poëtes, à la dispute de
nos Prix. Je m'en tiens à cet ancien usage. Je ne
songe qu'à les exciter, ces Poëtes; & comment

pourrai-je mieux les émoûvoir & faire naître
entre eux une glorieuse émulation, qu'en leur
presentant l'excellence & les merveilles de la
Poësie. Je ne parlerai point aux Orateurs : Je me
contente de les exhorter, en passant, à redoubler
leurs efforts, pour mettre dans le plus beau jour
tout ce que l'Art peut leur fournir de nouvelles
idées, de nobles figures, d'heureuses & de riches
expressions. J'estime, je revére l'Eloquence : Je
connois ses charmes & son pouvoir ; mais je ne
puis la regarder ici, que comme étrangere. Il y a
des Théatres, où elle a droit de tenir le premier
rang : Mais ce n'est pas sur le Parnasse, où ses
plus zélez Partisans sont obligez d'avoüer, que,
puis qu'on ne peut être excellent Poëte sans être
éloquent, l'Eloquence n'est qu'une partie de la
Poësie. Enfin, à la Cour de * Clemence les Ho-
meres & les Sophocles sont préferez aux Demos-
thenes & aux Isocrates, les Virgiles & les Hora-
ces aux Cicerons & aux Quintilliens. Cependant,
Messieurs, comment parler aux Poëtes ? Faut-il
employer cette espece de discours méthodique, où
tout l'Art du monde ne sçauroit empêcher ce même Art de paroître, où chacun sçait d'avance les
parties & les mouvemens qui se doivent infailli-
blement succeder, & dans lesquels les impetueux
élans d'une imagination vive & heureusement
échauffée sont contraints & resserrez par des regles austeres & inviolables ? Un beau feu, un
desordre brillant, & qui tiendroit de l'enthousias-
me, ne seroit-il pas plus propre & plus efficace?
Mais, d'où vient que, tout à coup, je me sens

---

* Clemence Isaure Demoiselle de Toulouse, illustre
par sa science & par sa vertu, institua vers l'an 1320.
les Jeux Floreaux, qu'on célèbre tous les ans à Touloü-
se. On y fait son Eloge, & l'on y couronne de fleurs sa
Statuë de marbre, qui est dans la maison de Ville. On y
donne des prix à ceux qui ont le mieux réüssi en quelque
Ouvrage d'esprit.

arrêter au milieu de mon projet, & que les termes & les expressions semblent se refuser à mes
idées ? N'est-ce point, qu'Apollon, offensé de
m'entendre parler à ses Favoris un autre langage
que le sien, m'emporte malgré moi, & me fait
changer de dessein & de stile ?

Oüi, je cede aux transports, dont la force
    m'entraîne.
Guide moi, Dieu des Vers, & soûtien mon ha-
    leine :
Inspire moi ces feux, dont autrefois épris,
Jeune encor, j'animai mes Chants & mes Ecrits ;
Quand, des traits du Cothurne amateur idolâtre,
J'osai briguer le prix & l'honneur du Théatre.
Ah ! si tu m'as alors flaté par des succès,
Fai, que ce jour réponde à mes premiers essais.
Je voudrois faire entendre à ce nouveau Parnasse
Les accords ravissans du Chantre de la Thrace.
Mais, où va m'engager un mouvement trop
    prompt ?
S'il est quelques lauriers qui me ceignent le front,
C'est un restes de fruits d'une jeunesse heureuse ;
Quand des esprits brulans l'ardeur impetueuse
Pouvoit faire sentir dans mon expression
Du feu, qui la causoit, la vive impression.
Je frequentoit alors les sources d'Hypocrate ;
D'où, selon mes desirs, les Vers souloient sans
    peine.
Eloigné dès long-tems de ces Bords enchantez,
J'ai presque du Permesse oublié les beautez,
Et l'Helicon, jadis mon séjour ordinaire,
Aujourd'hui me paroît une Terre étrangere.
Mes beaux jours sont passez ; mes esprits & mes
    sens
Se ressentent déja du poids fatal des ans.
Dois-je encor des neuf Sœurs rechercher les ca-
    resses ?

OUVERTURE

Tel a , dans son printemps , sçû plaire à ces
    Déesses ,
  Qui , des vieux Favoris éprouvent le retour,
Ne fait dans son hyver que languir dans leur
    cour.
Toutefois , craignant moins cette triste avanture,
Mon trouble se dissipe , & mon cœur se rasûre.
Oüi , le sort me seconde , & me sert à mon gré :
Ces Monumens , ce Temple aux Muses consacré,
Cette Image , ces Traits d'une * Muse nouvelle
Ses Preceptes ses Dons que ce Jour renouvelle
Tant de rares Esprits , tout conspire à la fois
A donner en ces Lieux de la force à ma voix.
O ! Vous tous , dont les soins par longue étude
Du langage des Dieux vous font une habitude,
Venez ; & qu'à l'envi par de dignes travaux
Chacun de vous s'apprête à braver ses Rivaux ;
Venez ; Nous presentons à de nouveaux Alcides
De plus riches Trésors que ceux des Hesperides.
Mais ne nous montrez point de vulgaires talens :
Nos Prix sont destinez aux Esprits excellens ;
Et déja plus d'une Ode héroïque & superbe
A fait ici revivre & Mainard & Malherbe.
Apollon a rendu , pour l'honneur de nos Jeux,
Leur Lire , qu'il avoit enlevée avec eux.
Dans tout son appareil a parû le Poëme,
Grand , sublime , doüé d'une force suprême ;
Tel , qu'à ses Favoris nous sçavons qu'autrefois
La Muse , qui le regle , en a dicté les Loix.
L'Elegie a marqué ses douleurs les plus vives.
L'Idylle a fait briller ses peintures naïves.
L'Eclogue tendre & noble en sa simplicité
Plus que dans la Sicile a montré de beauté ,
Sur tout, lors qu'une Belle avec le ton champêtre,
Voulant chanter l'Amour & les soins qu'il fait
    naître ,

   * Clemence Isaure , *institutrice des Jeux Floreaux.*
Voyez *la Note précedente* p. 290.

A peint les mouvemens de cette Paſſion,
De ſes tranſports divers l'heureuſe expreſſion,
A du moins égale la grace & la tendreſſe
Des Chanſons de Sapho, qu'a tant vanté la Grece.
Accoûtumez à voir ces merveilleux Ecrits,
La mediocrité revolte nos eſprits.
Ainſi n'attendez pas , que de foibles Ouvrages
Puiſſent jamais ſur vous attirer nos Suffrages.
La brigue & la faveur ſont ici ſans apui ;
Le Merite éclatant n'a beſoin que de lui.
Loin , qu'aucun interêt nous touche , ou nous
  engage ,
Nous formons , dans ces Murs , un autre Areo-
  page.
Ce qui n'eſt point ſublime a pour nous peu d'ap-
  pas :
Mais auſſi , quels plaiſirs ne reſſentons-nous pas ?
Quels tranſports enchanteurs s'élevent dans nos
  ames ?
Au moment qu'un rayon de ces divines flâmes ,
Qu'un Auteur ſçait raviſ dans le ſein d'Apollon,
Vient briller à nos yeux dans ce ſacré Valon ?
Doux Tyran des Eſprits , ſeduiſante Harmonie ,
Bel Art , que n'a point fait ta puiſſance infinie ?
Et vous , qui de nos Jeux voulez cueillir les
  fruits ,
Songez aux grands effets par les Muſes produits ;
Rappellez dans Memphis la diſcorde étouffée,
La Thrace aſſujettie aux mouvemens d'Orphée ,
Les arbres , les rochers ſenſibles à ſa voix ,
Les tigres , les lions aſſervis à ſes loix ,
De ſes divins Concerts l'attrait & la meſure ,
Renverſant à ſon gré l'ordre de la Nature,
Leurs ſons victorieux , leurs triomphans accords
Lui frayant un chemin juſques aux ſombres
  Bords ,
Rendant à ſes deſirs la Mort même propice ,
Et des Enfers au jour ramenant Euridice.

Songez , par quel prodige on connoît Amphion ;
Quel miracle la Grece a chanté d'Arion ;
Le premier , sans autre art , voit au son de sa Lire
Les pierres se mouvoir , & Thebes se construire ;
L'autre , près de perir par la fureur des Flots ,
Sçait trouver dans leur sein la vie & le repos ,
Un Dauphin traversant les Plaines de Neptune ,
Attiré par ses Chants , prend soin de sa fortune ,
Il l'aborde , il l'emporte , il lui sert de Vaisseau ;
Et , donnent aux Mortels un spectacle nouveau ,
Il le fait à leurs yeux , sans peril & sans crainte ,
Naviger sur les Mers de Crete & de Corinthe.
Regardez d'Apollon les dignes Favoris ,
En tous lieux honorez des plus illustres Prix ,
Leurs Noms vainqueurs du tems : Voyez-les dans
        Athenes
Comparez , égalez aux plus grands Capitaines ;
Leurs honneurs partagez , & le même laurier ,
Couronnant le Poëte ainsi que le Guerrier ;
Salamine soumise aux decrets de Sophocle ,
Après que les malheurs de la Sœur d'Etéocle ,
Exposez sur la Scene , eurent avec éclat
Excité la pitié du Peuple & du Senat.
Considerez dans Rome , & Terence , & Tibulle ,
Virgile , Horace , Ovide , & Properce , & Catulle ,
Attirant des Romains l'estime & les regards ,
Et partageant entre eux l'amitié des Césars.
Transportez-vous enfin sur les bords de la Seine ,
Le merite jamais n'y manqua d'un Mecene ;
Que dis-je ? Il le trouva dans le cœur de nos
        Rois ;
Par-là fut admiré le vaillant Roi François ,
Qui , malgré la fortune & l'affront de Pavie ,
Par d'immortels Exploits sçût illustrer sa Vie.
Son exemple suivi de tous ses Successeurs
Eleva jusqu'aux Cieux la gloire des neufs Sœurs.
Dans un rang éminent voyez Bertaud paroître ;
Marot admis aux Jeux de la Sœur de son Maître ;

Voiture aimé par tout, & par tout demandé,
Badinant noblement avec le Grand Condé?
Tant d'autres, dont les Noms, fameux dans nô-
    tre Hiſtoire,
Sont encor mieux gravez au Temple de Memoire,
Qui, ſe tirant du ſein de leur obſcurité,
Ont aquis à la Cour l'aimable liberté
De vivre auprès des Grands avec indépendance,
Et, malgré le défaut du Rang, de la Naiſſance,
De lier avec eux un commerce flateur,
Seul prix, qui peut remplir les vœux d'un noble
    cœur;
Animant leurs pareils, en leur faiſant compren-
    dre,
Qu'un excellent Génie a droit de tout prétendre,
Et que, ſans le ſecours de tant de titres vains,
L'Eſprit, comme l'Amour, égale les Humains.
Par ces Maîtres de l'Art dirigez vos idées;
Que d'amour pour leurs Vers vos ames poſſedées,
A force de les lire & de les méditer,
Parviennent à la fin juſqu'à les imiter.
Joignez à la clarté la force & l'harmonie.
Obſervez, conſultez, ſuivez vôtre génie;
Et n'allez pas chanter, ſans épreuve & ſans choix,
Le bonheur des Bergers, ou la grandeur des Rois.
Evitez les erreurs d'une audace emportée.
Connoiſſez ſur quel ton vôtre Lire eſt montée.
Et vous, qui parmi nous avez reçu le jour,
Et qu'Appollon appelle aux honneurs de ſa Cour,
Jeunes Eſprits, formez dans le ſein d'une Ville
Dès ſa naiſſance mêmes en Poëtes fertile,
Soûtenez ſon grand Nom, & devenez jaloux
De voir dans vos combats briller d'autres que
    vous.
Ne laiſſez plus cueillir par des mains étrangeres
Ces Fleurs, qui tant de fois ont couronné vos
    Peres.
L'air, que vous reſpirez, eſt cheri des neuf Sœurs,

Il attire sur vous leurs soins & leurs faveurs.
Sachez donc profiter de ce rare avantage ;
Animez vôtre espoir ; enflez vôtre courage ;
Entrez dans la carriere ; & par d'heureux efforts,
De ces Jeux immortels ravissant les Trésors,
Remplissez à leur tour d'une estime craintive
Les Esprits que la Seine éleva sur sa rive :
Que l'émulation leur cause un juste effroi.
Cherchez des tons nouveaux pour chanter vôtre
    Roi,
Ce Monarque charmant, dont l'aimable Jeunesse
Suit déja les sentiers où conduit la Sagesse ;
Qui, de mille Vertus avant le tems orné,
Ajoûte un nouveau Lustre au Sang dont il est né ;
Et dont les sentimens, dans un âge encor tendre,
Sont garens du bonheur que l'on en doit attendre.
Célebrez le Neveu de l'Auguste Loüis,
Regent, & défenseur de l'Empire des Lis ;
Ce Prince que Steinkerque, au sortir de l'enfance,
Vit des plus vieux Guerriers confondre la Science,
Et, forçant les lauriers de naître sous ses pas,
Servir de Maître au Chefs, & d'exemple aux Sol-
    dats.
Dans ce fatal essai de ses premieres armes,
Que son sang répandu nous fit sentir d'allarmes !
Au moment que lui seul, par un sublime effort,
Bravoit également la douleur & la mort !
A Narvinde, Nassau témoin de sa vaillance
Cessa de se flater d'humilier la France ;
Et, sur l'Ebre, à son bras le destin accorda
La gloire d'emporter Tortose & Lerida.
Au milieu des Combats, intrepide & terrible,
Au milieu de sa Cour, humain, doux, accessible,
Plaignant les malheureux, prompt à les écouter,
Toûjours lent à punir, plus lent à s'attirer,
Payant les moindres soins d'un précieux salaire,
Et, sur tout, ennemi de cette erreur vulgaire,
Qu'un Souverain superbe & plein de son pouvoir,

A droit de negliger l'Etude & le Savoir :
Et quand vous le voyez porter ses connoissances
Sur ce qu'ont d'épineux les Arts & les Sciences ,
Que leurs profonds secrets , si longs à découvrir,
D'eux-mêmes à ses yeux semblent d'abord s'offrir,
Ecriez-vous , saisis d'une ardeur vive & tendre ;
Tels ont été Cesar , Scipion , Alexandre ;
Tels doivent être enfin les Héros , dont le Nom
Merite d'animer la Lire d'Apollon.
Traitez ces grands Sujets , & chantez ces mer-
    veilles ;
Vous charmerez nos cœurs , en flatant nos oreil-
    les ,
Et nous applaudirons , d'une commune voix ,
A des Chants consacrez à l'honneur de nos Rois.

EPITRE

A. S. A. MADAME LA PRINCESSE DES URSINS,

RINCESSE, qui fçais l'art d'allier dans ton
    ame
Les vertus d'un Héros aux vertus d'une Femme,
D'unir aux agrémens de ton Sexe enchanteur
Des fublimes Efprits la force & la hauteur,
C'eft à toi, que mes Vers, fur une aîle legere,
Vont rendre au bord du Tage un hommage fin-
    cere.
Les Mufes, de tout tems, par d'immuables loix,
Sont en droit d'approcher des Princes & des Rois.
Aux plus rares vertus, au fang le plus illuftre
Appollon, quand il veut, ajoûte un nouveau
    luftre :
Sans lui, les plus beaux Faits fe perdroient dans
    l'oubli.
De quelques dons du Ciel, qu'Achille fut rempli,
Il ne doit les grands Noms, que l'Univers lui
    donne,
Qu'aux Lauriers, dont Homere a formé fa Cou-
    ronne.
Enée & fes travaux feroient-ils admirez,
Si Virgile, en fes Vers, ne les eut célèbrez ?
De ces Chantres fameux je connois l'harmonie;
Je fuis bien loin d'atteindre à leur divin génie :
Mais j'ai fçû quelquefois, avec de nouveaux traits,

Ranimer des Héros, embellir leurs Portraits ;
Et par des Monumens, plus que l'airain durables,
Consacrer pour jamais leurs travaux memorables,
Ainsi je puis, sans crime, après de tels essais,
Esperer de te peindre avec quelque succès.
Je montrerai, du moins, à l'Europe étonnée,
Que toi seule toûjours tu fis ta destinée ;
Que, fidéle aux leçons que t'inspire ton Sang,
Tu soûtiens, sans orgueil, la gloire de ton Rang ;
Que la droite Raison éclaira ton Enfance ;
Que tu fus, parmi nous, l'ornement de la France,
D'où l'Hymen, t'enlevant à nos vœux les plus
doux,
Alla joindre ton Sort au destin d'un Epoux,
Dans ces Murs renommez, à qui Mars & la
Guerre
Ont soûmis autrefois le reste de la Terre :
Là, ton Palais bien-tôt fût l'unique séjour
Des Ministres, des Grands, des Sages d'une
Cour,
De qui la Politique, & sublime, & profonde,
Trouva l'Art d'asservir toutes les Cours du
Monde :
Là, ton puissant Génie eut d'abord pénétré
Ce qu'un autre, en ta place, eut toûjours ignoré ;
Les Sciences, les Arts te rendirent hommage ;
Le Merite emprunta son prix de ton suffrage ;
Et, de tes jugemens reconnoissant la loi,
On se fit un honneur de penser comme toi.
Enfin un Roi Vainqueur, à qui par l'Hymenée
Une Auguste Princesse alloit être donnée,
T'appella dans la Cour, pour y suivre toûjours
L'inestimable Objet de ses chastes amours,
Et joindre aux sentimens de cette jeune Reine
De tes sages Conseils la force souveraine.
Quels ont été les fruits de ce Choix glorieux ?
Un merite, un esprit qu'on admire en tous lieux,
De toutes les Vertus un parfait assemblage,

Sans les triste leçons, ni le secours de l'âge ;
Oüi, de ce Couple heureux les miracles divers
De l'Aurore au Couchant remplissent l'Univers.
Auprès de ce Grand Roi devien mon interprête,
Princesse ; je n'ai plus qu'une bouche muette.
S'il lui faut, par moi seul, faire entendre ma voix,
Dis-lui, qu'admirateurs de ses premiers Exploits
Je vis le fier Germain, par sa seule presence ;
Sur les bords du Tezin perdre son arrogance,
Ses nombreux Escardrons, en desordre poussez,
Dans de profonds canaux l'un sur l'autre entassez.
Dis-lui, qu'à Luzara, témoin de sa Victoire,
Je vis Bellone & Mars, le couronnant de Gloire,
S'applaudir à l'envi de ses nobles efforts,
Et le Po, grossissant & de sang & des morts
Le juger, à bon droit, digne du diadême,
Et le voyant combatre & vaincre par lui-même.
Après ces grands succès, de fidéles Témoins
Daignerent lui vanter & mon zèle & mes soins.
Il voulut les payer, en Prince magnanime,
Et par de riches dons me prouver son estime.
Cependant je suivis le penchant de mon cœur :
Je ne lui demandai qu'une Marque d'Honneur ;
Je la reçûs de * Lui : Mais ce digne Monarque
Me promit hautement d'illustrer cette Marque,
D'unir un nouveau † Titre à ce don précieux,
Et de le rendre utile autant que glorieux.
Tant qu'a duré le cours des fortunes diverses,
Dont ce Prince a subi les coups & les traverses,
Je ne l'ai point pressé de répondre à mes vœux ;
J'attendois un tems calme, & des jours plus
　　heureux.
Aujourd'hui, que du Ciel un regard plus propice
Force ses Ennemis à lui rendre justice,
Que les plus fiers d'entre eux reconnoissant ses
　　droits

* L'Ordre de S. Jaques.
† Une Commanderie.

Lui

Lui rendent les Honneurs , qu'on rend aux plus
 grands Rois.
Accablé de malheurs , de soins & de tristesse ,
J'ose lui demander l'effet de sa promesse.
Quand la Parque à la Terre enleva le * Héros ,
Dont la Valeur du Tage assûra le repos ;
Qui marchant sous Philippe ainsi qu'en Italie
Servit à rétablir sa puissance affoiblie ;
Mon cœur fut pénétré des plus sensibles traits :
Je perdis ce Héros , & je perds ces bienfaits.
Tout semble en même-tems s'unir pour me dé-
 truire.
Tel , qui me devoit tout , fait gloire de me nuire.
Non , que par ces revers mon cœur soit abatu :
Chaque trait qu'on me lance affermit ma vertu ;
Elle me reste entiere , & la juste esperance
D'obtenir tout d'un Roi plein de magnificence.
Princesse , en ma faveur j'emprunte encor ta voix,
Et je m'adresse à toi pour la derniere fois.
La Parole des Rois doit être inviolable :
Mais , si par un effet du malheur qui m'accable ,
Ce grand Roi , † dont j'attens des secours géné-
 reux ,
Ne croit plus aujourd'hui devoir me rendre heu-
 reux ,
Bien-loin de faire entendre une plainte impor-
 tune ,
Je n'imputerai rien qu'à l'injuste fortune ;
Je l'accuserai seule , & dirai quelquefois ,
Que , malgré le penchant des Princes & des
 Rois ,
Lors qu'à faire du bien leur cœur les sollicite ,
La Fortune l'emporte , & proscrit le Merite.

 * Mr. de Vandôme.
 † La Commanderie fut donnée.

EPITRE
A SA MAJESTE' LE ROI
DE SICILE.

GRAND Roi , car qui jamais par un titre
     plus juste
A merité les noms & de Grands & d'Auguste ?
Qui jamais , par des faits plus dignes de respect,
Peut prétendre un encens plus pur & moins sof=
     pect ?
Souffre que du * Séjour des fameux Tectosages
Ma Muse t'aille offrir , à travers mille homages ,
Un tribut qu'Apollon , par une juste loi ,
Destina de tout tems aux Héros tels que toi.
Mais , que dis-je , Apollon ! Lorsque j'ose l'écrire,
Je sens que ce n'est point son esprit qui m'inspire,
Non , ma Muse aujourd'hui n'invoque point son
     nom :
Le vrai n'a pas besoin du secours d'Apollon.
Que faut-il en effet , pour te combler de gloire,
Après t'avoir connu , que compter ton Histoire,
Et , loin de l'Embellir par de vains ornemens ,
En retracer , sans art , tous les évenemens ?
Ah ! pour un Ecrivain incapable de feindre ,
Quel bonheur, quand , suivant le Héros qu'il veut
     peindre ,
Il peut rapidement de l'un à l'autre bout ,
Sans égard & sans choix, écrire & loüer tout !

* Toulouse.

Quel autre a mieux que moi senti cet avantage ?
Et de quelque côté que mon œil t'envisage ,
Dans l'âge où je te vois plus jeune , ou presque
    Enfant ,
Heureux , ou malheureux , défait , ou triom-
    phant ,
Ton courage par tout maîtrise la Fortune ;
Tu sors , pour la dompter , de la route commune,
Et t'ouvrant des chemins qui font pâlir d'effroi,
Tu te fais un destin que tu ne dois qu'à toi.
Tout l'Univers l'a vû , tout l'Univers l'admire.
Mais , quels sont les secrets pour regir ton Em-
    pire ?
Et comment à ton gré penses-tu tour à tour
Au cœur de tes Sujets ou la crainte , ou l'amour ?
Est-ce en leur dérobant ta vûë & ta presence ;
Et imitant ces Rois nourris dans l'indolence ,
Dont l'orgueil ennemi des soins & des combats ,
Les fait vivre inconnus dans leurs propres Etats ,
Dont les Peuples , frapez d'une terreur servile ,
Frémissent au seul nom d'un Monarque imbecile ,
Qui , cachant ses défauts dans son obscurité ,
N'a de loi , pour regner , que son autorité ?
Tu regnes par toi seul. L'éclat , qui t'environne ,
Ta grandeur , ton pouvoir reside en ta personne.
On t'aborde sans peine en tous lieux , en tout
    tems ;
Il ne faut point attendre & choisir les instants.
On n'a point à percer d'importunes barrieries ;
Toûjours prêt d'écouter les plaintes , les prieres ,
Des Grands & des Petits examinant les droits ,
La Justice à chacun s'explique par ta voix ;
Et gagnant tous les cœurs par ces vertus publi-
    ques ,
Tu leur parois plus grand , que tu te communi-
    ques.
C'est ainsi qu'on parvient à charmer les mortels ;
C'est ainsi qu'on se fait élever des autels ;

C'est par-là, qu'ébloüi de la gloire suprême,
Et voyant sur ton front un nouveau diadême,
Digne prix des efforts que l'on t'a vû tenter,
Par un plaisir secret, je me sentois flater;
Et je m'applaudissois d'être honoré d'un * Titre
D'un Domaine & d'un Rang, dont tu deviens
    l'arbitre.
J'obtins tous ces honneurs d'un † Prince malheu-
    reux,
Dont mes soins, dans le cours d'un sort trop ri-
    goureux,
Soulagerent les maux par d'importans services,
Et lui firent cent fois d'utiles sacrifices.
Il semble; que des droits si constans & si saints
Doivent être sacrez pour tous les Souverains.
Peut-être est-ce une loi, dont rien ne les dispense,
De séller, d'assûrer de toute leur puissance.
Les dons dont leurs pareils, par le sort poursuivis,
Ont crû recompenser ceux qui les ont servi
Tu viens d'executer cette loi glorieuse,
Tu fais parler par moi ton ame généreuse.
Tu confirmes, grand Roi, le don que l'on m'a
    fait;
Et je vais, sous ton nom, joüir de ce bien-fait.
Que je suis pénétré de cette grace insigne!
Mais, j'ose l'avancer, je n'en suis pas indigne.
Consulte ces Guerriers, qui, sous tes Etendarts,
Ont en cent lieux divers bravé tant de hazards:
Ils m'ont trouvé toûjours ardent pour ton service;
Mon zèle ne fut point un effet du caprice.
Aliez, ennemis, triomphans, abatus,
J'estimai leur valeur, j'honorai leurs vertus;
Ou plûtôt, dans les soins que je faisois paroître,
Je respectois en eux le grand Nom de leur Maître.

* D'un Marquisat dans le Montferrat.
† Monsieur de Mantoüe.

EPITRE

A SON ALTESSE MONSEIGNEUR
LE DUC
DE VENDOME.

Prononcée dans l'Académie Françoise,
par Monsieur de CAMPISTRON,
le 1. Mars. 1708.

Toi, qui seul peut-être, au sortir de l'en-
     fance,
Sçûs du faux, & du vrai faire la difference ;
Et préferant à tout l'austere verité,
Joüis de la grandeur avec simplicité ;
Qui, sans montrer jamais de servile bassesse,
Ignorant de la Cour les détours & l'adresse,
Par ta seule vertu, ton courage & ta foi,
Possedes & l'estime, & le cœur de ton Roi,
VENDÔME, dans ces traits qu'en toi l'on voit
     paroître,
Sans attendre ton Nom, l'on doit te reconnoître.
Cependant, permets-moi d'exposer à tes yeux
Quelque leger crayon de tes Faits glorieux :
Mais ce n'est point assez ; le zéle qui m'enflame
Veut qu'avec tes Exploits je peigne encor ton
     ame.
Je ne me flate point ; Je sçais que ce Tableau
Meriteroit, sans doute, un plus hardi pinceau ;
Que le mien est peu propre à finir cet Ouvrage :
Mais, si je l'entreprens, j'ai du moins l'avantage,

C c 3

Que , cinq luſtres entiers à ta ſuite attaché ,
Des ſecrets de ton Cœur rien ne me fût caché ,
Et que , témoin des faits qui t'ont comblé de
    gloire ,
Il doit m'être permis d'en raconter l'hiſtoire.
Quel autre , plus fameux par ſes Travaux guer-
    riers ,
En differens climats cueillit plus de lauriers ?
Quand tu courus chercher la guerre & les allar-
    mes ,
Rien n'égala l'éclat de tes premieres armes ;
Et l'on jugea dès lors , par ces nobles eſſais ,
Quels devoient être un jour ta gloire & tes ſuc-
    cès.
TURENNE , en ta faveur , rendit ce témoignage ;
CREQUI te conſulta ſans égard à ton âge :
Tu leur parus formé pour leurs premiers emplois ;
Et ſi-tôt que l'Armée a marché ſous tes loix ,
L'Ebre , le Po , l'Eſcaut , étonnez de ta gloire ,
Sur leurs rives t'ont vû ramener la Victoire ;
Et dans les mêmes lieux où le Sort en courroux
Nous avoit accablé des plus funeſtes coups ,
Trois fois de ta Valeur la foudre Vangereſſe
Changer des jours de deuil , en des jours d'alle-
    greſſe ,
Ranimer les Soldats qu'on croyoit aux abois ,
Et reparer , par tout , l'honneur du Nom François.
Que de Combats gagnez ! Que de Villes conqui-
    ſes !
Quel nombre ! Quel tiſſu d'heureuſes Entrepriſes !
Nos plus fiers Ennemis tremblans ou diſperſez ,
Leurs Chefs les plus fameux ſurpris , embaraſſez ,
Des Roches , dont la cime oſoit percer les nuës ,
Par de triples remparts & des murs ſoûtenuës ;
Malgré tous les ſecours de la flâme & du fer ,
Contraintes de ſe rendre au milieu de l'hyver.
Mais , ce qui plus de tout doit paroître incroya-
    ble ,

Toûjours à tes desseins le Sort fut favorable;
Les Lauriers immortels qui te ceignent le front
N'ont jamais de ta part reçû le moindre affront;
Comme si la Victoire attentive à te plaire,
Agissoit par tes loix, ou craignoit ta colere.
Cependant, si ton cœur, pour la Gloire formé,
De plus douces Vertus n'étoit point animé,
Obtiendrois-tu de nous une si haute estime?
Non, non; & souvien-toi de ce Guerrier sublime,
D'Alexandre, qui fut le plus grand des Mortels;
En vain à son courage on dressa des autels:
Nous reprochons encor à ce grand Alexandre
Le meurtre de Clitus, Persepolis en cendre,
Lisimacus forcé de combattre un Lion,
Et les Grecs indignez pleurant Parmenion.
La suprême Valeur est précieuse & rare;
Mais, seule & toute nuë, elle tient du Barbare.
Je veux que le Héros soit pitoyable & doux;
Qu'il soit fier sans orgueil, & vaillant sans cour-
    roux.
Plaindre les malheureux, soulager leur misere,
Les aimer, leur servir de refuge & de pere,
Etre accessible, humain, sont des dons aussi
    grands
Que tous ceux, dont l'orgueil flate les Conque-
    rans.
Rarement les voit-on briller dans le même
    Homme.
La valeur, la prudence éclaterent dans Rome;
Presque tous ses Enfans possedoient ces Vertus:
Mais Rome n'a produit & n'a vû qu'un Titus,
De qui le Ciel, soigneux d'achever son Ouvrage,
Voulut que la bonté fut égale au courage.
C'est par cette bonté, c'est par cette douceur,
Qui fait le caractere & le prix de ton Cœur,
Et qui nous sert d'exemple à tous tant que nous
    sommes,
Que nous te distinguons entre les autres hommes;

C'est par-là que ton Nom aujourd'hui reveré,
Plus que par tes hauts Faits, doit être consacré,
Et que tout l'avenir, en lisant ton Histoire,
Justement attendri benira ta memoire.
C'est par-là qu'entraînant tous les cœurs des Sol-
    dats
Tu leur fais avec joye accompagner tes pas,
Quand tu cours pour servir ton Maître & ta Patrie,
D'un monde d'Ennemis reprimer la furie,
Braver mille hazards, &, prodiguant ton sang,
Remplir tous les devoirs attachez à ton Rang.
Toutefois ne crois pas te sauver de l'Envie;
Ses traits empoisonnez voudroient noircir ta vie;
Des Courtisans jaloux, sans être tes Rivaux,
S'efforcent d'affoiblir le prix de tes travaux,
Et de mêler quelqu'ombre à l'éclat de ta gloire:
Mais, que peut contre toi la fureur la plus noire?
On n'ose t'attaquer que sur de vains sujets;
On s'attache à chercher de frivoles objets;
On voudroit que ton Cœur, semblables aux cœurs
    vulgaires,
S'occupât de desirs & de soins ordinaires;
Qu'il s'ouvrit à l'intrigue, au faste, à l'interêt,
Et qu'il fût, en un mot, beaucoup plus grand
    qu'il n'est.
De tous ces Envieux l'odieuse critique,
En voulant t'abaisser, fait ton panegyrique.
Vis donc; & poursuivant ta course & tes projets,
En triomphant toûjours, ramene-nous la Paix.
Enfin, fasse le Ciel, secondant mon envie,
Qu'un bonheur toûjours pur accompagne ta vie.
Que les ans de Nestor pour toi renouvellez
Après leur dernier jour soient encor redoublez;
Et, pour combler les vœux que pour toi l'on peut
    faire,
Que toûjours à LOÜIS tu sois digne de plaire.

F I N.

www.ingramcontent.com/pod-product-compliance
Lightning Source LLC
Chambersburg PA
CBHW071843020726
47502CB00003B/583